开卷书坊

三柳書屋譚注

顾村言 著

文匯
出版社

自序

因为喜爱倪云林的《容膝斋图》等画作，二十多岁刚工作那阵儿曾把自己的书斋命名为"容膝斋"——那其实只是宿舍床头的一片小小天地，仅容一桌一椅一小书柜而已。

后来有了真正的书房，似乎依然以"容膝斋"呼之，直到十年前迁入云间水边的这所房子，书房在二楼，推窗可见河畔几株柳树，想起五柳先生的"审容膝之易安"，遂以"三柳书屋"名之了。

《三柳书屋谭往》中的所记，大多是往事，与文脉相关，与书画相关，也与有意无意的"泡老"相关——很喜欢与那些老人有一搭没一搭地聊聊，就像自己在回忆章汝奭先生时所记的那样："小狗在脚下绕来绕去，阳光在他的书桌上慢慢游移，映着秀逸的书法，那样的时光如定格一般。每次去，章先生都是兴致高的，以至于不知不觉就几个小时过去了——我们当然想一直听下去，他当然也想一直说下去，然而，忽然记起得吃药了，我们这才想起，得告辞了。这样的对话被我称作'得几许清气'，事实上也是如此。每次与章先生的晤谈，都极为受益，或者说是一面镜子，中国本来的文化人应该是怎样的，中国的知识分子应该是怎样的，这就是一个活的标本——可以省身，可以警己，甚至感觉更近乎道了。想来还是幸运的，中国文化经历了那么多的曲折与灾难，在沪西这一朴素之宅，仍可问道问学问书，直接体会中国文化与文脉的鲜活与

I

流转。"

然而，很多先生终于还是走了，章汝奭先生是去年走的，而汪曾祺一九九七年就走了，黄裳也走了多年了——犹记得与黄裳先生家人、陈子善、陆灏诸君赴青浦参加黄裳先生入土仪式时，女儿容洁抛红豆，悲恸而移人，忆第一次与老人见面时，老人言及专程再到虞山谒柳河东的情怀所寄及交往点滴。自己后来诌有歪句记录心情："不见裳翁又一春，小楼夜雨燕来巡。锦帆东去吴淞水，翠墨犹遗青浦尘。榆下银鱼文字趣，妆台灯影性情真。泣抛红豆悲不尽，再谒河东骨自峋。"

那些往事，其实是文脉流转的一个鲜活见证。

感谢文汇出版社鲍广丽女史与《开卷》董宁文兄，不是他们的催促，按我懒散的性格，这些文字也不知何时才会结集了。

想念那些老人。

二〇一八年三月于上海

目录

I

清风傲骨，从未合时宜

——忆章汝奭先生

那天将要到章汝奭先生家时，沪西古北路一个老式的小区，一楼那个简朴院子，丛丛青竹伸出墙外，婆娑一片，幽光摇曳——这可算是章先生斋号"得几许清气之庐"的意境之一。印象里，章先生当然还是在里面的，见我们来，按门铃，必定佝偻着身子，满是欢喜，开门，然后，坚持到里间沏茶，不让我们动手，待我们在客厅坐定，分茶毕，才从容坐在书桌前的椅子上，开聊。从最近的动态，到社会热点，艺术话题，他都是清楚的，看不惯的太多，他的口头禅是："没法说！""对不起，实在不敢恭维！"

他最喜爱的还是东坡那句"一肚子不合时宜"，即便过了九十岁，愤世嫉俗，依然故我。

每次当然要拜读他的诗书新作，新抄的一通小楷《金刚经》，点画敦厚而灵动，一片通透；新作的诗必定是要念一遍的，多是行草，几乎是"老夫聊发少年狂"了，激昂奔放，全不似九旬之人所书。每回话题当然都是要扯到书法上，然后，是他的身世，他的交游，每说每新，尤其是说到与章师母的旧事，有时简直就是纯美然而又悲欣交集的传奇爱情大片一般。

小狗在脚下绕来绕去，阳光在他的书桌上慢慢游移，映着秀逸的书法，那样的时光如定格一般。

每次去，章先生都是兴致高的，以至于不知不觉就几个小时过去了——我们当然想一直听下去，他当然也想一直说下去，然而，忽然记起得吃药了，我们这才想起，得告辞了。

这样的对话被我称作"得几许清气"，事实上也是如此。每次与章先生的晤谈，都极为受益，或者说是一面镜子，中国本来的文化人应该是怎样的，中国的知识分子应该是怎样的，这就是一个活的标本——可以省身，可以警己，甚至感觉更近乎道了。

想来还是幸运的，中国文化经历了那么多的曲折与灾难，在沪西这一朴素之宅，仍可问道问学问书，直接体会中国文化与文脉的鲜活与流转。

然而，这样的场景从丁酉年七月十七（二〇一七年九月七日）起，就永远不再了。

那天上午得到章先生辞世的消息，几乎不敢相信——然后不久就下起了雨，第一时间致电白谦慎和石建邦，两人也极感意外，毕竟之前去医院看望章先生时，先生气色一次比一次好。下午与建邦、天扬二兄（邵琦、陆灏有事未偕行）一起到章先生家，门开了，章先生的女儿都在，却再也看不到满面欢欣开门的章先生了——书桌前的椅子空空荡荡，阳光游走在窗外，书桌玻璃下压着章先生的手书《悼亡妻文渊》，写在仿知堂老人的用笺上——这首诗是章先生在师母辞世后深陷悲怆中所作，犹记得章先生曾给我们念过，当时边念就边用手帕擦起了老泪。

章先生的女儿说了章先生临行的境况，说："今天是农历七月十七，我母亲也是四年前的农历七月十七去世的，两人是同一天辞世，而且也是在他们属相的时辰离开，我父亲属兔，是卯时离开的。"

一时有些意外，竟有这么巧的事?!

章先生的女儿又拿出章先生生前的自书挽联，笔墨厚重而灵动，果然狂狷本色："任老子婆婆风月，看尔曹整顿乾坤"，横批为"无愧我心"，题为"汝奭自挽"。一种文人的境界与耿介之气可见。

走出书斋，后院一片竹影清风。

——章先生确实走了。

里间已经设置了灵堂，我们把满是淡白菊花的花篮放上，挨个给章先生的灵位磕头——磕完头看着那个"奠"字，似乎越来越大，想起再也不能当面聆听先生的教诲，眼睛不由一湿。

（一）

想起来，最早知道章先生之名大概还是在哪本杂志看过他的书法与介绍，似乎是含隶意的小字，气韵高古，不过当时却未想过要刻意认识。

真正与章先生见面是《东方早报·艺术评论》创刊后，想着得抓紧做一些八十岁以上的文化老人访谈，石建邦便推荐了章先生，热爱书法的孙鉴也极力支持。那一年，先生八十五岁，然而一聊之后，却实在是后悔拜见先生太晚了。

章先生的家在古北路一个老式的小区中，一楼，前后各有一小小院子，前院花木扶疏，后院墙角几丛秀竹，伸出院去。家中不过一室一厅，陈设简朴，布置的字画除了他自己的小楷书法外，尽皆名家之作。与章先生的对话几乎整整进行了一个下午，那实在是一次很有意思的对话，与想象中完全不同，先生风雅而诙谐，谈起少小时优渥的成长经历与成年后遭遇的种种灾难，几如传奇一般，让人想起晚明的张岱，所谓少时"极爱繁华，好精舍，好古董……年至五十，国破家亡，避迹山居"。章先生祖父章梅庭与章太炎是堂兄弟，为清末苏州四大名医之一，父亲章佩乙辛亥革命后曾出任财政次长，极爱书画收藏。耳濡目染，他五六岁就执笔临摹书法，书房中悬挂的多为宋元名迹，十岁的生日礼物是元代赵孟頫《奉敕书玉台新咏序》小楷手卷。其后家道变故，经历抗战、"文革"，颠沛流离，艰难困苦，坎坷蹭蹬逾五十年，以至于在南京梅山做炊事员有十年之久。然而也就是在南京，以临池自遣，因为没有书桌，只能在凳子上习书，居然成就了他的小楷。

印象深的是他谈到八十年代退出书法家协会的理由——"俗不可耐，羞与此辈为伍！"

至今想来，先生讲这句话时的那种神情与决绝仍历历在目，一种与生俱来的性情与耿介绝俗之气清晰可见。

章汝奭先生观看作者画作

那天聊得似乎极多，总感觉声气相通处太多，这大概与自己从小就乱七八糟地看各种古书与极爱书画也有关系。记得访谈已经完成了，忽然又扯出什么话题，于是又接着聊。对于书画，先生提出"真赏为要"，尤其认为"过去就没有'书法家'三个字，我对书法的痴迷是因为对中国文化的痴迷，一个人，首先必然是道德、文章，然后'行有余力再治文'，如此，其身后的墨迹才可以为世所宝"。这些平实的话语，对比书法组织的定位与书法界刻意追求书法的视觉化与狂放，其实是正本清源之药，且随着时间的推移，更见出其高远之处。

先生还着重谈起书法的节奏，现在重新看那些对话，感觉节奏其实与情绪是密不可分的，中国书画尤其是写意一脉，与情绪或曰生命的状态是关系极大的，是以有一种节奏之感。

其后到章先生处请教就相对多些了。有一次，试着约请章先生为《东方早报·艺术评论》撰稿，章先生居然爽快地答应了，很快就寄来一篇《书画鉴赏刍议》，从儿时所见书画名迹说到当下，事例信手拈来，文末推荐清代陆时化《书画说铃》的一段话，读来实在极有教益。

章先生对《东方早报》的两份文化周刊《上海书评》《艺术评论》看得都很细，有时读到一篇心有所会的文章，总会在第一时间电话我，包括我写的一些陋文。自己感觉相对不错的，他必会在第一时间打来电话，或鼓励，或谈些体会，或说些不同意见。

记得我写过一篇苏州博物馆文徵明作品的观展随笔，章先生第一时间即打来电话，鼓励说此文写得用心，对文

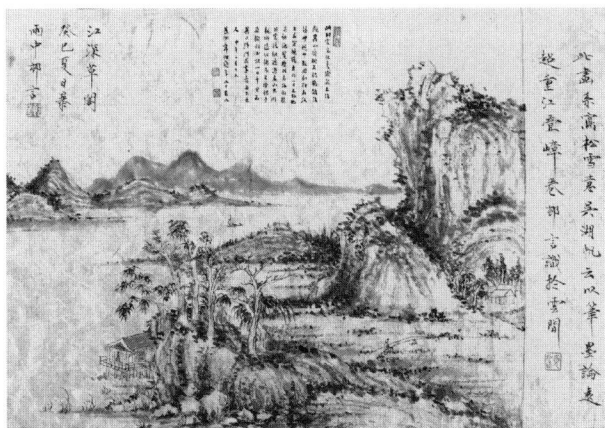

章汝奭先生为作者画作题跋

徵明书画的长处与问题评价比较到位，不过他对我批评文徵明拟倪山水并不认可。鄙文中说："相比较云林山水，文徵明临画沿用了倪瓒著名的'折带皴'，干皴居多，笔形极肖，然而观之却与云林画作的观感截然不同，云林画作用笔简淡，构图亦往简中去，几无一点尘俗气，且多天际想，而此画却将云林简淡的笔墨衍为长卷，且充满机巧结构，不得不恨其景碎。"章先生认为文徵明这样拟倪其实是有着自己的特点的，他说："在明代能拟成这样已经很不容易了。"

我写过一篇关于白蕉与沈尹默的文章，章先生后来也打来电话说很多观点都认同，说拜访过沈，总感觉气格小，而白蕉才气大一些，不过有时又失之甜了。他说文徵明小字失之于尖薄，说学赵松雪过多则易流于习气，我感觉都不无道理。不过，章先生对康南海与林散之的书法意见也很大，一些观点自己到现在似乎还没有完全认同。

《东方早报·艺术评论》二〇一二年刊发的一组汤哲明兄关于张大千评论的文章曾引起较大反响与争鸣，台湾的何怀硕先生也曾参与讨论。章先生读毕文章，专门打一个长长的电话给出差中的我，说他也有些看法，其后我请编辑上门进行录音，并整理成文。章先生大致的意思是："张大千的山水、花卉、翎毛，没有一样不行，没有一样不精——在技法上他都是登峰造极的，他的作品给人的一个感觉首先就是漂亮——是外在的漂亮。所以他的画往往是看了以后觉得很好，但是不耐看，没有余味。就像写诗，唐诗是要涵泳再三才是好的，但是这方面张大千不多——而这与修养有关系的。因为中国画有其特殊的审美体系，历经宋元，文人画大兴，不能忽略整个中国这一千多年来的审美观念发生的变化。"应当说，章先生是从文人的角度看待画史与画家，而非从职业画家的角度看待画家，不过他的所论确实是切中了一些画家的问题。

尤其是提出"不能忽略整个中国这一千多年来的审美观念发生的变化"后，提出"就书画而言，技巧当然是很重要的，但实际上，就个人方面来说，技巧是要帮助画者完成情感的抒发，就是抒愤懑，抒自在"。其评价的坐标正是以文人画为主的审美体系。

这句话即便对当下的中国画教育而言，也是振聋发聩的。

中国画之所以发展到文人画一脉并盛极一时绝不是偶然的。文人画是中国人心性中自由与自在的一种呈现，要求不为物所拘，注重内在的情感与抒发，所谓"如其人，如其学"，几乎是生命精神的凝结。如果站在中国文化本体的立场来看，这几十年来的中国画教育是并不成功的，也是有太多反思之处的。而此语也只可为知者道，不可与不知者言了。

记得有一年，我到陕西汉中石门访碑回来，写了一篇万字长文《新石门访碑：一痛再痛，孰令致之》，提到"近两千年来一直是蜀道焦点的褒斜道石门不见天日已四十年了，而'文革'时对石门水库的选址决策若北移不过数里，其实即可保全石门文化宝库"。章先生那次也是一大早即打来电话，慨叹不已。他说一早拿到报纸就一口气读完了文章，很畅快，很痛心，真是不吐不快。他之前一直不知道这些细节，于是又数番感叹"真没法说"，这是他痛恨且鄙视的口头禅之一。

很多的问题都与文化坐标与失去的文化信仰直接相关。

多年前，苏富比拍卖的《功甫帖》真赝争论事件初起时，针对争议，我写了一篇长文，从苏轼的书风梳理当时第一眼看此帖图片所得的赝品印象，其后上海博物馆学者撰长文进行学术分析论证何以是赝品。我就此向章先生求教时，章先生看了我拿来的图片说，书风不自然，从书者的书风看作品确实是鉴定书法的重要依据之一，书法作品的出处与碑帖的对比以及看原作当然有必要，然而当一幅书法属于较差的赝品时，对比未必就是完全必要的。

章先生其后还写了一篇关于书画鉴定的文章，批评书画收藏拍卖中的"用耳不用眼"，慨叹当下拍卖界真是"没法说"。

其实这个世界让章先生慨叹"没法说"的事件实在太多了。有一次啜茗闲聊，他说有一次社科联邀请他参加一个座谈会，不少人说起废除文言文、实行简体字等的成就，轮到他发言，就说："我和在座的诸公意见相左，小时候念《三字经》中有这么两句，'夏传子，家天下'。当时新文化运动的旗帜是反帝反封建，但试问一下，我们继承了什么？现在又如何呢？你们在座的各位想想吧，我走了。"说完即拂袖而去。

说起当下的教育，他更是痛心疾首，一直念叨"没法说"。他说几十年来其实是让不懂教育的人来做这件事，"无论谁，好像一旦当了领导，就变成了内行，无论在什么地方都要发号施令。不知什么时候开始有这样的风气"？

每次与他见面，聊起当下社会的种种，他都有一种痛彻心骨的悲愤。我的理解是，章先生对于中国文化太热爱了，对于这片土地太热爱了，他一直是率真的，甚至是孩子气的率真。他的眼里几乎容不得一点沙子，但对这个转型中的社会有什么办法呢？于是也只有"一肚皮不合时宜"，大多也只能隐于"得几许清气之庐"，不住地慨叹"没法说"了。

（二）

而对于晚辈，他却一直是鼓励有加的。

我们之间谁有新作的书画或文章，拿给章先生，他总是认真地看，以诚恳的语气提出自己的看法，偶或则题跋给予直接的鼓励。

石建邦兄有一年发愿以毛笔手抄《唐诗三百首》，装订成册，先生看到即撰写了神采飞扬的序言。陆灏有一次从北京的中国书店淘来清代康熙版王渔洋《带经堂全集》的对开散叶，因为有一页空白，忽发奇想，遂请章先生于其上书王渔洋《秋柳四首》——那蝇头小行书真是精彩纷呈，让人目不暇接与眼红无比。这样的创意与作业大概也只有陆灏这样的超一流"泡老高手"才想得出。陆灏还曾请古芬堂复刻一批知堂用笺送章先生，先生把几年来的书画题跋文字汇总后，被我们合起来影印成一本小书《晚晴阁题跋》，则又是后话了。

有一段时间，我忙里偷闲临了一组宋元山水册页，从米友仁、赵松雪到王蒙，不知天高地厚地拿给章先生看，章先生尤其喜欢其中的米家山水与拟赵松雪的《江深草阁》，称古意浓，笔墨清润。后来，他向我提出想收藏那幅米家山水，这也是章先生第一次向我索画，我当然是开心的，当即就赠予先生。其实自己感觉那幅画还是有不少缺憾的，想章先生索画的目的主要还是鼓励自己吧。再后来，试着问章先生是否可以题跋一下另一幅《江深草阁图》，章先生当即爽气地答应了。事后友人笑言："章先生之前是为王一平收藏的宋元明清画作题跋的，后来都入藏上海博物馆了。"

章先生以他灵动的蝇头小楷在《江深草阁》题有："此村言兄忙里偷闲之作，观其山峦树石勾勒皴法，固知欲在纸上立定规模，有非一日之功也，苟能饱览历代名迹，取精用宏，复能遍游名山大川，亲师造化，锲而不舍，朝夕染翰，则必能一日千里。"这样的鼓励与教诲我一直铭记在心，对于后来的学画之路也平添了极大的动力。

那年，我应邀到日本东京中国文化中心参加书画联展，回来后带着展览画册向章先生汇报。他对其中一幅描绘手机微信朋友圈的写意水墨画很感兴趣。那幅画用笔较简，不过绘一桌，一手机，一台灯，再加一段跋而已。章先生说用笔恣意，见出性情，题跋也很好，问是否可以再画一幅给他。当时还有些奇怪章先生何以对反映当下生活的画感兴趣，后来自己重绘时，在原作的构图上又添上一只茶杯，并题有"《何必夜深仍刷朋友圈》，此作原为自戒当下生活，奭翁见之心喜，故重绘并奉茶一杯，恭请奭翁教正"。

先生去年底看到我多年前的一幅《拟宋人水月观音图》，谬赞气息近于宋人，嘱我再绘两幅，他准备在两幅画上各写一通《心经》，一幅我留着，一幅他收藏。可惜那一段时间正是报纸转型时期，每天都是一阵忙碌，完全静不下心来，当然也就没能完成。

书画之外，章先生与我们谈诗词也较多。他说诗词之道和书法相似，古人立身行道，先有道德，然后文章，行有余力可以治文，然为文若不经世必涉浮华，尤以诗词为甚，对此要深戒之。又以《西塞山怀古》等为例说作诗要能收能放，这与书法之道也相通。

说来惭愧，我还是在上学时闲得没事瞎诌过所谓的七绝、七律等，工作后尽管胡乱写过新诗，也写过小说、散文，却再未碰过旧体诗，不过平时倒一直喜欢读诗。章先生有一次聊完天郑重地和我说："你的古文功底好，又有感觉，可以试着写写旧体诗，包括作书题画时也可以用一用。"

他还慨叹现在的书法家专门写古人诗词，今天写"白日依山尽"，明天写"故人西辞黄鹤楼"，写到老，就是没有一句自己的话，还敢自称书法家，"这实在是没法说了"。

受这"没法说"三字的刺激，自己遂有意识地偶或学着试作旧体诗，并终于也有了一些小心得——比如对情对景有一些感触时，若得三五字，或一句半句，由此生发，有时或可得一二句子，说给先生听。先生大然之，说："古人作诗往往先得句，后命题，当然亦有多命题者，然过于黏着则如死蚕，过不着题，则如野马。写诗自然要托物寄兴，既要有情，更有敏锐的触觉，生活的积累，更与修养直接相关，所以还是要多写的。"

记得第一首斗胆呈给章先生看的《访嘉定老街顾维钧祖居》的诗句，其中用了顾维钧先生在法国拒签巴黎和约的典故："深街老屋带烟霞，半架壶藤扫落花。风骨少川谁再怒，巴黎掷笔傍妻家。"先生鼓励之余，对平仄提了一些意见，又聊了不少古人诗中的用典。

二〇一四年，对上海外滩曾发生踩踏事故，心中一直耿耿。那时石家庄主邀请到崇明散心，看江边芦花，同行的诸文进兄忽起诗兴，遂依韵和了一首七律，回来后请章先生指教。章先生居然大赞之，称散淡中有悲悯意，又说诗前短文尤好："小寒后与季、陶、诸诸公，过跨江大桥，沿崇明江堤行，访瀛东及八滧，石家庄主杀羊具酒，备极殷勤，酒酣涂纸，复听季公说人生与上博往事，聊江湖旧梦，颇快意。然一念及外滩踩踏事件，竟已七日，遇难者父母一夕鬓斑，不能不为之痛也。遂依韵和文进兄：瑟瑟芦花半水间，瀛东三访石家湾。渔罾看罢浑无事，孤鹭飞斜意自闲。一曲醪醇归去赋，八滧羊美醉思还。年来懒作山湖梦，却痛江滩令鬓斑。"

其后偶得歪句，有时来不及拜访，即电话念给先生听，先生每次不吝教诲之余，又会结合所作诗谈感受，受益极多。记得黄裳先生辞世，自己作了一首七律追思，章先生尤赏那句"榆下银鱼文字趣，妆台灯影性情真"，他认为把黄裳的著作名嵌入其中颇自然。

先生晚年尤爱杜诗，称之为儒者风骨，诗家正旨，宋人则喜欢东坡、放翁。对于谈诗的文章，他尤其称道白居易《与元九书》提出的"感人心者，莫先乎情，莫始乎言，莫切乎声，莫深乎义。诗者，根情，苗言，华声，实义"。

先生自己每有得意的新诗，也会打电话来。有一两次大概兴起，电话也不打，竟直接书一手札，诗径附于后，快递过来，这真真意外之喜了：那手札上的字体相比较他的大字书法，因为随性而作，更有一种性情与天然之美，极是潇洒风神！

《东方早报·艺术评论》创刊一百期时，电话先生请他写一句话作为纪念。孰料先生为此专门作了一首诗，以狂草书之赠予报社，让人感动不已："半世交亲管城子，难得'东评'一语真。即从单百迎双百，何患他年少解人。"

后一句"何患他年少解人"既狂狷而又自信，对我们实在是极大的鼓舞。

先生对于自己的学生，虽然极爱，但其实也是极严格的。

白谦慎是章先生真正的入室弟子，其书法史著作《傅山的世界》影响很大。白谦慎一九八六年刚到美国时，章先生写了一些长长的信给他，看过其中一封，整整三页纸，从学英语到家事国事，絮絮叨叨，牵挂极多，书风颇多《书谱》意味，如清风拂面，古妍而灵动。

白谦慎后在美国波士顿大学执教，难得回上海，我陪他去过几次章先生处，见他们师生重逢，东拉西扯，忆些旧事，真是乐事。不过，白谦慎对我说，在章先生处是不能提起他的另一本书《与古为徒和娟娟发屋》的，否则先生一定会不开心的。

没想到这一态度其后不久就被我领教了。我与白谦慎针对全国书法展过于厅堂化与视觉化作了一个对话，其中提到书法还是要适当提倡无功利的自遣与自娱心态。章先生读后对我没说什么，不过有一次我和白谦慎一起访他时，他忽然很严肃地提起来，说不可过分提书法的自娱，作书者必先有道德文章，必须要有规矩。我本来想解释"自娱"说主要针对当下书界过于功利化的态度，白谦慎对我使了一个眼色，于是便都唯唯，听章先生继续批评了。

章先生对一些野恶俗的书风以及书法界追求视觉效果一直深恶痛绝，对于经常挥着扫帚进行"书法创作"的一些"书法家"则直斥之为魔道。

先生晚年几乎一直隐居于"得几许清气之庐"，除了看病，极少外出。我印象里除了他的个展，另一次就是参观上海博物馆吴湖帆书画鉴藏展——那也是他十多年间第一次踏入上海博物馆，他坐在轮椅上，我们轮流推着，听他回忆儿时与古书画相伴的往事，月旦人物，臧否书画，实在是快事。

先生晚年多次说过不愿交结新人，就这么些人，没事品茗闲话，挺好！但当我们先后把热爱"泡老"的好友王犁与易大经兄带到"得几许清气之庐"，先生倒也没有拒绝，相反倒很是开心——他大概也看出这些好友的声气相通处。

（三）

对章先生晚年影响最大的一件事其实就是师母四年

前的辞世。

章师母在世时，我们去时，她的话并不多，满头纯白的银发，气质娴雅，总是微笑着，偶或章先生聊得兴起，狂狷本性露出，开始大骂一些看不惯的人与事时，章师母就出来说："少说一些吧！"于是章先生就笑着自嘲说："看看，所以说这真没法说啊！"

章师母名陈文渊，可算是民国时期的名门闺秀，北京家中有三进的四合院与豪车。章先生儿时因为与她哥哥是同学，经常到她家去玩，与陈家一家都熟悉。章先生曾回忆说："认识我爱人时，我九岁，她五岁，已经很懂事了，是全家人的掌上明珠。可是我们还不愿意带她玩呢！"

章师母去世后，章先生有一天曾花了整整一个下午与我们聊他与章师母之间从青梅竹马到偶然相遇，经历战乱，他从北京回上海看望病中的母亲，没想到在霞飞路竟偶遇了未来的岳母，然后又被请了吃下午茶。不过一个月，章师母的父亲因伤寒意外病故，家道中落，而章先生也回到北京，彼此几成断线的风筝，失去了联系。

其后几年，二十岁出头已到海关工作的章先生到书场听评弹竟又偶遇陈家的老阿姆而被认出，才又重新联系上了。

在章先生的口中，那样纯美情愫的萌发生长，背景则是抗战，家国变乱，流离失所，街头的多次偶遇，然后又天各一方，再又重逢，然后终于一九四九年以后结婚，然后又是大病，"文革"下放，历尽磨难，终回上海……一段段往事在他口中，似乎波澜不惊，平平常常，然而在我们听来却是惊心动魄，感动不已，任是什么《魂断蓝桥》

《滚滚红尘》等爱情片似乎也与之无法相比。那天与天扬、邵琦也说起，这样的往事如果有好的导演拍成电影，必定会是一部感人的大片。

章先生多次和我们说章师母是他的平生知己，无论是诗还是书法，第一个读者往往是师母，指出的问题往往切中肯綮。而且看似柔弱，但每临大事，几如丈夫般敢于决断担当。从章先生年轻时的患开放性肺结核吐血不止，到晚年的心脏瓣膜大手术，都是章师母处变不惊，当机立断，从而使得章先生转危为安。

四年前的夏日，章师母病重，我当时的日记中记有"章先生电话来，聊及《东方早报·艺术评论》第八十六期刊发的《质疑草书〈廉颇蔺相如传〉》，认为是近来很少看到的质疑书法名作的翔实好文章。又聊及师母住院，让他极其难受……"

二〇一三年八月二十三日（农历七月十七），章师母辞世，两天后开追悼会，送花圈时见章先生，先生脸色暗黑，精神大退。当时握着他的手，先生并不说话，唯抹泪不已，劝慰久之。

章先生当时手书挽联以"三生石"相喻，感人至深："六十五年相随深念卿仁孝淑敏，三生石上永刻咸羡我福德极天。"

其后几乎整整半年，章先生心绪都处于一种茫然若失的状态，让人想起东坡的那句"十年生死两茫茫，不思量，自难忘"的名句。那一段时间，我们也去得格外勤一些，没事陪老人说说话，略解心绪。有时往往想不要提到师母，但章先生有时自己仍把话题转到师母身上，给我们讲不少两人之间的旧事，情到深处，止不住涕泪横流，让我们不知所措。

记得章先生当时写过不少悼妻诗，似乎一直深陷其中无法自拔：其中有"君我诀别今百日，此间无日不思君。案头手迹西湖咏，犹忆湖边憩柳群……"

又有他边落泪边念给我们听的悼亡诗："昔年戏言身后事，眼前情景竟如之。长望平居三五载，倏然忽到永别时。耳边告诫音犹在，心底凄惶我自知，从此无复家滋味，九泉相待莫嫌迟。癸巳小春月之十一日，凌晨不寐，忆及种种旧事，悲怆不能自已，挥涕作此。"

——如此悲怆，我们倒是很担心章先生的身体了。

但半年左右的时间，终于出现了转机。石建邦不知从哪里搞来一些老纸，给章先生试用，章先生觉得甚好，就发愿书写八万字的《妙法莲华经》作为纪念。在写了一两纸后，有一天翻检抽屉，竟有一张纸条意外出现在眼前，上面清清楚楚写着三行字："一、耐心写；二、写几张是几张；三、前后照应到"，后面三个大大的感叹号，但并无落款。

章先生后来告诉我们，当时简直就是天大的惊喜——因为这字迹千真万确分明是夫人所书。他认为字条是章师母刚刚为他书写的，而且所有的语言都是在针对他发愿书写《妙法莲华经》。换言之，他感觉章师母从未离他而去。

那些天，他给我们讲这些时容光焕发，整个精气神与以往完全不同，这也让我们十分惊喜，这样的结果当然是无上好事！于是大家咸赞真是奇迹，章先生愈加欢喜，花费数月写成《妙法莲华经》后，专门裱成一套册页，并将这张章师母的字条裱在其中，题上"此内子陈文渊手迹，汝奭记"，又在下面写了长跋，记录缘起。

此后的章先生精神一直处于较好的状态。

记得二〇一四年筹备上海图书馆八十八岁米寿展时，章先生还专门借所在小区居委会的会议室书写丈二巨幅的书法，邀请我们前去观摩。当时书写的是他喜欢的东坡词《密州出猎》，气势豪放。上海图书馆展览举办时，贤达云集，章先生又在图书馆进行了一次讲座《读书临池心解》。那次讲座，过道里也挤满了人，可谓一时盛况。

二〇一五年冬写成的《子夜诗思》，同样是追念感怀章师母而联得长句，情感之深挚一如既往，但读之与之前的巨大伤悲已完全不同了：

总角嬉游若梦飞，深情早铸启天闱。

三生石上镌名姓，一世休咎仰定挥。

几度沉疴延断续，残年孤鹤尚低徊。

浚毫聊示儿孙辈，或报平生未展眉。

乙未冬月之望子夜梦觉，追念内子文渊，联得长句，是亦痴人行径耶。长洲章汝奭年八十有九。

现在想来，章先生对师母的深情可见出他对人生的深情，几如魏晋中人，所谓"情之所钟，正在我辈"，这也正是他喜欢陶渊明、东坡先生的原因。

每年春节后都要去给章先生拜年，但今年春节后想去拜年，却听闻先生因心肺衰竭住院了。那天一个人带着一束花跑到医院，先生正在睡觉，嘴上似乎还装着协助呼吸的仪器，护工在旁边，打了招呼，便站在床边静静看了一会儿先生，有些难受——先生变得太瘦了。后来先生醒来，看到我，微笑着嘴动了动。我叫他不要讲话，握了握手，手有些凉。我说："就是来看看您一下，安心静养。"

第二次看先生是五月，白谦慎到上海，约好了梅俏敏、李天扬、石建邦与我一起去。章先生的孙女丹丹与孙女婿都在。那天先生与住院之初已完全不同，气色极好，看白谦慎的论文，又看我们品鉴丹丹收藏的古画，一片欢声笑语，那次我还提起先生说起的《拟宋人水月观音图》的事，先生好像说，不急不急，等天凉下来，心静一些再说。我当时还以为先生也许不久就会出院，继续每天凌晨即起、过读书抄经并与我们偶或闲话的生活。

然而天凉下来时，先生竟然走了。

——章先生的女儿说，先生走时一直握着她的手，十分安详从容。

这是一定的——他生前留下的自挽联横批为"无愧我心"，我想，他确实是做到了。

先生的追悼会于二〇一七年九月十三日（农历七月二十三）在上海举行，先生就此逍遥西行，"婆娑风月"，谨撰一联送别先生，其中有他最爱的陶潜与东坡的句子：

几许清风，此中有真意，
一生傲骨，从未合时宜。

二〇一七年九月十一日晚动笔，九月十三日（丁酉年七月二十三）晨起匆匆写毕。

附：对话章汝奭：过去就没有"书法家"这几个字

　　章汝奭似乎并不属于当下这个浮躁的社会，一派古君子之风的老人几乎算得上一个活"文物"。

　　他以书法名世，其书法气息高古，温润淳厚，书卷气极浓，小楷更是一绝，然而章汝奭并不以书法家自许。二〇一一年在接受《东方早报·艺术评论》专访时，早在二十世纪八十年代即退出书协的章汝奭表示，对书法的痴迷是因为对中国文化的痴迷，一个人，首先必然是道德、文章，然后"行有余力再治文"，如此，其身后的墨迹才可以为世所宝，如果是为写作而写作，为书法而书法，急功近利，对艺术来说就是一种亵渎。

谈做人：不可有一笔败笔

　　顾村言：当下的书法界存在着不少不正常的现象，如利用职务之便炒高自己的作品、展览的厅堂化与过于包装等，章先生你怎么看？

　　章汝奭：书法就是写字，而写字主要还是要从做学问开始，我总觉得——我的看法可能和现在很不合拍（当然个人有个人的活法），过去有句话，一个人必须先有道德、文章，然后"行有余力再治文"，这样的话呢，他身后的墨迹才可以为世所宝，人们甚至觉得可以效仿，这是另一回事。但如果是为写作而写作，急功近利，谋取某种利益，对艺术来说就是一种亵渎，也绝不可能有高雅的气息。《书谱》上说："凛之以风神，温之以妍润，鼓之以枯劲，和之以娴雅。"

顾村言：现在书画界称"大师"的不少，你觉得以后真正值得肯定的人有多少？

章汝奭：实在说来，我今年八十五岁了，很多事情现在想想，不需要去说三道四，我也不想再讲，从古人（的角度）来说，我觉得，值得肯定下来的不多，真的不多。

那些享大名的，所谓大师也者，比如张大千，从人品来说，是有问题的，早年仿石涛那些做假的东西，前不久在新出的陈巨来书中被揭露出来；另一位与张大千同时的大画家，佯说要买清"四王"的精品，却做张假的去调包，这些做法实在说就是盗窃，他们现在居然还被称作大师。所以说现在，我就觉得没法说了。

顾村言：古人常说"书如其人""文如其人"，说到"如其人"，章先生你怎么理解？

章汝奭：我从小念经史子集，后来"文化大革命"受到迫害。我从事外贸这个工作，那时曾为国家挽回了一百万英镑的损失，《纽约时报》也有过登载，可是我受到的是什么待遇？这个就不谈了。后来我在（南京）梅山淘米烧饭十年，那时候我老伴回上海养病，严重的心脏病，连路都不能走了，她就关照了我一句，说："你呢，就写写字吧，看看书吧。"甚至她抱病给我买宣纸。那时候她才四十多岁，就已经退休了。我就想，人呐，这一辈子，我这老伴跟着我不容易，我不能辜负她。

小时候教我古文的老师就和我说，古文当中十篇文章一定要好好读的：司马迁的《报任安书》、贾谊的《过秦论》、李密的《陈情表》、诸葛亮的《出师表》、陶渊明的《归去来兮辞》、杜牧的《阿房宫赋》、范仲淹的《岳阳楼记》，还有苏东坡的前、后《赤壁赋》等。我到现在，虽然这个年纪了，但还能背得出。这几十年来，所以可以不污行止者，就在于我从这些文章里汲取了力量。就是说做人，不可以有一笔败笔。

老实讲啊，刘备教训他儿子：勿以善小而不为，勿以恶小而为之，我觉得这个是很要紧很要紧的。陈寿的《诸葛亮传》里面记有诸葛亮之言："成都有桑八百株，薄田十五顷，子弟衣食，自有余饶。至于臣在外任，无别调度，随身衣食，悉仰于官，不别治生，以长尺寸。若臣死之日，不使内有余帛，外有赢财，以负陛下。"就是说我不要钱，我的一切全是供给制——做到丞相如此，古人的清廉不是说着假的。那王禹偁的《待漏院记》写得清清楚楚，什么人可以食万钱、授高官这是可以的，但是你要做像样的事情。所以范仲淹说："居庙堂之高则忧其民，处江湖之远则忧其君。"这个是很有道理的，现在不讲，现在好像只要赚钱，只要有高位，你做什么都不是问题。现在这个事情弄到这个地步还有什么话讲。所以我说人啊，活到这个岁数，八十五岁了，管不了，我只能是我行我素，我只能说是保住自己，说是这辈子不在人生道路上抹黑，这一点可以做到。

顾村言：有句话是"无道则隐"，或者说是"大隐隐于市"，你是想做都市中的隐士？

章汝奭：其实也说不上。只是我不想在书法上与那些人混杂在一起。

谈退出书协：至今不后悔

顾村言：听说你早在二十世纪八十年代就退出书法家

协会？当时怎么会有这样的想法？

　　章汝奭：一九八一年吧，当时我在上海人民公园开个人书展，那个时候市领导夏征农、王一平全来了，他们讲反应很好、很有书卷气的怎么怎么样，后来书法家协会就请我加入了，参加书法家协会，作为会员。我进去六个月到八个月后，我后来就说"基于种种原因，本人决定自即日起退出书法家协会"。

　　顾村言：你当时发了公开声明吗？

　　章汝奭：没有公开声明，就写个信给他们。

　　顾村言：给当时的书法家协会主席吗？

　　章汝奭：不是主席，我就是给书法家协会。信上有"敬启者，基于种种原因，本人决定自即日起退出贵会。特函通知，即期查照为荷"。——简单吧？非常简单，我退出是自愿，自愿加入自愿退出嘛。后来王一平跑到我这里来，跟我说："唉，你不要退出。我听人说你要退出，退出不好的。退出得罪人的。"

　　"哎呀，"我说，"王老，坦白说，我羞与此辈为伍。"

　　顾村言：那么什么事情触动了你，导致你最后退出？

　　章汝奭：俗不可耐。所以我说我要退出，不与他们为伍。

　　顾村言：那后来你退出书协他们有什么反应？

　　章汝奭：没什么反应，就说的还是那意思，他自个儿要退出么那又没办法。说得不客气点，"书法家"三个字过去就没有。

　　顾村言：就是像民国时期于右任、沈尹默他们好像也不叫书法家。

章汝奭：对，说到沈尹默啊，你看他的书法其实没有什么变化，他自己以为是"二王"的继承者。

顾村言：说到现代"二王"的继承者，白蕉的格调比沈似乎要好一些。

章汝奭：但白蕉失之甜。所以说我取舍费踌躇。

有一首诗是我自己写的，其中有"行年七十五……空绕池边树"，这诗是十年前写的。人家说"章法变而贯"，你说写大字的话，比方说开个展览，看了头一幅，最后一幅也不要看了，就是一个样子，没有什么变化。所以我说，老实讲你们这个，写写字就是书法家啊，再出一两张字就是书法家了啊，这个就是急功近利啊，古人没有的啊。

所以说现在不好说，还有博士导师啊什么的。

顾村言：书法专业的博士生、硕士生导师？

章汝奭：唉，对，天地良心啊。你看啊，既然是博士生导师，拿着手卷来，清代的手卷，说让你题一下，结果回答是："对不起，敬谢不敏。"就这么简单。老实讲，古文方面连句读都弄不清楚，怎么讲？所以说这个东西啊，我老伴儿一再告诫我，不要去贬低人家，我有时想也对，关起门来过自己的日子，好坏我自己知道。没办法啊，现在大气候是这样。

顾村言：现在很多书法家的作品和生活是隔离的，在表面功夫上做文章，首先就不是一个有学养的人。

章汝奭：人家说的很有意思，他说他卖钱，卖钱就卖那"主席"两个字。这一帮人我也得罪不起，所以退出书法家协会以后，我任何书协的活动都不参与，人家展览什么的我向来不参与。前不久纪念辛亥革命（百年），说那什么辛亥革命要纪念，你应该不会拒绝参加吧。我拒绝不了嘛，那写。我对高官向来敬而远之，但是对王一平（一九八〇年初任上海市委领导）则是两样。他到我这斗室来看我，一坐就能坐上半天，找我来题跋这啊那的，他好多收藏的书画都是让我题跋的。

顾村言：王一平请你题的有哪些作品？

章汝奭：八大的，王雅宜的，"扬州八怪"中有高西唐、李复堂，全是我给他题的，还有明朝末年的那个无款的双钩《兰花卷》，都是他个人收藏的，后来全捐给国家了。所以后来那个时候他说我会得罪人。我说我平时有很多事情做得可能有觉得自己很过分啊，或者有点儿后悔啊什么的，但是这个事从来不后悔。

顾村言：指退出书协？

章汝奭：对，对退出书协我从来不后悔，没后悔过。那时候有人说："哎呀你会住这么小的棚子啊，这么局促啊什么。"我说："死生有命，富贵在天。"我生不带来死不带去，我也没这本事跟人周旋。我老实讲，我教的是洋玩意儿，国际营销，International Marketing，我甚至用英语教学的：When you step in this classroom，no Chinese. 到教室，没一句中文。我就首倡英语教学，让你们读原版书，提倡参与，自由讨论。联合国教科文组织对学生怎么评分的？出席、出课、到课 30％，这样的。我就跟王一平说我不参与活动。王一平说："那你不参与活动，你别退出嘛。"我说我这个从来不后悔，我说个人有个人的活法，你们享受你们的荣华富贵，我没有这个命。所以后来就不与书协来往了。

谈从艺：从《寿春堂记》到《自书告身》

顾村言：回到书法上，是什么使你走上从艺之路的？

章汝奭：实际上，我这人呐，不是一天到晚就为了练书法而练书法，我有时候写写文章啊什么的。文言文呐，跟这个白话有很大不同的地方，不是说加上"的、了、吗、呢"就是白话，白话加上"之乎者也"就是文言，不对的。文言的立意是什么？就是短文字写大文章，含蓄概括全在这里头，写诗也是这个意思。所以我非常赞成白居易的八个字：根情、苗言、华（通"花"）声、实义。植根于情，最朴素的语言，最朴素最凝练的语言，配上美丽的音调——华声，实义，就是诗有非常深刻的含义。这四者凝结在一起，就是诗。反之就不是诗。其实呢，音韵呢，倒还是诗之要素当中最不重要的。"前不见古人，后不见来者。念天地之悠悠，独怆然而涕下！"这好像不太（讲音韵），是吧？但是啊，《登幽州台歌》是初唐时候最好的诗。你说像我活到这八十五岁了，也有这感觉。所以文言文也是这样，短文字出大文章。如大千世界寓于一粟之中。

顾村言：那什么时候开始写字的？

章汝奭：具体到书法而言，其实我小时候在家里头就喜欢写字。在家里念经史子集，外头是洋学堂。那时候是教会学校，初中的时候就是洋人教的，教英文，那时候家里有家馆。"四书"先学《孟子》，然后是《论语》《大学》《中庸》，然后学《孝经》，然后《书经》选了几篇、《诗经》。这个读了以后呢，《礼记》《檀弓》这些，《国语》《国策》《左传》全读，读完以后就是楚辞汉赋，两汉文章，唐宋文。

我十岁生日时，父亲送我赵孟頫《奉敕书玉台新咏序》小楷手卷，我以为平生所见松雪书此为最佳。还有给我印象很深的是一九三七年抗日战争爆发前不久买进的黄道周、倪元璐双忠书画合璧卷，黄道周草书在前，倪元璐仿小米《雨景山水》在后。我十三岁时即应人书扇，十四岁时我曾为我父亲的好友张仲青写过一把扇子，这位老世伯答我一书画扇面。他的书法学米很有功力，画学元四家，在字的一面有我的上款是这样写的："汝奭世兄得承家学为予所书已见规模，若得名迹精进，行将追踪晋唐，勉之勉之。"

后来到上海读税专毕业后到海关工作，从此一直忙于工作，除了每年夏天应人之请写一两页扇面之外，就很少写字。如今可以找到我早年的毛笔字只有我三十五岁时（一九六〇）在一本葛传椝的《英语惯用法词典》内写的两行放翁诗了。

顾村言：家学渊源的影响也很大吧？

章汝奭：我父亲倒是才子。我父亲章保世字佩乙，一八九八年戊戌应童子试，荣膺苏州府长洲县案首（第一名秀才），年仅十三岁。后毕业于江苏宜立法政学堂。我父亲在二十岁之前即以文名享誉大江南北，有江南才子之称。二十四岁在上海就是《申报》和《时事新报》两张报纸的主笔，后来被段祺瑞要去做北京政府的财政次长，就是副部长兼泉币司长。后来就不做官了，他也看透了。

他救过两个人的命，李思浩与徐树铮。

民国六年（一九一七），张勋在北京要复辟，传言要杀李思浩和徐树铮（时任陆军次长）。张勋对我父亲是很客气，很看重的，管他叫"小老弟小老弟"。徐也是我父的好友，我父向张说情，甚至给张下跪。张说："李思浩是你盟兄，看你面子，算了，但徐不行。"我父亲回到家后（徐当时藏身在我家），那时候北京城只有三辆汽车，他有一辆，而且有特别通行证，还有保镖。他就给徐树铮化了妆，自己陪着徐树铮，把车放天津，天津地处租界啊，就到了六国饭店把他放下来说："你到了这，是没问题了。"徐树铮很客气，说："小老弟，谢谢你的救命之恩。我这有两张银票，你少打两把麻将吧！"两张多少钱？一张二十五万两大洋，两张共五十万两银元。这下我老爷子发了财。我老爷子发了财后，既不买房子也不买地，他就是买文玩字画，最了不起的现在在上海博物馆的那个《烟江叠嶂图》就是那个时候买的，北宋王诜的，苏东坡的题。我老爷子五六十岁的时候过不下去了，沦陷期间他和那些老朋友都断了来往，像王揖唐、王克敏、陈公博这些全不来往，甚至于他做的最后一任开滦煤矿督办特任官，就是陈公博举荐的，他也跟陈公博断了来往。既不来往，他又是所有的字画也全不卖给日本人，日本人知道他有南宋夏圭的《蜀江晚泊图》，要来买，他前头听见车响，后头从后门出去了，不跟日本人打任何交道。

顾村言：那时候生活来源就靠积蓄吗？

章汝奭：生活来源就靠卖画。所以常常饭桌上："今天吃的是唐伯虎哦。""今天吃的是文徵明哦。"尤其是唐伯虎那张了不起的手卷《溪山秀远图》，真是精彩得不得了。

顾村言：后来《溪山秀远图》到哪里了？

章汝奭：不知道。连前些日子我给黄君实题的那个钱舜举《锦灰堆》，也是我父亲的收藏。唐伯虎那幅画卖掉了很可惜的。我平生看了那么些唐伯虎的画，这张啊，无出其右。反正老爷子在饭桌上还掉眼泪了。我记得华补庵后的题跋："六如居士为予作是卷，往返半年始就。"花了半年才画好，画长约一丈六，完全是南宋夏圭的遗风，真了不起。而且题跋那几个字啊，好得不得了。人生不过数十寒暑，所以我小时候看的那些好东西，不过云烟过眼。家里那么多好东西，比如陈曼生壶，那都是随便扔扔的。

顾村言：那时候你写字练的是什么字体？

章汝奭：最早的时候是写赵体，就是赵孟頫。一本《寿春堂记》，大概是清朝初年刻的，我翻烂掉了。小时候我很喜欢这字，很漂亮。我父亲就说："你要改，这个赵字啊，赵孟頫本身是个大家不错，但是呢，他的习气，你染上了他的习气，终身难以摆脱，所以你要改。你现在改练李北海的。"后来呢，让我练《庙堂碑》，虞世南的。虞世南的《庙堂碑》怎么练啊？我说这是"三载依然对庙堂"啊。反正我十岁那年，我生日，我父亲说："今天是你生日，你喜欢赵孟頫，我给你个赵孟頫的手卷。"赵孟頫《奉敕书玉台新咏序》，后来我就没看见，包括博物馆收藏的，没一张比这好的。反正是精得不得了，而且是绢本，干净漂亮，非常了不起。老实讲，我当时那写字台，比《红楼梦》的探春那个描写的还要豪华。两个笔筒，一个是宣德五彩，一个是康熙青花。

顾村言：那"三载依然对庙堂"以后呢？

章汝奭：《庙堂碑》以后就自己随便选了。

顾村言：根据自己的兴趣爱好？

章汝奭：比如《圣教序》。《圣教序》漂亮，其实《圣教序》不对，集字啊，他这是虚灵飞动，当然是王体，那时候王字不稀奇啊，而且各种字全不一样，可以翻花样的啊。后来我就觉得他跟《兰亭》不一样，其实对冯承素的那个冯摹本《兰亭》，现在全认为那是摹本，是原来兰亭的摹本。剩下的全有他自己的痕迹，虞世南的"天历兰亭"有虞世南的痕迹，"定武兰亭"有欧阳询的痕迹，你细看全是这样的。所以王字啊还是从厚重一路，康有为尽管有什么《广艺舟双楫》，但里面很多全是说的错话，他的字本身写的是走火入魔的。但是他有一句是对的，他说"后世继王书，二王者，惟清臣与景度耳"，也就是只有颜真卿和杨景度即杨凝式，只有这两个人得王羲之的真脉，实际上是走厚重一路。你看《寒切帖》《姨母帖》，看出端倪了。颜真卿早年的东西还有点板，像《勤礼碑》啦。

顾村言：你觉得颜字最好的是什么时候？

章汝奭：最好的是他七十岁以后写的《告身》。

顾村言：《自书告身》是么？

章汝奭：对，《告身》是颜真卿比较了不起的，比较自然。所以这个不是说人家写颜字就写《勤礼碑》啦，到最后他什么样子，才是他真正的代表性的东西，所以取舍这个东西，真是要考虑。所以我到晚年写小字就跟早年不一样，早年写小字，学赵啊学什么，甚至到六十多岁写钟繇，而且觉得他很旧，高古。但是到后来，自然就什么，就是晋人的字有什么特点？字本身长的，就让它长；字本身短的，就让它短。这一点呢，就是虞世南，这个方面在唐人当中，做得比较好。所以虞世南死了以后呢，唐太宗是非常难过的。所以后来临这个《兰亭序》呢，虞世南、冯承素，冯承素是摹本，据说是跟原来的很近的，因为他确实是变化最大的，跌宕变化最大的就是冯承素的。欧阳询的落水《定武》比较长，但是褚遂良的比较好。

顾村言：真正感觉进入书法状态是什么时候？

章汝奭：是到"文革"动乱时，我在梅山劳动，老伴又在上海养病，我于劳动之暇遂以诗酒临池自遣。可是，我已经四十几岁了，而就在那时有人说我字写得好，我自己则一直觉得"远未逮"。古人所谓礼、乐、射、御、书、数为六艺，则充其量仅博其一，何况还是"远未逮"！然而这却促使我较前更认真地思考这一问题。

谈学养：真赏为要

顾村言：对于书法的学习，你有什么建议？

章汝奭：书法作为一种艺术，它本身要求赋予它以丰富的内涵。《兰亭》所以流传千古是由于王羲之的超逸绝伦的书法艺术依托在感叹世事无常，极富哲理的一篇文章里；颜真卿的《祭侄稿》则是以颜书的磅礴正气反映其悲愤与怒斥凶顽；东坡的《黄州寒食诗》，其诗不仅描述其经历之悲苦，并转而成为凄厉的嗟叹。但这篇书作则是前小后大，前面谨饬渐而转为洒脱豪放，弥足玩味。一篇杰出的书作，竟孕育着如此丰富的艺术语言，这当然和一个人如何对待自己的遭际乃至其禀赋、文化积淀、学养都息息相关，密不可分。好的书作，自然有丰富的内涵，即所谓耐看。然而自古迄今，尽管毁誉基本公平，但不公的舆论所在都有，这与论者本身的品格、学养也都有关联。有的人身居高位，他的片言只语都足以左右舆论，这也是没有办法的事。

古人说"字无百日功"，这就是说练一百天字还看不出有什么进步，只有无间寒暑持之以恒才行。这话当然不错，但我以为字也不是一直写下去就能写得好的。这就是孔夫子说的："学而不思则罔，思而不学则殆。"写写停停，思考一下得失，总要找出自己的毛病，经常否定自己才能有进步，当自己自满自足的时候也就是停滞不前的时候。这就需要多看古人的佳作妙迹。这真可说是浩如烟海，但也不是都好，这就要靠自己的辨别取舍，不仅如此，有时还有触类旁通的情况：如古人所谓担夫争路，如观公孙大娘舞剑器等。

顾村言：有人在书法上专学一家，你怎么看？

章汝奭：我不赞成专学一家，之所以如此，是因为看到这样做的结果往往不理想。比如明代吴宽学苏、沈周学黄都很像，但总使人觉得不过如此。而能冲破古人藩篱的如倪元璐、黄道周、傅青主、王觉斯等人就使人觉得他们各有各的高格调。放翁有句云"诗到无人爱处工"，我以为不妨套用一下。我以为晚明诸贤确实让人刮目相看，而他们自己似乎并不求取媚于人。至于在有明一代享大名的文徵明，他的字固然称得上流利秀美，但最明显的缺点是"薄"，且有习气，甚至拿他甚以自矜的小楷来说，固然劲健整饬，然仍未脱前人窠臼，即尖而细，在格调上远不如王宠的幽深静雅，也不如祝允明的质朴峻刻，甚至他的行书也不如他的儿子文彭。

顾村言：就学习书法而言，勤学方面有"笔成冢、墨成池"之说，你觉得学习书法最重要的是什么？

章汝奭："笔成冢、墨成池，不及羲之与献之。"古人这句话从勉励临池用功的意义上来说，自然不能说错，但要在艺术上有高造诣、高成就，单靠沦精翰墨是不行的。那要靠什么？要靠不断提高自身的学养和鉴赏水平，只有具备很高的鉴赏力，才有可能为自己树立高标准，高的追求目标，因此在这里提出"真赏为要"。

有的人在书艺上有了一点所谓"成就"之后，就踌躇满志，停步不前，多少年就是那副老面孔，甚至日积月累，毛病越来越多，把这些说成是习气还是客气的。坦率地说，应该说是"积弊"，而这种种"积弊"集中起来，竟成为所谓"开派"的资本。尽管有人嗜痂成癖，但"痂"总是"痂"，不是"花"。总不能把"恶丑"看成"真美"，把"腐朽"看作"神奇"吧？

何谓真赏？首先就是要尊重我们中国书法艺术的优良传统。这个传统的内涵是什么？是支持书艺的根本要求，即笔质、结体、墨韵、布白、章法，并从这些要素提炼、升华出来的气格、书风，也正是这些要素是书艺的基础。如果没有这些根本要素、要求，书法艺术还留下点什么？

既称真赏，自然要有深度。刘熙载《书概》中有云："论书者，曰苍、曰雄、曰秀，余谓更当益一'深'字，凡苍而失于老秃，雄而失于粗疏，秀而入于轻靡者，不深故也。"那么如何理解这三方面深的要求呢？我以为苍就是要"苍劲遒逸而老辣",雄就是要"雄浑端严而朴厚",秀就是要"秀挺妍润而娴雅"。

"书尚清而厚,清厚要必本乎心行,不然书虽幸免浊薄,亦但为他人写照而已。"这就是说,书要恪守矩矱,不能搞野狐禅,这是清的第一要求。清厚的反面就是浊薄,浊就是不守规矩,随意杜撰信手涂抹。本乎心行就是要有自己的独立面目,否则只是依样葫芦,为他人写照,遂等而下之。

此外,"书以才度相兼为上",这就是说既要遵循法度,又要在艺术世界中展示个人独特的才华。

谈写字:节奏要紧

顾村言:你的书法包括小楷都可以感觉到一种节奏感,在书写时是怎么把握的?

章汝奭:讲到节奏,不是所有的从头到尾一笔全是慢的,不一定,不是这样的,但是浅部痕迹就是断笔啦,并不是从头到尾全是快,不对,得有节奏。就是说写字啊,当然这个小楷啊,就是实际上只是一个三四分许,这个字这么小一个地方,你看起来好像平均,其实一笔之中,仍然有快慢,仍然不是一下子全是快的,不是的,哪怕再小,也有快慢,所以节奏很要紧。

顾村言:那有的时候会写得很快吗?

章汝奭:有的笔画稍微快一点,有的笔画仍然是慢的。不是一下子全是快,这里头有节奏感,所以这个东西要细心揣摩,不是一下子就成的。当然人啊,写字写熟了,功夫到那儿了,自然就是,一方面行距自己能够掌握，一方面每个字的间距也能够自己掌握，疏密、秾纤这全能够自己掌握，这速度就快了。

顾村言：其实章先生的小字给我感觉的意趣尤其多，可以说小字里有大文章。

章汝奭：小字里头有内涵，有大气象。所以那时候人家说："你这个小字，应该胜过文徵明。"我说："这一点我倒不谦虚，文董我不稍让。"《名帖精华》里选的董其昌行书《琵琶行》，一共五百多字，错了六七个地方。《名帖精华》的主编，你选的这种东西的话，说是传世名迹，对不起，我不敢恭维。错的，那是笑话啊。

顾村言：您这谈的是古人的错，那当下人的错您怎么看呢？

章汝奭：那就更不说了。比方说，上次一个人拿来一幅登在报上的书法，写的是陆放翁的《游山西村》，"山重水复疑无路，柳暗花明又一村"。其中"水复"的"复"，写繁体字应当是"複"，比如複雜、重複，偏旁都是"衣"字旁，不能成"双立人旁"，或写成空挑。所以说到现在的简体字，社会上说起"五四"以来这方面的成绩，经常夸得很大，但就这一方面我真是不敢恭维。你们把中国的文字弄得混乱不堪。这个"複雜"的複，是"衣补"，"復興"的"復"是"双立人"。"双立人"从走，行走的意思，这个"重複"的"複"是"衣补"，"山重水复"是"衣补"，不能是空挑，空挑就是"双立人"，"双立人"就不对了。你如果索性写简体字那我没话说，因为你们要简体嘛，对不对？你要写空挑就是错字，因为这两个字不是通假字。

这样的书家多得很呐，不在话下，而且还登报纸了，见报了。你说写字的话，六书不通你怎么写？不懂啊你这个。古人有的东西，文字的演化是有严格的规范性的，不是那么随随便便的。人云亦云的"云"，这个"云"字本来是象形的，本来就是天上的云，那云也是这个字。后来恐怕两个字混淆，所以上面加个"雨"字，"云腾致雨，露结为霜"，所以《千字文》里头这个，是有讲究的，对不对？

顾村言：对于当下的书作你有什么评论？

章汝奭：对现代书作我不想作任何评论，也无法作评论。我只是希望时下的书作者，能少一些急功近利的追求，多一些自我检讨和冷静思考。少一些自我标榜，多一些自我否定。而最要紧的是增进学养，提高鉴赏力。只有鉴赏水平提高了，才能明确自己的努力方向，最后达到心手双畅、物我两忘之境。

顾村言：章先生您八十五岁了，现在还每天写字吗？起居什么状况？比如说每天早上是几点起床？

章汝奭：三点钟起来，每天写字的。

顾村言：三点钟起来先锻炼身体还是什么？

章汝奭：不不不，不锻炼的，我这个心脏（不好）怎么锻炼啊。我跟你说，我出去走路都不行。就这过马路，去药房买一小瓶 Vitamin B、C，就喘得不行。但是我写字的时候呢，你看这前段时间刚写的《蜀道难》。

顾村言：是很有气势，不像心脏病人的字。这拿着毛笔的时候就不一样了。

章汝奭：对对，拿毛笔就不一样了。

（讲到起居）主要是全家人的茶杯我来洗，我自己的茶杯我来洗。我自己喝茶是比较讲究的，甚至人家选的好龙井我也会觉得不好。我有一个姓张的朋友也认识了二十年了，是养蟋蟀开始的，这个人非常好。他家住杭州的余姚那边，每年都送茶叶给我。这个茶叶是好，正宗的味道，没有特别的味道。我每天从年轻的时候养成习惯，everyday shave 每天早上刮胡子。我本来解放前是 shanghai customs 海关的，那个时候要求很严格的，要是你胡子不刮的话，上级会对你说："Go and shave."我每天三点钟起床，有的时候更早，为什么呢？脚抽筋了或什么，起来再烫脚，完了以后再睡就不行了。起来以后烧水，然后我要摆弄我的药，每天早上要吃十几种药。

吃好早饭以后大概五六点钟，开始写字，写经。

我是人家来讨字我来记账啦，人不能轻易允诺，但是答应人家了就要做。就是说人家要你一张字，那是看得起你啊。

二〇一七年九月十一日晚动笔，九月十三日（丁酉年七月二十三）晨起匆匆写毕（对话部分二〇一一年十二月）

洗尽铅华见本色

要写关于朱豹卿先生的文字，其实颇费踌躇，因为越是发自内心尊敬的人，越难动笔。

何况，我与朱豹卿先生压根就未见过面。所有的缘分都是因为王犁兄。那是四年前，王犁兄寄来豹翁的两本画册《豹卿写趣》《朱豹卿捐赠作品集》（中国美术学院出版社，二〇一一年版），一见心惊，一见如故，一见狂喜——而那时，豹翁已经辞世两年了。彼时简直感觉不可思议，且有一种深深的自责与惶恐：自己主编一份还算专业的艺术周刊，而有着如此高逸境界笔墨的大家（当然是大家），居然此前从未听说，所谓"世有颜回而不知，深以为耻"！王犁兄其后解释说老人生前极其低调，不求闻达。豹翁生前名不出湖上，哪怕在杭州，除了他以往美院的同学或单位同事外，也鲜为人知。

王犁兄后来发来一篇追思豹翁的文章《宁静得可以

听到天籁》，那大概是王犁所写最好的一篇追思怀人的文章，读之唯有感动与遗憾：感动于王犁兄笔下的见性见情，却又遗憾于再也没有机会一访豹翁了。然而后来想想，这又有什么要紧呢？豹翁的笔墨与思索仍在，那么豹翁就仍在。豹翁作为一个个体，可以清晰看得到真正的中国知识分子面对时代与文化巨大变动时发自内心的选择是什么，对于中国文化流转的理解也实在是有剖析的必要的，而其意义随着时间的推移会愈见光华处。

其后终于有机缘向豹翁的家人购藏豹翁的多幅晚年精品，花卉鱼虫与山水手卷均有。我不知道别人的感受是什么，于我而言，拥有豹翁画作的个人感受，那一瞬间就是——与拥有八大山人与白石翁的画作几乎是可以平视的：读其一笔一画，苍茫迷离，洗尽铅华，老笔纷披，精纯朴拙，而又直见本色，直入内心，一种巨大的幸福感顿时纷涌而来，有时几乎是狂喜。没事翻出来看看，天地顿觉为之一宽，一种大自在之境，极是畅神。如豹翁所言："画之至用在自由，这是她最高的妙用。书画之妙用在能营造一个安身立命的精神园地，一个灵魂安息的港湾，一个真正自由的天地，'画'爱这种自由的快感，这种快感虽然短暂、虚幻，确也真实存在，这种自由的境界并不容易达到，但确实可能，始终成为人们心目中的向往。关键是怎样进入自由境界，一旦进入自由境界（自由状态）就实现了大解放、大解脱、大自在的巅峰状态。"

（一）

对于豹翁，不少人多以"画隐"名之，这当然也可以，后来想想其实也未必，他只是遵从自己的内心罢了，他只是想自由体证生命罢了。隐与显，对他并非目的，之所以不欲于显，无非是社会时代的变化导致知者日稀，刻意参与反而会阻碍那种自由的天性，与其与内心相违的显与达，不如返而求诸内心，倾听自己的本心，因为那样方可安顿好自己的心灵。我个人想，朱豹翁的意义应当是把他作为一个真正的中国知识分子，如何阴差阳错地通过绘画这一渠道安放自己的生命与文化所寄，因其真诚地面对自己的内心，不为这个时代的虚浮之风所左右，不为功利的种种噪声所迷惑，最后反而成就了自己。把豹翁作为一个普通的知识分子放在中国百年历史与社会文化的巨大转折中讨论或许会更有意义，包括被裹挟进的种种运动，包括面对东西方文化碰撞以及美术改造的环境下，如何遵从自己的本心，回归自己的内心。而且，也未必一定从艺术角度切入，如果从生命与文化传承的角度切入，从一个个体真正的生命本色与社会碰撞以及中国文化流转的深处去理解，或许更有意义。

所以从这一角度也正可以理解豹翁对待艺术的态度，比如在当下，衡量一位艺术家的标准到底在哪里？画价？职位？名声？……所有这些，大多人当然是趋之若鹜的，然而也总有人弃之若敝屣，而且，如此决绝——比如豹翁。

是什么让他有着如此沉着的底色?

唯有从一个更大的人生与文化境界看,才可理解他如此态度的原因,这一点从黄宾虹、林散之等身上也同样见出这一态度,不过,林散之晚年比他似乎更幸运一些罢了。

这位八十一周岁(二〇一一)才在浙江美术馆举办个展的老人,在其展览举办时,已经从艺六十多年,除了极少的杭州圈内人士,几无人听说其名,而展览时他在病床无法参加他自己的展览了,在展览举办四个月后,即溘然长逝。

天若再假豹翁十年,笔墨会到怎样的境界?那或许是一个更大的奇迹,然而豹翁还是走了,只留下那些极简的笔墨与同样极简的"冥思偶录"——那些画语真是字字珠玑,凝聚了豹翁一生对中国画与中国文化的深入骨髓的思考,比如:"'画究竟是什么''为什么画画'这些不问之问,我以为是每一个画画的人都必须回答的问题。""(中国画)这种绘画语言是举世无双的,也是她存在的特殊性。故中心是诗书画融合为一,诗书是画的两翼,其重要性如剑之利刃,这把剑最大的妙用就是'自由'。""画成了我的终身爱好是很奇怪的,不为什么就是喜欢,因为她带来了内心的愉快、满足、激情、慰藉,简直是人生的最高享受。没什么爱好可与之比较,美的享受是不能取代的、唯一的,她既空虚又实实在在。"

这些近似于自言自语的短句精准而有力,如其画境,其实足以回答朱豹卿先生对于当下大多所谓艺术家所追求的不屑一顾的原因所在。

画究竟是什么？中国画究竟是什么？

豹翁此一简单的追问，在当下看似喧闹的艺术界，其实大多人是真正无法回答的。中国画当然不仅仅是绘画，中国画不仅关乎中国文化，且直接关乎对人生与生命的理解，甚至可以说，与自由自在相通的中国诗书画（本来就是一体，也是不可切割的）其实正是中国人千百年来内心深处的精魂所系，是以豹翁这样的赤子不得不以近乎殉道者的精神对待之，唯其如此，方能不负其诚，不负中国文化。

以单纯的技术来理解中国画，从来就是南辕北辙的。

豹翁对此的理解应当也经历了一个过程。他早年考上美术学院，后来参加抗美援朝，复员后又到美术学院，毕业后在杭州王星记扇厂三十多年，历经各种运动，然而直到晚年退休以后，才真正放下一切，倾听自己的内心，回归自己的内心。

回顾豹翁从艺之路，会发现一个有趣的现象。

豹翁走的是一条往内走的路，越往内走，越见澄明之境，因而笔墨愈见本色。

往内走，这并不是偶然——与其天生的悟性与定力相关，也与他善于读书辨识相关。正因为天生禀赋太高，才气太高，故骨子里仍有狂狷孤傲绝俗之气，一般人不会入其法眼，故也懒得与之周旋，所谓"我自为我"，"我与我周旋久，宁作我"——这当然是从中国文人的最高逸格而来，所谓"取法乎上，得之乎中，取法乎中，得之乎下"。豹翁要做的，竟然就是直接取法乎"最上品"了，无论是古木奇石还是鱼虫鸦雀，率皆苍茫水墨，简而又简，不施一色，准确彻底地回归中国文人画的最核心处，这与他人生的大悟无疑有着极大关系，而这也是白石翁晚年后悔"落入红花墨叶"中慨叹不已的事。

从社会角度看，豹翁后来近乎窘迫的人生遭际，也正可以看得到纯正的中国文化在这几十年来传承时面临的巨大困境。然而，让人欣慰的是，那样精纯的一豆之光无论面对怎样的千磨万击，风吹雨打，却仍然一直微弱地坚持亮着。我相信，豹翁对于中国文人画的未来应如灯塔一般，必然大放光华，点亮启示一批后来者。

（二）

豹翁的人生虽谓平淡，然而骨子里，其实近乎奇迹一般。

他在回忆求学经历时说："走进西湖国立艺专是在一九四九年底，杭州解放后的第一个冬天，在杭州高级中学美术老师潘其鎏先生的鼓励下，我突然改变投考理工大学的初衷，决心去画画。今天想起来这个转折点还像梦一样，似乎还有点荒唐，因为我当时在画画上，并没有表示出什么艺术才能，至今我仍然认为我是平庸之辈，只不过是兴趣而已。我虽然在艺专只读了一年，但是过得很愉快。当时的艺专建在西湖孤山旧址，风景迷人，校内有着浓厚的艺术氛围，很多老师是著名的艺术家，完全是一座艺术殿堂。其实在这短短的一年中（一九五〇）只学了半年，下半年就全校停课，全体师生都参加到全国轰轰烈烈的土地改革运动当中去了。在艺专短暂的几个月时间里也留下了终生难忘的记忆，值得一提的是艺专学风很好。首先是主课（素描）教师苏天赐先生，是我学画的第一口奶汁，'画不全是技法，而是审美'，'先要学会看，而后学会画'。这种最初的教诲有着深远的影响，对我的帮助很大。到一九五〇年底朝鲜战争爆发，我就在抗美援朝运动中参了军。"

彼时朱豹卿先生并未专门学习国画，而是一般的绘画专业（这与一九五〇年学院又把原来的国画西画合并为绘画专业有关，一年后，中央美院华东分院时期又成立彩墨画系），应当是素描、油画都得学习的。然而有意味的是，无论是中学美术老师潘其鎏，还是他喜爱的艺专老师苏天赐都是林风眠先生的弟子，林风眠那种对在东西方语境的对话中深刻领会中国文脉与内在审美的思想对他无疑是有影响的。

在六年参军后（并未上过朝鲜前线，而是在沈阳空军地勤工作，我不知道这六年的从军生涯是不是会让他更想通过艺术接近生命的本质），直到一九五七年被通知允许大专参军的干部可凭志愿予以复学时，当时已二十七岁的朱豹卿决心从头学起。一个机遇是当时正逢美院开始实行分系分科制，美术教学也逐渐克服了极左那一套，被边缘化的潘天寿等重新回到了教学岗位。他选修的是国画系人物科，亲聆那些老先生的教诲，无论是潘天寿还是吴茀之、诸乐三等对其影响都是直接而深刻的，而其遗风则直接上绪吴昌硕、黄宾虹乃至青藤八大等的影响。

这对豹翁确乎是幸运的。

颇有意思的是豹翁所学是国画系人物画科。然而彼时人物画的创作因服务于政治宣传的环境，融入大量素描与西式元素，是即浙派写实人物一脉，想通过人物画接近一种自在的心性与本心无疑是困难的，或者说就是不可能的。毕业时，他访潘天寿先生的一番话对后来的转型写意花卉则是根本的动力："豹翁拜访的那天，潘老疝气痛，用一根布带捆紧腰，坐在院子里休息，简单聊了几句后，豹翁问潘老未来人物画怎么发展，潘老想了想说，也想不出什么办法！豹翁感慨地说，连潘老这么有大智慧的人都想不出办法，那我们还走什么？"（见王犁《不求闻达，幽光远曳》）其后，分配到王星记扇厂，一门心思从事写意花卉的创作也因之成为顺理成章之事。

对于豹翁的写意花卉之路，豹翁的同事、画家钱小纯认为可分为三阶段，略录如下：

第一阶段，学习八大、齐白石等人的画风，一些造型用笔多取法八大、齐白石。

第二个阶段，也看了很多书，也愿意接触很多新东西，所以他的画开始用色彩来表现，想大量吸收西方的东西，但似乎并未成功，又试图重新寻回属于自己的东西。

第三个阶段，纯粹是看书，练笔头，完全脱离了齐白石和八大，往深处钻，钻得很深，笔墨功夫更深了。从造型来说，他已经不是什么八大、齐白石，很平和地在寻找自己的语言。尽管他年纪这么大，他的每幅画都在寻找一种平和的、宁静的、甜美的，心情已经不是那种很挣扎的状态。全部丢掉了色彩，他是几个方面的结合，一个是传统的结合，是笔墨功夫上的结合；一个是自我创造，是个人心情、情绪结合。

这些总结非常精练，也是知人之论。以目前个人所见的豹翁画作看，第一部分（包括学习国画时的人物画）的作品基本是在学习与用笔的过程中，笔墨虽然灵动清新，但大多的线条质量尚过于单薄，包括八十年代中期的一些山水册页也是如此，用笔尚未真正扎得进去，中锋用笔并未成熟。钱小纯所言的第二部分作品未见过出版，个人也未曾见过，但可以想象，也可以理解，豹翁当时经过多年的左冲右突，无论是此前为政治服务的宣传之作，或取法西方绘画已告失败，那么剩下的路便只有一条——回归内心，回归笔墨，在真正的中国风格与中国气派中求得突破。

颇有意思的是，这样一条路并非豹翁一个人在尝试，无论是比他年长的四川的石壶，抑或比他年轻些的了庐等人，或先或后都从中国文脉与笔墨中寻找自己的精神指归，并向前探索，试图以坚守传统自身为革新动力——这种探索因其与生命本性的相契，与美术被视为政治宣传服务工具大环境下的相左，大多在官方美术机构举办的展览甚至未见其踪，因为其追求决定了大多画家选择的几乎是隐居与不欲人知的方式——即便一些与时代风潮结合而闹出颇大动静的"新文人画家"，然而就美术界而言，他们仍然是极其边缘化的。

真正甘于隐居与淡泊的画家当然不多，然而却深契中国文化的精魂，也更接近生命的本色，其画其作不少也多可归之于逸格。如白石翁所言："夫画道者，本寂寞之道，其人要心境清逸，不慕名利，方可从事。"

也可以说，这样一条路所走的也并不仅仅是画界中人，比如文学界的孙犁与汪曾祺，经历了种种运动与坎坷，尝试过了各种先锋的文体与文本，最后所走的仍然是有着中国文脉的写作之路，或大味至淡，或寄情畅神，直心见性。

他们身上都承载着中国士人的正脉，又有一种真正的平民性，且见出仕之性情与气骨，故而在某一非常时段看来，反而是与当时的历史与社会近乎疏离了，此即所谓"隐藏的历史"，然而他们却又是与人心、与中国文脉最近的，甚至可以说接近于中国文化中的一种永恒，且随着时间的推移，更见魅力与影响——我个人以为这几乎是不需要讨论的，也不是以炒作或人的意志为转移的，文化与艺术史上最可珍视的那些人与作品从来与人心、与真诚、与性情相关，也从来不是那些拥有权力或资本者所可以左右的。

故豹翁这样的画家对于当时喧闹的主题与主流画界（从中国书画史看其实并非主流）采取的是敬而远之的方式。换言之，他们采取的是更走近自己的内心，去除外物与更接近一种永恒之境的方式。从表现题材上而言，包括画作的题材"去社会化"就成为一种必然——因为所经历的社会化到底是外在的、变动的、浮躁的，甚至很多方面与自在之性与纯净内心是相左、相冲突的。

一个把真诚生动与内心自在视作最高要求的画家所选择的必然是如此，因为他们想要的不是那些外在的虚浮的东西，而需要一个人在宇宙中安身立命的踏实之处——所谓自在自由或自得，均是，换言之，他们所注重的是生命真正的圆满，是通过绘画这一渠道寻找到真正的自己——绘画说到底只是一个渠道或路径而已。

这其实需要一种极大的定力与耐力。

读豹翁画作，个人以为真正的变化当注意一九八九年那一年。相比七八十年代笔性的单薄，那一年部分画作与题跋笔性虽偶尔仍有弱处，然而也就在那一年，相比前期的部分作品已初现晚年的一些自在之相——我不知道是不是那一年中国的一些重大事件触动了豹翁，使得他更加偏离社会化而果断直接地走入自己的内心，抑或是豹翁经过世事的沉淀，在花甲之年终得心性初步的自在，走到人书俱老的一个关口？中国画本就是心相的呈现，唯其心境进入自在之境，笔下方能真正进入自在之境。

一九八九年以后，经过两三年的调整，豹翁的笔墨开始进入一种真正的自在与率性之境，这尤以一九九二年的《秋声》为代表。是作不过以数笔淡墨勾三石，浓墨枯笔略写一蟋蟀，笔愈简而味愈足，已见淳厚与大境。鄙以为，是作一出，则标志着豹翁之大格局即已初成。

在二〇〇〇年以后，豹翁画作更是进入一个率意浑融的境界，随着书法功力的精进与读书思考的深入，其笔墨愈近淳古简厚之风。

这一点尤可注意——随着对中国画思考与精研的深入，豹翁对于读书与书法愈加重视，甚至说画可以不画，而读书与书法则一日不可放弃。他的女儿朱缨曾回忆说晚年的豹翁一直在吃中药，人已经很瘦了，整个人甚至站也站不牢，但即使这样还是要到书店里去看两三个小时的书，然后再买很多的书。

关于书法对于中国画的意义，豹翁有段句论述颇有意思:"'书法'为何如此重要?不这样不可以吗?问得好!答案很简单:不可以又可以,可不可以只是相对的意义。对于中国画来说,书法是极其重要的,不可以缺少的,可以说就是中国画的'命门'。因为书法有其独特的存在方式,但对于'画'来说就不重要了,完全可以抛弃,方法是多样的,任何方法都可以完成一幅好画,唯独成不了中国画,如此而已。"

所以他后来进而论述笔墨正是中国画的核心所在:"对于笔墨的重新认识,中国画以笔墨为最重要的中介(手段),古人云'千古不移',笔墨是不能抛弃和否定的,它之所以是中国画的本质所在,原因是它在中国画传达表现情意渠道中的重要性。故笔墨不仅是一套固定的技法,所谓'技法'这东西其实没有,简单地说就是文化,是汉文化中一颗璀璨的明珠。它浓缩并折射了全部的文化信息,像一张 DNA 的密码库,是一张人生的全息图。以技艺对待笔墨是永远不会学到笔墨的,只能成为一个可怜的匠人和艺人,是理解不了笔墨精髓的。因而说笔墨无法,其实也没有什么法。"

站在这样的文化立场上,豹翁终于痛陈年轻时所学的素描对中国画的危害:"素描问题,首先应该有个立场问题(立场决定观点和方法),站在西画的立场,素描就是一切造型艺术的基础,站在国画的立场,素描这东西,就是一剂'毒药',不一定是件好事。我也是画过素描的,初学时吃的第一口奶汁,就是素描的观点和技法的影响,所以说是刻骨铭心的,很长时间我感谢它,也为它显示的'美'而激动不已。后来随着对国画的逐步了解和深入,看法就有很大的改变，感到是'中毒'，而这种毒素一旦被接受，很难排除，阻碍对传统绘画的学习。这是因为中西文化系统不同，观赏的审美心理取向不同，因而方法手段各异，完全是两个不同的途径。无数的事实都已证明了素描的训练对中国的传统绘画的有害性，应该重新认识，不能盲从，更应该自觉地去做'排毒'的功夫。"

走过弯路的豹翁对此是十分清醒的，可惜的是，中国画教育的这些毒素一直就在蓬勃地存在着！且至今尚未看到有真正改变的迹象！

——所以，当下中国画的核心问题仍是是否遵从内心与文化立场的问题。

了悟这一切的豹翁在八旬以后，一些作品已近乎化境，尤其是随着他读书的广博与对黄宾虹、徐生翁、弘一书法以及唐以前摩崖碑刻书法取法的深入与消化，笔墨渐入苍茫之境，笔线方圆结合，在花卉写意中将宾翁的宿墨法、焦墨法与淡墨、渴笔乃至水韵神奇地融为一体，了无痕迹，浓淡枯湿尽皆自然，寓苍莽于平淡之中，在笔墨的深度与浑厚、简约的把控上，推进了一大步，形成自己独有的风格——对求简而直见心性的中国写意笔墨而言，这实在可以说是了不起的一步。

画到这一步，可以说怎么画都是好的，而绘画的题材聚焦于写意花鸟，因而更见其精纯处。古木系列、鱼蛙系列、秋虫系列、鸟雀系列以及各种花卉的出现，其画越"无意于画"而越近于中国画的画道，到最后，看得出老人已完全画人合一，故完全无视当下热闹的一切，近乎孤独地存在，以自己的体认体悟中国画与人生的一切。

于自己而言，豹翁所有晚年画作几乎清一色的喜欢，然而多翻多读，其中更有一种大悲之意，游鱼借鉴八大，虽未白眼向天，然而其实见出静谧与温情；鲤鱼出水借鉴民间木雕，民间的朴拙与文人笔墨的精纯天然合一，几有奇境在；鳜鱼的鱼鳞用墨老辣率意，看似不经意，然而却极得其神，宛然似可手触；《秋声》系列画虫之作几近化境，比之白石翁，更有一种孤绝之意，而古木或树干，几乎近于夹缝中生长了——包括那些老梅与丛兰，简笔苍然，率意点染，如逆境中而终得自在之性，夜深人静时读之，往往人生大悲与人间小温兼而有之。

（三）

现在想来，豹翁所走的其实是与一般画家完全相反的道路，而其要点则在于倾听自己的内心，保持内心的那片净土——比如早年对于宣传类人物画的放弃看似平常，其实深处正见出真正的中国文人对于不被工具化与利用化的断然放弃，而根源处即在于中国写意的自由精神与奴性的彻底决绝所在。

而在晚年，豹翁对于市场化的警觉与基本放弃，也正见出对于被资本利用而工具化的放弃。

所有这些放弃与选择的原则正在于——是不是适性于见出内心的大自在，是不是自己可以做自己的主人？如不是，则决不可惜，断然放弃。此意即豹翁晚年以简而率性的书法所书的对联："莲花不着水，日月无住空。"

豹翁在当下的存在是一面镜子，一方面时时警醒自己——得真诚面对一切，听得见自己的本心，遵从于自己的本心。

另一方面，也让人且悲且喜。悲的原因并不在于豹翁，我以为豹翁对于他身后的一切，无论是寂寞还是其他都是看得淡的，也是超然的。之所以说悲——在于豹翁的存在映衬出世间纷纷扰扰的小与伪，看得到没有自己定力而为奴者为工具者的可悲之处，而豹翁的存在也让人看得到这百年来中国文化流转时面临的种种艰难与仄逼（当然，相比历次运动中受到摧残的知识分子，豹翁还算是幸运的）；而喜则在于，豹翁晚年在浙江这片极具文脉的土地上并未被淹没——无论是同辈友人的相知相惜，以及与年轻一辈对于豹翁不遗余力地发掘，包括王犁、陈纬、王林海、吕建林等——他们所面对的其实也并不仅仅是豹翁，而是一种文脉的流转与中国士之性灵的寄意所在，因为骨子里文化基因的亲近，因为天生的性情仍在，故而面对真正的文脉所在，必然取一种真诚与敬重的态度，想来真是令人动容。

在我个人看来，这样发掘的意义其实超过了豹翁本身笔墨的意义，因为那是一种人心与文脉的传承与流转。这样的发掘让人看得到，至少从"六〇后""七〇后"这一辈人开始，一种对于中国文化与文脉的重新发视，有意无意间宣告了年轻一辈真正地对中国文化的觉醒，并转为一种文化的自觉与实践，这正是推广豹翁的动力所在，也是一种功德之事。从这一角度而言，对于中国文化内在的巨大力量，实在是没有办法不自信的，这也恰如豹翁《冥思偶录》的开篇所言："中西文化交流已有三四百年了，从甲午之战算起也有百余年，从固守国粹到反传统，再到反思传统，尽管出现了许多混乱和曲折，但没有必要忧虑和恐慌，一切都很正常，相反这一切是再生的现象，高潮就要涌现。"

我是相信这句话的，就像我十多岁时读沈从文、汪曾祺的作品即相信他们会被重新认识一般，豹翁当然也会被世人重新认识的。

想起那个春雨时分的杭州，在王犁兄的陪同下一访豹翁的"不易斋"，朱缨女士搬出那么多豹翁的画作，一张一张小心翼翼地翻看，听朱缨平常地闲话豹翁的那些往事，手触其纸，满纸苍茫朴茂，满纸自在与清气。有一瞬间，我甚至有一种感觉，豹翁似乎仍在"不易斋"中，系着围裙，平易眯缝着眼，笑笑地，在镜片后面看着我们。

丁酉（二〇一七）中秋后数日于云间三柳书屋

忆大丰新建

　　这些天延续春节期间的习惯，每天上午都窝于书房先临宋人手札，然后临抚宋画——乔仲常的长卷《后赤壁赋图》，体会其中的超逸与疏简之处，自得其乐，迷醉不已。二〇一四年二月十日的上午自然也是如此。

　　然而就在磨墨动笔写出一湾清流与近岸苇丛后，电话响了——"朱新建在北京去世了"。

　　愣了一下，几乎不相信自己的耳朵，然而却又是确凿的。所有宋人手札与简淡画作带来的超逸、闲适瞬间不见，似乎有些发呆。看外面的露台，这才发现雪已纷纷扬扬，露台基本白了——老朱辞世，天地间也这么不同凡响?!

（一）

　　想起来，十多天前与了庐先生岁末小聚闲谈时，就有

朱新建

一大段在谈老朱的人与画，当时还想今年到北京无论如何一定抽时间看一下老朱，然而他怎么这么快就走了呢？六十一岁的"朱爷"大丰新建难道真的不想待在人间玩了，真的去追求自己的"大快活与大自在"了？

电话朱新建的夫人陈衍表达悼意，陈衍的声音有些疲惫。她说，老朱辞世的主要原因是身体衰竭，"深夜两点多，他的身体衰竭导致肠胃出血。其实在中风后他一直有脑梗、心血管等病，二〇一三年八月检查时怀疑有肺癌，但并没有确诊。没有确诊的原因是他身体有支架，不能做核磁共振，也不能抽液。两个月前因为脑梗又住院"。朱新建自二〇〇八年中风后身体一直不佳，前两年从南京移居北京。二〇一三年九月，其子朱砂与作家王朔的女儿王咪大婚时，不少文艺界知名人士都来助阵，老朱因行动不便一直坐在轮椅上。

了庐先生的电话也来了："虽然他个人生活好像有些荒诞，但在我所认识的艺术家里面，我可以说，他的艺术心灵是纯洁的。"平素深居简出的了庐说，听闻老朱辞世的消息后一直难受，就想着与几个朋友好好聊聊朱新建，"才六十一岁，太可惜了"！

对于人生与作画，朱新建有一本书名为《人生的跟帖》，又有一书名为《决定快活》，对此说得不少。他喜欢《金瓶梅》里潘金莲的那句话："要命做什么？活一百年杀肉吃？"还有一句："欢喜的没入脚处。"他说他画画是为了快活，他的一句"快活"消解了很多东西。

"'85美术新潮"展览之一的"中国画探新作品展"上，朱新建几幅水墨"小脚裸体女人"首次亮相，在中国美术圈里引起了很大争议，一些老先生愤怒地批之为"纯粹的封建糟粕"。阿城听后说："一个玩古代形式游戏的人，被指为纯粹的封建糟粕，很牛啊。"阿城后来与朱新建成了很好的朋友。当代艺术评论家栗宪庭访问朱新建，曾想在理论上追寻朱新建从"小脚裸体女人"开始的绘画对中国美术的意义，朱新建却若无其事地说："说实话，当初我画一些'小脚裸体女人'，真的只是为了玩玩，并没有去想它的'意义'。"无论是前期的"小脚裸体女人"，还是后期的《美人图》，或是那些笔墨自由酣畅之极的花鸟、罗汉像，以及尺幅不大的山水，无不是"快活"的表现。

最初认识朱新建似乎是二〇〇五年前后，在陈村主持的论坛上。那时说话并不多，然而有一天"朱新建"这个ID忽然就冒了出来，发了不少画作，款署"大丰新建"，笔墨之间一种大自在，颇有八大白石之趣，而无论是文章还是跟帖则通透幽默，都是可以让自己会心的，顿时觉得好玩起来，说话似乎也多了些，于是有一搭没一搭地就与老朱成了"网友"。后来老朱到上海举办个展，自然去观展，且参加了研讨会。那场研讨会其实很有些意思，除了一般研讨会都有的表扬之外，有几位女艺术家和评论家对老朱批评得很厉害，老朱倒依然乐呵呵的。对于那些希望他"视野更大一些"的评论，他的回答是："我希望自己更朴素一些、真诚一些，更生动一些。"

后来因之写过一篇他的印象记，起首是："想起朱新建，有时就觉得自己所忙不知为了什么。朱新建虽然自称'老年痴呆'，可活得像年轻人一样，画画、写字、四处漫游、和美女聊天、逗宝贝女儿、写自己觉得好玩的小说、上网泡坛子，甚至与网友见面，什么都玩得有声有色。十多年前他看到画家有斋名的不少，想着也弄个什么斋名，遂给自家起了一个斋名——'除了要吃饭其他就跟神仙一样斋'……到如今，因为上网，朱新建的斋名也改了，他在网上的签名是'下臭棋，读破书，瞎写诗，乱画画，拼命抽香烟，死活不起床，快活得一塌糊涂斋'。我不知道他是不是会把这么长的斋名写下来悬在门上，反正这样的斋名从来就没有过，简直就是'快活得一塌糊涂'。"

其后到南京江宁将军山下老朱的别墅拜访他，院子里有芭蕉（当时远远望见那丛芭蕉，想这定是老朱的家了），养着条狗。画室在二楼，当然没有那么长的斋名，他上网几乎是躺着的，叼着烟，跷着二郎腿，海阔天空，臧否人物，然后盘腿坐起，肆意笔墨，果然是"快活得一塌糊涂"。

老朱彼时的岳父母，也就是当时的妻子陆逸的父母也住在那里，似乎与老朱相差不大，一起吃了饭，也没听老朱怎么叫自己的岳父母。

说起从二十世纪八十年代画"小脚女人"到转型《美人图》的过程，老朱说："因为老是画小脚女人，毕竟与现实距离太远，画久了，我担心会虚伪，所以就想起画画身边现实的女人，结果那么多人喜欢看，又能卖钱，何乐而不为？我最早曾想用齐白石的笔墨画裸体女人，应当是很过瘾的，但这实际上是做不到的命题。中国的笔墨是在远离肉欲的天人合一的思想里面慢慢长成的；西方人是比较写实、比较色彩的，表达人的热情比较厉害。这两种我都喜欢，一种是比较野逸的笔墨，一种是比较激动的性情表达。我就企图把这两种东西糅在一块。"

老朱"美人图"数量极巨，从我个人角度来看，质量其实是参差不齐的。老朱辞世当天，一些网站选发的老朱"美人图"即多一般之作，个别甚至流于俗品，而在个别作品中，一些妖媚慵懒的"美人"几乎算得上是男人眼中的玩物——我个人并不是喜欢这样的心态，因为其中仍缺少一种真正大的境界。

从早期的"美人图"到后期的"美人图"，风格其实有较大差异，早期的清新可人，其后又风骚浪荡，而在二〇〇三年到中风前，真正的代表作多用笔极简，不施色彩，线条恣意，笔墨随心，涨墨亦别有意趣，以书法功力见胜，也逐渐呈现出老朱的一种大境界来。这些变化，与其艺术追求的变化有关，与其个人生活的变化或也有关。

而大量的一般画作，与此类作品受市场欢迎且老朱因养家而画得太多不无关系，这当然不必讳言——而且，这又有什么要紧呢？讨论艺术家，当然要讨论其代表作品，就像沈从文既有以"休芸芸"之名发表的无聊小说，也有《边城》《湘行散记》这样中国现代文学史的极品之作。刊于朱新建著作中的"美人图"部分想必是老朱选而又选的精品，如《人生的跟帖》一书中有几幅"美人图"，我个人认为已近于达到老朱的理想："用齐白石的笔墨画裸体女人"——我想他画时确乎是过瘾的，从中也可以体会到他对女人的敬意，而这样的作品让老朱重画，必然是不可得的——如我这样极爱白石者，初见之也惊异莫名，暗呼过瘾。

朱新建画作

就像老朱所言："简笔画最见功夫，就是两个字，巧合。所有的笔墨趣味都可以用巧合来说清楚，笔墨不死，就是因为巧合，而这个东西，是要花很大的功夫去弄的，谁也碰不上。"

论述"美人图"，除了笔墨，自然要说到其社会学意义。

老朱年轻时生活的放浪与激情的逸事颇多，即便老来，一大爱好依然是收集各种 A 片，甚至客人到家，偶然兴起，招待客人的也是 A 片。这或许也可以张岱的"癖"字解释之，若没有那些激情的生活与纵情声色的 A 片，大概也就没有朱新建笔下那些勾人魂魄的美人了。

若撇开所有的浮影与流言，诚恳地讨论"美人图"的社会意义，则当看到"美人图"图式与笔墨的背后，老朱以一"真"字戳穿的那些社会与艺术上的虚伪，而在二十世纪八九十年代的时代背景里，尤其难能可贵。

从这一角度而言，理解老朱，必得结合其人，就画论画或会误读。

了庐说："他信手拈来的美人图创作是他在生活的积累中发掘的，从创作上来说虽然不是主流，但比很多为艺术与社会的创作要好得多，这是艺术的现实主义。我认为相比关良选择戏曲人物——那种现实主义是消极的，而朱新建从语境与情感的解放上来说是积极的。"

朱新建的老友湖州老费则回忆说，他第一次看朱新建的画是在一九九六年前后，"当时是在上海刘海粟美术馆，边平山策划的一个文人画展，看了那么多画作就喜欢朱新建的画，后来终于有机会在苏州一宾馆相聚，第一次见面就非常投机，前后一起聊了有四十多个小时，后来就成为至交了。笔墨当随时代，在二十世纪八九十年代，我觉得他的作品是和王朔、崔健有相通之处的，都是表面无赖、骨子里真诚的艺术，只不过他是在艺术中去除那些矫情虚伪的东西"。

（二）

关于老朱的论述，另一主题是笔墨实践的意义。老朱的精品之作，尤其是线条的运行，水墨的交融，粗枝大叶，看似无法，然而骨里却精妙异常，尤其难得的是一个"真"字，可体会画如其人之义。老朱喜欢法常、八大、白石、关良。此外，塞尚、马蒂斯、毕加索，日本近代一些简笔书画对他都有影响。老朱在笔墨实践上所取得的成绩一方面是天分，另一方面也与他付出的汗水成正比，而其中书法的功夫尤不可忽视。老朱在颜鲁公"麻姑"上花的力气尤大，而张迁碑、二爨等也影响极巨。他反复唠叨"麻姑"，一直强调朴素真诚，而不要被表面的伪饰与技巧所迷惑，所说的就是如鲁公般的大气与本真。

可惜的是，世上自谓聪明者或自诩聪明者到底太多了。

就老朱而言，鲁公与白石的境界当然是他心向往之的，然而他的人生经历决定了他依然有讨巧的一面，这一点他与李老十的对比倒是一个好的视角。他表达的到底还是自己的江南文人的情绪，虽不求渡得众生，然而一花亦是一世界。

对于笔墨的功夫，他自己有比喻云："笔墨的功夫其实是强求不来的，事件来了，你就能抓住。就像农民到龙王庙求雨，与其求雨，不如挖挖沟，下雨前多挖些沟——雨一般总会下的，你沟挖得好，水就会分得多一些的。"

美人图是朱新建的代表作，但他的书法其实更让我喜欢，尤其是中风前的书法，歪歪斜斜，看似稚拙，却满纸真气。还有他画的那把逸笔草草的茶壶、枝头的啼鸟、几颗胡乱放着的白菜以及品酒访梅的高士，这大概也是他的真面目——朱新建的精神内核是平民与草根的，然而却又是极端私人化的，其实质就是传统文人那种放浪形骸、追求自由与闲适家常，以"浪子"喻之亦可，以闲人喻之亦可，对比晚明文人，也可以说近于晚明的李渔等，当然少了晚明顾炎武、黄宗羲那种境界——而老朱或许压根也就没往那方面去想。

无论是生活抑或艺术，表面上，老朱确乎是快活的（然而我一直认为老朱的内心极深处未必就是真快活的）——他毕竟过于恣意挥霍自己的身体与才情了，他的早逝与之当然不无关系，然而回过头一想，如果不是恣意挥霍自己的身体与才情，那大概也就不是朱新建了。

大概老天看老朱太"快活"了——后来的后来，听说老朱到宜兴时忽然中风了，内脏出血，影响右手，没法执笔，说话也十分困难，后来又听说老朱顽强地改以左手执笔，坚持作画，那种对生命与艺术的执着不禁让人悲喜交集。

后来又听说与第三任年轻的妻子陆逸几乎算是分居了，又终于离婚了。

我最后一次见朱新建是三年前到南京观看"南北二石"大展，读过了白石读抱石，读过了抱石读白石，笔墨淋漓，酣畅莫名，想起病中据说正在进行语言康复的朱新建，电话过去，护工张师傅接电，老朱闻声过来亲自接电，声音清晰，约好次日下午见面。

次日抵老朱家，张师傅开了门，朝里唤一声，老朱便从里间走出，并不需要人扶，呵呵地笑，我拱手也笑，说之前还在犹豫是不是来，因为担心影响他休息与作画。老朱双手合十，做作揖状——眼睛里似有什么闪了一下。

我说想给朱爷磨墨，朱爷笑言不必磨，因为还是用"一得阁"，说："看画看画！"

于是从画室抱出一堆画来，让我翻，他自己则坐在一边看。张师傅说，有人订了不少朱爷的左笔画，朱爷画了一上午，有十多幅，美人图、英雄图、鸭子图、花鸟画……一一翻看欣赏，笔墨酣畅之外，愈益简约，但与病后最初作品相比，简净处似有不及——从另一角度而言，这也说明朱爷身体已恢复不少（张师傅插话说已恢复七成左右），惊异的是老朱左手所绘美人图，一如既往地妩媚风骚，与病前美人图略微不同的是，美人面部并不见五官，然而神情似更出挑。

后来又进书房，搬出各种"宝物"：年轻时的剪贴图（画报插图以及各类美女杂志）、收集的西班牙画家画册，打开后发现画册中夹有一幅宣纸上的山水图与毛边纸上的美人图（山水图的笔墨真是好，简约沉静，全无躁气）。

观画赏宝毕，老朱似乎很开心，便陪他说话，言及当

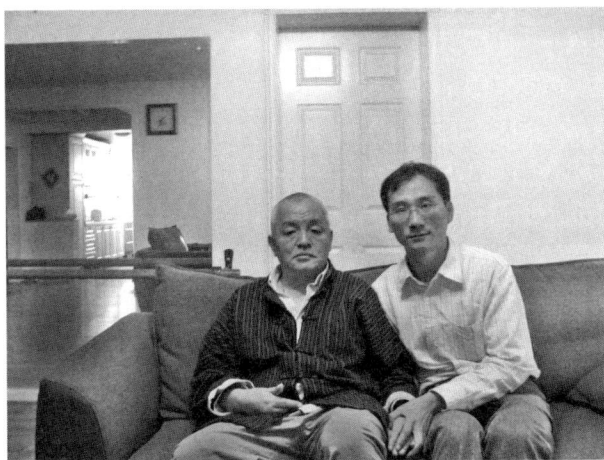

朱新建与作者合影（二〇一〇）

下画界种种虚浮现状及不少拥大名之画家，我摇头，他也摇头。

——没意思的人与事永远都是有的，否则，如何能衬出有意思的人与事来？

老朱复又站起身，从里间抱出一摞破旧的书，放在茶几上，原来是《决定快活》等。翻开《决定快活》，问我喜欢哪一篇，告诉他都喜欢。翻到《有关文化》，我说这篇更好，有一种对人生的大视野与悲悯感，老朱指着开篇说："读！读！"如任性的孩子。

朗声读下去："我一直认为中国的文化，我们今天真的只能有顶礼膜拜的赞叹。中国文化人的这种态度，越来越使他们只玩自己的，越来越使这种文化和民间脱离开。有一个民间笑话，有一个教书先生写一个'枭'，就是'枭雄'的'枭'，然后告诉孩子，这字念'枭'。孩子说我爸爸说这字念'鹰'，'老鹰'的'鹰'。然后孩子的爸爸和教书先生就一起去找了一位饱学诗书的老先生，各抒己见之后，老先生说这个字念'鹰'，这个教书先生就哭了，说你怎么这么没骨头，人家有钱就是对的，你就不能坚持一下真理么。这个老先生说了一句很有意思的话，我们认识几个字不容易，不告诉他，让他错一辈子。这就充分反映了中国知识分子的圆滑、调侃、睿智，什么都有。一种苦笑和无奈……"

老朱坐在那里听着呵呵直乐，接话说："不告诉他，让他错一辈子。"

——老朱后来说话是真的很少了，对于这个世界，也许，他想的是"不告诉他（们），让他（们）错一辈子"。

也许，他真的觉得这个世界已经不好玩了。

老朱走的那天中午，翻看《人生的跟帖》，忽然想起写其意送之，原想也用老朱惯用的"臭烘烘"的一得阁墨汁，然而因为磨墨临宋人，久已不用，遂依然磨墨，选一长锋破笔，看看窗外的雪花，想想老朱，以极简之笔拟一瓶梅，题署用"五灯会元"句，只是墨淡了些："僧问：'一花开五叶，如何是第一叶？'师提起坐具。僧曰：'云生片片，雨点霏霏。'僧曰：'不伤不知痛。'"

二〇一四年二月十日朱新建先生辞世

当日匆草，十一日改定

白描贺友直

二〇一六年三月二十三日，农历二月十五，是上海这座城市送别贺友直先生的日子。

失去方知珍贵，贺老以九十四岁高龄仍每天作画、写作，攀爬弄堂那窄而陡的楼梯，让人一度以为自得其乐且保持稳定创作力的他会活过百岁。

但他到底还是走了，如他所言的"老得慢一点，走得快一点"。尽管他走得实在是太快了一点。

曾经有一种错觉，以为贺友直很早以前就走了——他似乎并不属于当下这个时代，而他的离去，也正如贺老的知交、画家谢春彦对《东方早报·艺术评论》所言，一个时代或许真的结束了，一种道德的规范也结束了。

早上上班时从陕西南路到巨鹿路——这是贺老散步的路线之一。经过巨鹿路贺老家的弄堂口，老旧的小楼，黑黑的门洞前摆着一排花圈，横拉的电线竹竿仍旧有汗衫衣裳在飘扬，一种老上海弄堂的烟火气、生活气依然。对

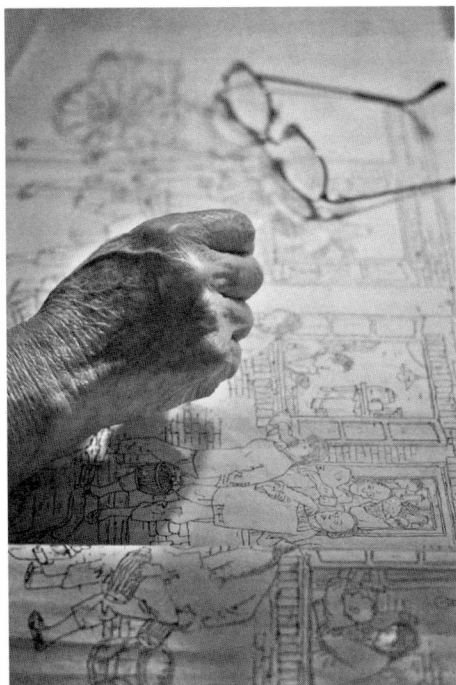

贺友直作画 许海峰摄影

面的大兴里，他笔下的人物依然好好地活着，热气蒸腾的早点店、喧闹的菜市、尚未开门的理发店，以及洗菜的、修车的、散步的……一切与以往似乎并无不同。

然而似乎到底是不同的，因为一个曾经为这些现象倾心、沉醉于其中并为之立言立像的老人家已经走了。

一切场景也似乎蒙上了一层老照片的黯黄色，或者抽离开来，唯剩白描般的线条。

从小当然读过贺老的不少连环画，然而与贺老交往并不多，曾经与他长聊过一个上午，一身布衣的他当时坚持亲自给我们倒茶、加水，不让我们动手，并一再笑指着自己强调："My home!"其后看望过他几次，后来他到故乡办展，也专门托谢老春彦邀我同去，在故乡看他聊发少年狂，回味他自己的童年的记忆。

这些天，看到不少追忆贺老的文章，感动居多。也有一些言论，比如批评他的部分作品是宣传品，则不敢苟同。当然，任何人、任何作品都可以批评，但至少得从设身处地理解一个普通人的角度看待作品，而非概念化地套用与评论，而且得有教养。

谢老春彦曾为贺老十多本书作序，他是贺老喜欢且互相视为知己的。贺老走后，与谢春彦数度聊贺老，经历两夜，似乎仍有不少话要说，第一夜聊到凌晨，为贺老之事一直奔忙的谢老已近乎瞌睡了，但还是在聊，甚至，近乎唠叨一般，他说没有贺友直的日子……让他有点心慌："往往是人在而不知其珍，不知他宝贵在哪里，失去的往往不明其意。"

贺友直的意义与价值到底在哪里？

以白描为升斗小民立言立像的贺友直对上海这座城市到底意味着什么？对中国艺术乃至中国人到底意味着什么？

这是值得好好探讨的。

贺友直当然不是一个完人，但他是真实的，或者说是一个最终真正坦诚面对自己、面对内心的人，他更是一个来自社会底层的元气淋漓的人，骨子里有一种干净的人格。

所以，他的画才会那么干净，即便那么辛酸的回忆，线条仍然是那么干净，让人看得到几千年来于中国平民内心流转的朴素、干净以及骨子里的雅正。

贺友直的存在，无论从艺术的见解、艺术创作本身，抑或面对艺术商业化的炒作、艺术教育等方面，还是面对生活与社会本身，都是一面镜子——更核心的是，从简简单单做人的角度看，他更是一面镜子，有所会心或看得到惭愧的，那是慧根与福气，看不到的，或许眼睛与心灵真的已被污染了。

贺友直先生攀行过的窄楼与弄堂内被戏称为"一室四厅"的小小工作室仍在。谢春彦说很希望这故居以后可以成为一个纪念馆。毕竟，贺老的气场仍在，希望这气场——一种属于中国平民的朴素率真的精气神可以永远保留下去。

附：对话贺友直

一身淡蓝对襟布衣，每日喝酒画画，九十岁的连环画大家贺友直看起来一直乐呵呵的。上周，"率真贺友直——经典老上海展"在上海城市规划馆开幕,贺友直照样乐呵呵地出现在展厅,并调侃起了"率真"二字。

上海巨鹿路上一间九平方米的斗室,是贺友直的工作室,居住于这间堪称中国艺术家最小工作室中的五十余年里,贺友直画出了《小二黑结婚》《朝阳沟》《李双双》《三百六十行》等承载着几代人集体记忆的连环画。走进简陋的家,坐下,一身布衣的贺友直坚持亲自给我们倒茶、加水,不让我们动手,并一再笑指着自己强调:"My home!"

贺友直是特定时代、特定国度造就的连环画家,一直以平实白描的手法致力于人物造型、生活场景及总体构图,从而使连环画脱离了小儿科而成就了蔚为大观。恰如其好友谢春彦所言:"其为人之风格亦确如是,亦确如他笔下主要的形式白描,一根墨线儿到底,光明磊落,是绝无什么枝蔓的。然即如清清之泉,其亦必有艰难的出处,波折宛转起伏回还,在山泉水清,出山泉水浊,在这样一个史无前例的纷繁复杂的社会里,倘贺老只是率真行事行艺,恐怕是弄不到今天这一步的吧。"从贺友直的连环画中,人们所看到的不仅只是一幅幅风俗画,更可以借此追寻一个已经逝去的时代。贺友直的连环画绝非一般意义上的"小人书",而是一代人的集体"文化记忆"。

贺友直当然是率真的,也是明白的,然而在与笔者谈起连环画的困境与当下的社会现状时,九十岁的贺友直几度把桌子拍得"咚咚"直响。

说自己：称"大家"已很了不起了

顾村言：我们还是先从你的白描作品说起。你怎么理解白描？

贺友直：白描是我们中国绘画中间最基本的，技法最简单的，也是最难的。中国文化讲笔墨、书画同源，笔画浓淡颜色，但是从技法来讲，白描几乎没难处，没那么多要求，所以关于艺术上的高低难度，并不是因为复杂了难，简单了就容易，音乐也是这样，艺术是共通的。

不能把白描说得神乎其神，没有必要，正因为我没有掌握其他绘画技法，所以才老是在这个上面。正因为我其他不能，所以我才在白描里走出一条路来。

顾村言：很多人画白描，但不能打动人，你的白描很让人感觉亲切。

贺友直：白描有个载体，就是说我把人物画传神，人们的注意力就集中到人物上面去了，没有太多地去探究背景、技法的东西。线描，我就佩服历史上一个李公麟，一个陈老莲。你看陈老莲不是单纯地看他的线条，而是看他的造型和线条的组织，这是他的特点。李公麟的线那真是神啊，他画的《五马图》就好像线下面就是马的肌体。我佩服徐悲鸿的素描，徐悲鸿的素描不仅仅是外国人的要求，而且阴阳五大调子，他的线条外轮廓还有一条线的，这条线真妙极了，能感觉到模特的皮肤的光泽。

我的线描说穿了，线是中国传统的，但是我的处理方法还是西洋的。我的线描是根据人体解剖来的，有时候还根据明暗调子来组织的，并不像陈老莲那样，主观非常强，他有意把线处理成装饰性的。因为我画的是现代人，现代人的服装装饰性的线条弄不上去，我在画《山乡巨变》时曾经尝试使用陈老莲装饰性的线，但这个很勉强。

顾村言：听说有人称你是"线描大师"？

贺友直：有人称我为"线描大师"，我说千万不要称我为"线描大师"，称不上。"大师"这两字要让后人说，过两百年三百年。你千万别写线描大师，顶多是"大家"，称"大家"已经很了不起了。我对外称，我是个草根，我最高学历是小学六年级，我没有进过中学。到中央美院去讲课，我讲我是一九三七届的，下面一批人就猜是（一九三七年毕业于）比利时的、巴黎的、美专的、国立的或鲁迅艺术学院的，我回答说我是小学毕业的，结果下面人哄堂大笑。学生说："老师啊，你是没有文化的。"我生气吗？我是没文化的，我没有文化到什么程度？电视台不是有问答吗？提出的好多问题我十有八九答不出来。还有最囧的是，中央美院历届招生，学生口试，我做监考老师，我只提一个问题，接下来的就提不出来了。我问："为什么你要考我们连环画专业？"应试学生答了以后，我就问不出了。提问题比回答问题还重要，提问题里面可以看见一个人有多少修养。

顾村言：其实中国有句话叫"大道至简"，未必要说得那么复杂和貌似高深。

贺友直：有学问就是有学问，没有学问就是没有学问。其实"文革"以后我是可以富起来的，北京的荣宝斋叫我画批人物画，都是来钱的活，这一批不是一张两张。

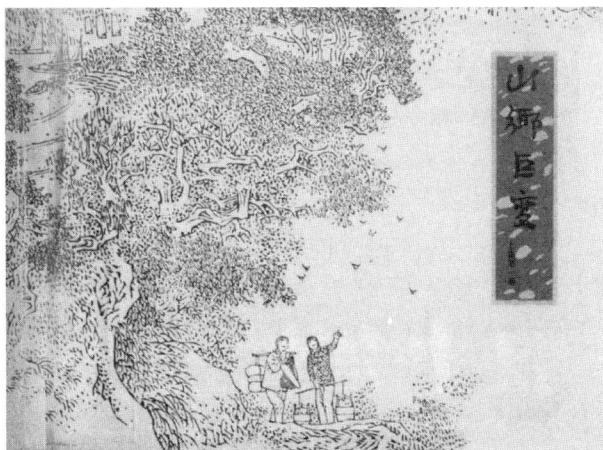

山乡巨变

贺友直作品

我一掂量画什么呢？中国画画的人物是没有见过的，不像苏联列宾画的托尔斯泰是真的托尔斯泰，像英国人画莎士比亚，是真的莎士比亚。我们画我们没见过的人物，看的人谁也不知道你这个是不是李白、杜甫、李清照，李白的诗我没有一首背得出来，我去画李白这不是开玩笑吗？我自己掂量，这钱不是我赚的，就回断了，不画，这点我聪明的。

单幅画我一般不画的，就是人家要我画单幅画也要故事内容的，因为你没有故事内容作为依托的话，单画人物就变成考验你的艺术修养，你把有故事的东西变成没有故事的，这个人还是站不住的。这个内容不是故事的内容，是感觉的内容，就更高了。我没有这方面的修养我就不碰，我不敢碰啊。你说我虽然农村去了那么多次，我随便画个农民，能立得住吗？立不住的。

中国画的人物画要能从纷繁的现象当中抽象出来，我抽不出来。要单独画一个人，没有故事内容，感觉也是故事内容啊，你要有画出感觉的内容来，这张画就站得住。

否则画不仅仅是站不住，也是留不住的。

论卖画：论尺？我又不是开布店的

顾村言：说到作品是否留得住，忽然想起范曾的画，范曾也自称"大师"，你怎么评价？

贺友直：说起来那是很早了。一九八〇年初，在北京一画店，他的画那时候挂在那里是最贵的，四五千元一张，我看了心里说"什么玩意"——他老是画这张脸，这张人物脸像他老师蒋兆和的脸，脸都是仰起来的，老是画钟馗。流水作业，他这钱太好赚了！

顾村言：那你卖画吗？

贺友直：我在什么情况下卖画呢，必须是极要好的朋友，人家托人找我，那我不能拒绝。说到价钱，我说先不谈钱，画了再说。他拿出多少，他高兴了，我也高兴了。我猜呢，他拿到画，回去给人家看：这老头画的值多少钱？一个说两千，一个说五千，那加起来除以二，总有三千五吧。我的画交给朋友，如果对方眉头一皱，就给我拿回来，因为我不是挂在墙上卖的行货，下面有个标价，那是"姜太公钓鱼"。有人问我多少钱一平方尺——开什么玩笑，我又不是开布店的！

顾村言：这个对比当下的画家是犀利的。那你卖画收入如何？

贺友直：我富绝对不富，穷绝对不穷，可以啦。活到九十还没有死，现在我的追求就是老得慢一点，走得快一点，别死皮赖脸地躺在那里，那么我本人也苦死，我家属也苦死。

我有个特点，喜欢复杂的事情简单处理。我认为这个很重要，难办的人是"简单的事情复杂处理"，我的事情简单惯了，我的事情只要老太太同意，字一签就完了，也不搞什么仪式，也没有什么条条框框。美术馆收藏我的作品是因为国家承认我，我已经感谢美术馆了，没有一定要他感谢我的，这个不能颠倒的。美术馆第一次收藏我的画，我把手里的最好的作品给他们，他们给了我五万元钱的奖金。我后来说给人民美术出版社五万块钱，帮我出一套得奖作品集怎么样？结果人家不干。

顾村言：你曾在中央美院上关于连环画的课，当时教些什么内容？

贺友直：后来我才明白，美术学院不能建这个（连环画）系的，连环画是创作，不是教出来的，那是基本的技法，这都是可以的，不像油画素描有基本的技法，中国画就尴尬，叫学中国画的学生去画石膏素描这不是扯淡嘛。画中国画必须要去读书。

顾村言：那你当时在中央美院教了几年啊？

贺友直：七年。从我人生的经验来讲，进中央美院是难得的机遇，我总结一下有哪些方面提高了。理论思想上提高了，讲课逼得你去思考中国连环画这个行当最主要的是什么问题，必须清楚了你才能教人家啊。我知道连环画不是技术问题，关键是表演，你不会表演，你不会画连环画。

顾村言：表演两个字怎么讲？

贺友直：人物要活起来，他的动作、符号要让所有人看得懂。

去年中国美院叫我去讲课，他们就说是文化部产业司下命令叫你贺友直到我们学校来讲课。

顾村言：下命令？

贺友直：对啊，下命令了。他中国美院象山分校专门搞动漫的。我一听产业司？文化部有产业司？这个可怕啊。我们是老百姓啊，我在报上写了一篇文章，谈文化生态，文化要成为生态（而不是产业），你不成为生态，你成不了强国的。

现在上海把世博会的场馆变成为文化场馆，太远了，而且世博中国馆变成美术馆的一个问题是，你有那么多东西吗？人家卢浮宫的收藏品都密密麻麻的，你有吗？人民广场的这个大剧院，你能天天演出吗？你有那么多的演员吗？过去梅兰芳不在上海唱红，他在全国红不起来的。现在呢？研究研究这个道理。你要成为文化强国，首先我们上海要成为文化强市。

所以我最近跟出版社建议，如果我们上海文化是一个矿山的话，我们就是富矿，那么多人物曾经画过连环画，现在你一个人再画本连环画，不要太厚，画得质量非常高，肯定行的，但是现在没有人啊。当初连环画兴旺是什么道理呢？其他画种衰落，没有钱挣，连环画给稿费呀，所以好多画家，比如说陈逸飞、陈丹青都来画连环画了。现在，画画的，外面三万五万一尺地"卖布"，出版社对连环画的稿费还是两百元一张画，一天画一张算是高产的，这样也不过每月六七千元。而现在个人所得税的最低标准已经超过三千了，稿费却超过八百元就要交税。

谈连环画：像丰子恺那样有一颗童心

顾村言：你认为连环画衰弱主要是社会的原因？

贺友直：也不是，要好好地调查，分层次地调查，读者喜欢什么，你要小孩子看老人的连环画这是不可能的。你必须要有一批人、有童心的人去画儿童的连环画。我们现在画出来的东西都是老气横秋，不是给小孩子看的。你必须像丰子恺那样，有一颗童心，画出来的是儿童要看的，所以你必须分层次地去了解具体喜欢什么，也要反过来去了解上面，政策允许画什么？两个东西结合起来，接下来再谈报酬。比如说你现在要培养演员，你知道过去梅兰芳是什么产业啊？北京缀玉轩的房子都是他的，他买下来的，他可以养一批人，他才能成为名家呀，现在你有这个条件吗？

顾村言：对现在儿童的连环画有什么看法？

贺友直：我现在是好几个动漫刊物的顾问，但我就是不敢看那些刊物，那里面画的小孩都是睁着一双蓝眼睛、硬生生的，我们的孩子有这么可怕吗？这些人搞动漫都是外行。《白雪公主与七个小矮人》就是经典，它一出来这么有趣，马上就把你给吸引住了，被它每一个细节。王安忆让我到复旦大学去讲课，我说我怎么进得去啊？她说你是搞连环画的，你就讲连环画。我说连环画强调细节，一部《红楼梦》也是强调细节，全都是细节堆积起来的，文字有文字的细节，绘画有绘画的细节，你必须懂行，你文字的细节要讲了以后人家听得懂，我绘画的细节要人家看得懂。我画画连接着两头，一头是生活，一头是受众的体验，要把这两样东西对起来。

顾村言：从这个角度说，实际上画家好像是一座桥梁。

贺友直：假如说你用的符号不恰当，观众说这个什么意思啊。

顾村言：是的，让受众有体验靠的是细节，你的细节是如何发现与体现呢？

贺友直：仔细观察生活，在生活中碰到一些现象很平常的要发现它内在的意思。有些东西本身是一个意思，放在另一个环境里就是另一个意思。平常的小细节，这就是艺术的加法。

顾村言：我看到你画里的小孩特别有意思，这是完全根据你的印象画的吧？都是你的一些小时候观感？

贺友直：忽悠忽悠人的。比如我拿《红楼梦》来说，"黛玉葬花"，黛玉、葬花，这两件事情合起来，假如她的文字中有黛玉的心理描写，她的气场是很有情调的。所以我觉得演戏也好，画画也好，有个"艺术家化"很重要，假使黛玉葬的不是花，是死老鼠，那不是倒胃口了吗？这些东西每个人都能看得懂，每个人都能体会到，并且很有情调，能构造出很高的艺术内涵。人和人有些感觉是相通的，我举我自己（创作）成功的例子。《李双双》作品中，那个谁和李双双闹别扭出门，在外面一个多月回来了，他感到很内疚，在庭院里劈柴，双双听人家说你老公回来啦，她抱着女儿出门就回家一看，老公在劈柴，她也知道老公心里有点内疚，"瞧你那个德行"，小说里面有一句话叫："家不会开除你的。"电影是有声音的，那画怎么表现？我画画时就让双双从兜里掏出来一串钥匙，往女儿手里一挂，一动，女儿就知道是叫她递给老爸去，这是"艺术家化"呀。你要捕捉这个东西，就是我这个人是善于思考的，并且我这个人善于短处变成长处。说到我的文凭，我只有小学毕业，你叫我写东西写不长的。就像报纸叫我写个专栏，我专栏题目就叫"长话短说"，从常见的现象中发现不常见的内容，这是一个窍门，那么就能以常见的形象反映不常见的内容。

顾村言：这个钥匙递给他的小细节怎么想到的？

贺友直：我们画连环画的人主要的能力就是要有充分的想象力。我给小青年讲这些内容时，小青年说："这个老头子讲什么东西啊？"他们不理解的。

顾村言：这个要有生活阅历才能体会的。

贺友直：所以我极喜欢听那些老演员演的评弹，那是真的好。现在的小青年演员没有那个功底。

电视机平板的、液晶的我买得起，但是播放的内容太次了。我现在就看一个七点钟的新闻联播，东方卫视的新闻，看完，接下来看纪实频道。电视剧有些太假，尤其是那些演员，女演员就是露大腿、露肚脐眼，其他功夫没有的；那些男演员不是演人物，都是演他们认为自己像的，这个流氓腔调很像的。我觉得这个中央美术学院成立连环画系是多余的，现在没有了。你想那些著名的演员也不都是戏剧学院毕业的，像赵丹、孙道临，都不是戏剧学院毕业。

论心态："明白自己"最根本

顾村言：你觉得画连环画最难的是什么？

贺友直：最难的是你的表演能力，你能在纸上做戏吗？

顾村言：你的连环画尤其是市井人物很传神，每个人的面目都不一样。

贺友直：我可以夸这口，我是"连环画的内行"，但不敢称泰斗。为了泰斗这两个字我去查《辞海》，它说泰是泰山，斗是北斗。狗屁！我有那么高啊？但是我北京有个连环画编辑，他说，贺友直是地道的连环画家，贺友直

作者对话贺友直

是会做戏的连环画家。

很多人画的技法好，连环画并不好，他外行，像陈逸飞，他也画连环画，他是画得好。我写文章说他们是画得好，不是连环画画得好，意思不一样，他们画是画得很好。我说我教画的事情。我进中央美院，那时正好全国第五届美展，如果我的美术作品参展，但估量形势对我不利，因为连环画作品评价是按整本作品评价，你单独这几幅画去跟人家拼、跟小青年去拼，我怎么拼得过啊？这一届美展光是连环画得了四块金牌，那是有史以来最高的，那次的展品有尤劲东的《人到中年》，武汉画家创作的《月牙儿》，我的学生韩书力的《邦锦美朵》和现在的江苏省文化厅副厅长高云的《罗伦赶考》，这四个金奖。展览还没开幕，从美术展门口走过，有个人他认识我，我不认识他，"唉，贺老师，这届你有作品参展吗？"我说我没有，你猜他说了一句什么话？"聪明！"不参加就不存在什么好坏了。等到了第九届美展的时候，我是上海美协副主席，我参加送展的评选，评委可以评接受不接受的。我送了《小二黑结婚》，他不批。我目的只想第一步上墙，第二步呢哪怕上讲坛也好，因为连环画衰落了，没有人画了，我这个拿出去肯定是轰动的，要是我得了块银牌，会有人为我打抱不平，说应该拿金牌的。他说，评委意见说我作品没有之前的《山乡巨变》好，这个是扯淡。你评委有按这一级水平评吗？和我个人过去的作品比，什么意思啊？不过拿了一块银牌也好，这件事情，我在报上发文章的时候老说到，也乐一乐哦。很多事情的客观形势你要看明白，怎么做你是有利的，怎么做是不利的你要明白。讲到明白呢，人家看我写文章写了几十年，都说我是个明白人。首先，我明白我自己，我觉得一个人明白自己是最根本的，明白自己是什么东西，讲的通俗一点，你主观条件有什么优点和缺点，你要明白；其次，要明白客观环境；第三，要明白一件事的事理。三样东西合起来，如果你都明白了，那么你处理事情肯定行的。我就很明白，比如你要让我发点牢骚，那我必须跟你们讲，牢骚我不写的。

我的职称谁给我的啊？教育部给我的。也不是文化部、中央美院，是教育部批的，这个教育部批的手续完全是按照正规的，有中央美术学院学术委员会打报告给教育部批的。那么批我教授职称之前呢，我们连环画系派个支部书记到上海，征求出版局和出版社同意的，那么最后要落实我教授待遇的时候，我们系里面回答我三个字：不承认。那么就考验你明白不明白事理，这边我也清楚，他说不承认也有道理的，因为我们职称是本单位的，你是外单位评的，我介绍到中央美院去是以出版社一般的创作人员的身份出去的，如果你出去之后，进入到中央美院的编制，在中央美院获得教授，你再回来那这个教授职称你就带回来了。我明白这个道理，我不去争，去争的话很简单的嘛，你是出版社的创作人员借出去的，你不是中央美院的教授职称带过来的。还有一个很重要的，我是一九八五年退休的，你一九八六年退休他就把你职称可以挪过来，就本单位承认了，因为一九八五年退休已经在评职称的范围之外了。我到出版局去争，他很简单地答复你："你早退休一年，如果你一九八六年退休的话，我一定把你给弄上去。"他还对你好像很有照顾的。我想你门里面不承认我，门外

面承认我的。但是论工资则照道理不太承认的，给我打了
九折，差十几块钱，我现在画到九十岁心也平了。所以我
觉得有一点点阿Q精神是好的，现在这个社会没有阿Q精
神活不下去。

顾村言：鲁迅写出《阿Q正传》后，阿Q精神似乎
成了贬义词。其实看得开、放得下是最重要的，或者说，
你理解的是豁达？

贺友直：这样说吧，我住的地方是小，但方便啊。如
果说你有钱去希尔顿住一晚么也可以，也近。美术馆啊什
么的地方便去蹓蹓。口袋里有钱，去淮海路百盛、巴黎春
天，下面的超市去逛逛，蛮舒服的，叫他切几片火腿，明
天弄块面包，弄点牛奶，蛮适意哦（不要太舒服哦）。
我又不像赵本山那样要买私人商务飞机。我的存款有六位
数，可以啦。我又不去卡拉OK，又不想弄红自己，没有
任何必要了。有两样东西我不花钱的，一个是酒，一个是
茶叶，都是人家送的。夏天我喝洋酒，国外来的朋友他在
免税商店买的，给我带一瓶XO啦。

顾村言：贺老画的人物好像都是旧时的人与物，有没
有想试过现代人物画？

贺友直：没有尝试过现代人。我太落后了，我没有手
机，没有卡，清净啊。有卡怕ATM机吃进去弄不出来。
手机，没有手机好，有手机烦死了，老太婆要抓，到时候
我要是溜到外面去了——"好回来了！"没有手机她抓不
住我，她不知道我勾的是什么人。

顾村言：现在对连环画还有什么建议？

贺友直：已经没用了。真的非常空，一句话就是出版

社要有所作为，因为连环画说到底不是"美协"管了，是出版社管，出版社要有所作为，要是永远是靠重版过去的那些东西，是没有出路的，靠重版不是一条路。

顾村言：那你认为应该怎样呢？

贺友直：要有非常精准的选题，像法国的连环画是画家自己编故事，所以别人进不来。所以我说你要两头吃准，上面要吃准，允许什么范围，这一头不需要什么也要吃准。

二〇一二年三月

（徐佳和、崔欣棋参与整理对话）

含泪的微笑

——读《傅家记事》

　　近几个月多读画稿书论与古籍，似乎好久没认真读一本当代的书了，然而，傅益璇寄来的《傅家记事》甫一收到，即立刻捧读，且至少读了两遍。

　　原因无他，此书与自己喜爱的傅抱石先生相关——是其一向低调的爱女所著。那个抱石先生"对她有求必应"的要强的二女儿现在也已成了一个温暖、通达且不无犀利的长辈了。她会微笑着用南京话自嘲自己的女儿傅蕾蕾"忙得像个真的一样"，然而那些数十年前自己做女儿的记忆与往事却永远不会消失，而当这些留有体温与氛围的记忆凝固下来，读之一个鲜活的傅抱石与傅家儿女如在眼前。另一个原因是，此书读之让自己异常相契，无论是行文的自然与从容、笔法的白描与平实、情感的真挚深沉抑或隐于书背后的那位掏心掏肺的作者，无不让人随之喜怒哀乐，其间几度直欲废卷而叹，甚至为之泪湿。

《傅家记事》不是一本简单的记事之书，这是一本凝聚着作者近七十年人生思考、记忆乃至生命与社会追问的纪事。这样的书，四十岁写不出，五十岁写不出，没有一种通达的思考与人生境界更是无从下笔。甚或可以说，这是家事，也是国事，其中隐约是有着《史记》以来的文脉与情怀的——甚至可以说，这本书的内核，与抱石先生生前笔底的淋漓元气与慨叹追问正是一脉相通。所谓"大雅久不作，世态秋云薄。落落今古间，旷焉谁与托"？中国近百年来的世事变迁让人目不暇接，而那些有意无意消失的东西也越来越多，然而，总有一种真性情的文脉会一直相承相续，无论遇到怎样的艰难险阻。但从这一意义上而言，我个人觉得，记述有着朴素平民意识与深沉文人情怀的傅抱石家事的这本书，意义或许要比一些旧贵族的往事更能触及中国文化之核与真正的灵魂追问。

文章一开始就是浓墨重彩的铺排与回忆，那些关于儿时南京的印象，想来在作者心里沉淀已久，简直就是浓得化不开一般，然而笔法却是白描的，一切读来无不会心而温馨，颇有《边城》与《呼兰河传》的开篇之风，感觉是从周作人或是汪曾祺这一脉的文风而来。儿时的记忆，当然是儿时的风物与味道，那么，文章就从南京风物与味道开始了：六朝古都的老树、南京人的朴实、玄武湖畔的春光与垂柳，以及一年四季先后登场的马兰头、荠菜、盐水鸭、莲蓬、肥藕、晚香玉、紫茉莉、冬瓜、瓠瓜、红苋菜、菊花、红叶、菜薹、腌菜、矮脚黄、蜡梅、咸货，那些"玫瑰色、颤巍巍的半透明的咸肉"，母亲的红烧蹄髈、父亲爱吃的"九转大肠"……一切的一切无不动人之极，可以感觉到，所有那些细节是如此美好，如作者所言，即便回忆起来也是"一种福分"，"要万分珍惜地收藏在心里——因为它们伴随着父母的身影"。

傅益璇在自序中说："关于父亲及那个时代家里的一切，其实我所能表达的甚少。就算有些记忆，也不是刻意去记住的，是顺其自然地留存在脑海里的。所以记录下来的种种，只是跳跃式的点滴而已。因为是'过去式'，时间、人物、地点及情节的错漏肯定难免。但我通过文字的书写，使自己对父亲的怀念得到了很大的满足，这无疑是情感上的一次盛宴。"

所有这些浓重得化不开的南京儿时回忆无疑是极其温馨的，然而越温馨，却也越见出其后的悲凉，见出一个安宁的理想之国是如何陷入破碎的惊恐之中，愈加衬出其后的人生之悲，并让那悲凉力透纸背。

傅抱石有一印章名为"往往醉后"。作者所记"文革"中全家被赶出家门后有一兄弟姐妹雪夜喝酒事：抄家前在院子里埋一坛傅抱石珍藏的五十多年花雕酒，被赶出家门后傅家居于一简陋仓库，天寒欲雪，忽然想起此酒，遂连夜去挖，孰知打碎坛子，只得舀入提壶带回，一大壶酒喝光后，很快就让他们醉得东倒西歪。

"那一夜，是自'文革'遭难以来我睡得最踏实的一个晚上。"作者在这些平平实实的描述里，真有一种含泪的微笑在，然而，也真有一种人生的大悲怆在。

——"在梦里我见到我的父亲，他在一条昏暗的小路上远远地走在我的前面，不时停下来回头看看我，我不断地叫着爸爸爸爸，但始终追不上他。朦胧中我哭湿了枕头。"

读这段朴素而悲到极处的文字，总是让我蓦然想起抱石笔下的雨意，抱石先生笔下的山水雨境，其实何尝不是一种人生的大悲与追问，他的追问是这个国家与民族面临史无前例的巨大灾难与变革时期的性情追问，最终谁能真正给出答案呢？

附：对话傅益璇：父亲所有的艺术就是真情真性

从童年时期的南京到后来的香港，再到移居加拿大，而到了近古稀之年，又再次重回心中的故乡南京定居——这是傅抱石二女儿傅益璇的人生轨迹。

"二姐特别要强，父亲对她有求必应。"这是傅益瑶印象里的傅益璇。如今，那个傅抱石"对她有求必应"的二女儿现在已成了一个温暖、通达的长辈了，然而那些数十年前自己做女儿的记忆与往事却依然历历在目。在傅抱石先生诞辰一百一十周年纪念日前夕，傅益璇在生活·读书·新知三联书店出版了她有生以来的第一部书《傅家记事》。书的开篇，即是从儿时的南京记忆开始写起。

"父亲所有的艺术，其实与我本人身上所体会的点点滴滴是一样的，那就是：真情真性！我不认为他的画和我所记忆的生活细节有什么区别。"傅益璇说。

傅抱石对我而言就是"一个爸爸而已"

顾村言：我们先谈谈这次你专门为纪念你父亲一百一十周年而出版的《傅家记事》。你说过你写这本书的时候脑中完全没有一本书的概念，那你的写作初衷是什么呢？

傅益璇：纯粹是兴趣，将与朋友随意闲聊时谈及与父亲有关的点滴回忆记录下来，也是情感上对父亲怀念的一种方式吧。

我写这本书只是为了写一个女儿眼中的父亲，而不是一个名家的后代。傅抱石在我心目中就是"一个爸爸而已"这么简单。他生活上的一些琐事并不是有"傅抱石"标记的，与其他家庭也没有多少区别。我并没有想在我父亲的艺术成就方面得到更多一些的发言权，也没有做这方面的权威的意思。

顾村言：我觉得你的写作方式一定或多或少受到与你父亲绘画心态影响，一切发自内心，自然从容，读来也特别感人。

傅益璇：其实有这样的心态，不论做什么事情，一定会自成一家。处在我父亲的那个年代的画家的心态和想法与利益挂钩的可行性要少得多，画无所图，环境干净很多。而后社会产生了很多变化，如果想要再返回到一个纯粹的文化环境中去，真的是需要很多生命的更替去换来的。

顾村言：不由想到你父亲所绘作品中常见的魏晋高士，可以看出作为一个大文人，他所寄予的情怀。

傅益璇：实际上他的文化理想很深远，即便他所处的年代会经历过二十世纪五十年代的运动，但因为二十世纪二三十年代在中国以及早期他在日本所接受的教育，他为人的性格和他的价值取向基本保持不变，是很纯正的。到了新社会，当然在精神的适应上比较困难，当时是为了生存必须转变。那时候他还是有绘画空间的，刚开始我们家庭是统战对象，算是处于既得利益者的群体。也正是因为他没有政治上的企图，不想当官，否则不仅艺术上会被迫停滞，在"文化大革命"中所受到的伤害也会更深。

顾村言：这跟个人的人格特征有关。其实从"反右"开始直到以后那段时间的现实生活是充满艰辛的，你感觉他是靠什么支撑下来的？

傅益璇：我想就是信念，有信仰的人我都会对他另眼相看。我父亲的信仰是对中国文化的热爱：是因为对中国的古代文化、古人的情操的向往，内心中对自己必然会有要求，必定有所为。不是去做圣人，至少希望自己贴近这个文化。最后，兴趣变成乐趣，变成人生最大的享受。他做成这些事情的过程就是一切，目的并不是结果。包括我也受到我父亲的影响，我在加拿大的时间里生存是靠斗争的，许多东方人想尽办法进入西方主流文化，但西方文化的某些表现，在我看来是为了自我感觉良好的一种伪饰。我在中国与加拿大都居住过，对比之下，中国有力、有礼、有节的文化是我更认同的。

我父亲对他母亲的孝顺，影响了我这一辈整整一代人。父亲的家庭中：妈妈是目不识丁的菜贩出身、妹妹的丈夫是个普通厨子，但文化层次都是次要的，我父亲都十分尊重他们。在中国的文化观念当中，人其实是得到很得当的尊重的。父亲从外面回家，我们小孩子自然都会站起来，说："爸爸回来啦！"或者帮他拿东西或者为他做其他的事。家里五六个孩子，爸爸有时候带一包糖炒栗子回家，小孩子全部聚拢过去，先到先得嘛。这之间只有奶奶不为所动，因为她不知为何要站起来表达尊敬，但父亲依旧十分谅解她。在父亲的文化认知里面，他是偏向同情社会地位低微的人群的，他一直持有包容、将心比心的心态。他教会我，即便你身处在这个时代，这个时代的好跟坏是不会随你而动的。

你看我的书可以看出，因为我个人性情的关系，在我父亲去世之后我回忆到的一些事情都是不足为外人道的琐事，完全不符合市场需求，不值钱的东西。

顾村言：但这其实是最珍贵的东西，那些珍藏在记忆深处的细节其实是更能打动人的。

傅益璇：我记录的细节里既没有父亲的艺术如何出人意表，或者叙说他的宏伟大愿，这类题材我都充耳不闻。我最难以忘怀的还有一些也是生活上的小破事，不值钱。

顾村言：还有很多是没有写进书里去的？可以说是不值钱，最"值"情！

傅益璇：我父亲的朋友们都叫我是"二十四个不买账"。比方说，客人来访，我不管不顾就是不愿帮我爸爸拿烟缸，原因是他咳嗽不止，我觉得他不应该抽烟。都说我的性格和我奶奶一样是很倔、讲义气、讲人情味，我妈从小也说我是"孙二娘"，很不安分。

他在乎的是精神上的抒发

顾村言：在文末你说你母亲说你父亲是无处不聪明，就连选择何时走都像经过考虑过一样——他在"文革"风雨欲来的前一年离开了人世。

傅益璇：是的，文人经常活一个气——刚烈之气。他不是在乎吃喝，而是精神上的抒发。如果突然一下不让他发声，比判他坐牢还要难受，所以他们生不如死。我想，如果能够做到对不同的人的理解、能够很迅速地将自己代入对方的角度当中，这是一样很重要的能力，哪怕你要理解的对象是古人。这样的话，你所表现出来的东西就是真情真性可以感动人的。

顾村言：就像沈从文在西南联大时教汪曾祺写小说，他就教给他五个字"贴着人物写"，将心比心，写作技巧什么的其实最后是次要的。

傅益璇：要真正做自我，不论写作或是做任何事情。有一种人不能真正地做自我，那是因为他没有自我。

顾村言：那些没有自我的人是靠一些外来的东西，比如名望、地位、权力、资金种种，来寻求攀附。

傅益璇：不论是文化界也好或者是其他领域，不论当时他表现如何，最终历史中能够留下来的也就几个人。真正有学问的，只要不走错路、胡思乱想，就成的。

顾村言：你从艺术上怎么理解你父亲的？经过这么多年风风雨雨。

傅益璇：对傅抱石的认识，将来可能会更有不同。一百年后我们也无法预知，肯定就不是现在这样了。我只能就现在的认知谈一谈我父亲。他所有的艺术，其实与我本人身上所体会的点点滴滴是一样的，那就是：真情真性，他追求他心中所有的东西。我不认为他的画和我之前所提到的生活细节有什么区别。就拿米开朗琪罗做例子，他一生从始至终并没有以艺术家的身份自居，他是世界上唯一的一位雕塑、绘画、建筑上都是顶级的人物。即便他的艺术成就这么大，在死前他反而思索的是怀疑他本人的艺术，也开始怀疑艺术本身。艺术并不像种下了一片稻田，是为了收割。我心目中定义的艺术家应该是到了最后他眼中看不见这片具象的田野——这才是真正的艺术。如果有这样的思维，你干什么事情都会是顶级的。

落实到具体的哪一张画就没有意思了。对我父亲艺术的看法，轮不到我说，我父亲的艺术在我面前是高山仰止，根本不可能以平视的视角去检视他的画作，在我看来，他的艺术就是一样美好的东西，具体为何很难言说。

如果要去研究傅抱石的艺术，那就是一个学科——比如他的绘画情境、抱石皴的运用等，如果被不断反复地研究、推敲，这些东西就会变成枯燥的、学术化的了。

艺术不是空的，是在真实的一个人身上发生的。他不是一个精神的象征，他也喝二两酒、也要如厕，与隔壁的张老汉没什么区别。我所描写追忆的傅家生活琐事或许不是最符合现在市场所需求、所想要了解的，但其实这是最根本的东西。

有人问我，我父亲的艺术对我的影响，我想其中的变化是很难具象地描绘，根本无法诉诸文字的。只能玄乎地说，我当然不可能否认其中可能存在的联系，但我的画与父亲的影响无法查验 DNA。对于没有证据的事物，老实说，只能心领神会。我在想，你所看到的我的父亲或许比我看到的更真切。

我认为不管是米开朗琪罗的艺术、傅抱石的艺术、任何一位了不起的大艺术家也好……凡是有真情真性的人，技术上也能表达的，能够把所思所想传播出来的，最终就会有成就。艺术家的天分就是悟性。讲到最后，其实艺术的最高层次是"魔鬼的"，也就是没有章法、没有目的、没有行为准则。不要去计较画的效果，这些都是技术必须经历的过程。你所拥有的精神一定要小心保护它，而后技术上才可以追赶。技术其实就可以把它当作一条流水线那样看待。

顾村言：这些感触都是你父亲投之于你，包括你自己这么多年对人生体悟总结而出的？

傅益璇：我父亲说，像我这种人，饿死是很正常的。包括他自己也是一样，绝对不喜欢应酬，他过年是躲的。我想他的时间就是这样挤出来的。

顾村言：其实是利用时间做自己喜好的事情。所以才有那么大的成就。

傅益璇：所以成就这个东西，是分两个部分的，一个是努力，一个是天分。

二〇一五年三月

作者画作《荷叶蜻蜓》（局部）

對鏡容光惝怳
減了恨千秋上眉
尖 丁酉老書錢鍾言

作者画作《戏曲人物》

作者画作《东坡策杖图》（局部）

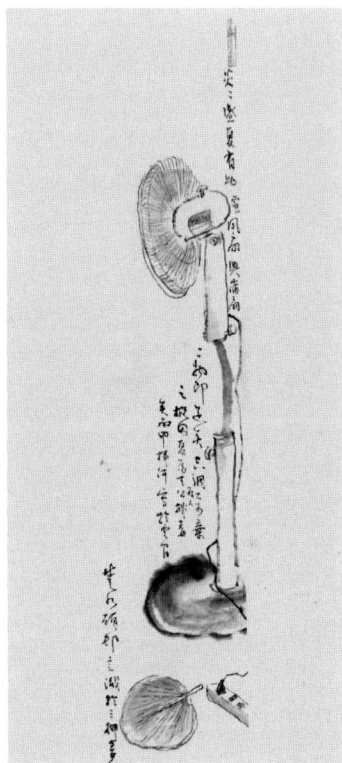

作者画作《炎炎盛夏》

不会消失的歌

——忆黄裳先生

"很多歌消失了。"

这是黄裳的好友汪曾祺在其小说《徙》开篇所写的第一句话。意料之外的是，在汪曾祺走了十五年后，黄裳也成了那支"消失的歌"——（二〇一二年九月五日）晚六点多，忽听同事告知："黄裳六点走了。"惊愕之余，几乎有些不相信自己的耳朵，一直念念叨叨地再去看一下老人，一直没有实现，怎么老人就走了呢？

电话给一位喜爱黄裳多年的老友，那边正在喝酒。告诉了老人去世的消息，电话里一阵沉默，终于叹一声，说："老人真不简单，春节期间还写万字长文，怎么就走了呢？"

老人是不简单。生于一九一九年的黄裳或许算是写作界的一个奇迹——几乎每隔一两个月，这位九十多岁的老人便有长文刊发于《东方早报》及其他报刊，笔底矫健老辣，且不断有新著问世——这样的高龄与这样笔力的文章，在中国当代写作界几乎是绝无仅有的。

对老人，其实有很多的话要说，然而乍闻老人辞世的消息，心乱之中，竟不知从何说起。

最初读老人的文字还是在十多岁时，那时不知从哪里找来一本杂志，刊有一篇《淮上行》，彼时正被一些文字粗疏的小说搞得大倒胃口，读此文低回婉转，如品佳醪，一股名士味，隐隐可见，不由眼前一亮，且所说又是沿运河从扬州到淮安的典故往事，很是亲切，就此记住了作者"黄裳"这个名字。此后似乎逢黄裳的书都是要买的，陆续买了《榆下说书》《银鱼集》《小楼春雨》《珠还记幸》《妆台杂记》《来燕榭集外文钞》以及全套的《黄裳文集》……而真正见到老人却是到二〇〇六年，当时是李辉先生引荐专程拜访了老人。

后来自己把这次会见的印象与读黄裳文章的体会写成一篇《小楼深巷，恂然一翁——黄裳印象记》，老人读后专门来信，称对其文"赏鉴无虚"，还有一些勉励的话语，读来很是感动。此后与老人的交往就陆续多了，几乎形成惯例，每年春节后都要去看望一下老人，随着老人听力的衰退，从最初的交谈，到后期的笔谈，再到以后的几乎无法笔谈。两三个月前，与朋友约好了一个周末去看望老人，准备去看的前一天，接到老人女儿的电话，说住院了，且医院下了"通知书"——这当然是瞒着黄老的。此后当然无法再去探视了，后来又听说医院尽全力抢救，终于转危为安，老人出院了，这让我真有不小的安慰。后来又听说有朋友在上海书展期间去看望了老人，总的印象是，老人身体当然不比从前，但似乎仍有不少写作的雄心。

想想也是，深居在上海里弄"榆下"的老人，深居小楼，读书写作，自得其乐，所谓"寒士精神故纸中"，自然不知老之将至，老天又怎能忍心带走这样一位老人呢？

然而老人还是走了。

回想与老人并不算多的交往，印象最深的还是老人的性情之真，名士气，存古风，从年轻时到九十多岁时，不少文章一以贯之的是雄辩其间，爱憎分明，真性情跃然纸上，读之让人心胸为之一阔，亦如唐弢先生评黄裳所言："常举史事，不离现实，笔锋带着情感，虽然落墨不多，而鞭策奇重。"

近几年最让人印象深刻的大概是二〇一〇年老人与一位作者打过的笔仗，九十一岁还要写万字长文，如姜桂之性，老而弥辣。后来去看望老人，老人提起这一笔墨官司，我说了自己的意见，自然也劝老人不必过于计较，多多保重身体，并告之网络上也有不少读者关心，老人且嘱我打印一些网上讨论——老人后几年对网络其实一直比较关心。

二〇一〇年元宵是汪曾祺诞辰九十周年，编辑部讨论在《东方早报》做一期汪曾祺纪念专版，我自然想到了老人——一九四七年前后，年轻的汪曾祺除了去巴金家的沙龙，更常与年龄相差无几的黄裳、黄永玉结伴漫步上海霞飞路，评说天下，臧否人物，那样一种意气风发与灵性的挥洒让人追慕不已。记得我电话也没打，直接写了一封信快递给老人，信中有："李辉去年写有一文考证汪曾祺与黄永玉的交往与友情的变化，起首便是从一九四七年他们二人与您在上海霞飞路压马路写起……不知黄老是否愿意写一些文字回忆您与在上海的汪曾祺，如能写，就请电话我。"

这封信写出去其实并没有抱太大的希望，毕竟老人岁数太大了（当时九十一周岁高龄）。然而出人意料的是，第二天下午，就接到老人女儿的电话，嘱我去取稿件。原来老人当天晚上收到信后，就有不少感想，大概沉入了对老友的追忆之中，次日上午便一气呵成写了一篇两千多字的《忆曾祺》。文中回忆了当时汪曾祺在上海的不少细节，弥足珍贵。文中言"我曾'警告'他不可沉湎于老北京的悠悠长日，听鸽哨而入迷，消磨'英雄志趣'，他的回信十分有趣，历经离乱，此笺已不复存，是可惜的"。

文末更有几句感叹让人几欲废卷，"此后的笺札浸疏，倒是永玉通信中时常提起曾祺消息。李辉在现存永玉给我的信里涉及曾祺的零碎消息中，可以体会到他俩之间交往的变化，使我为之担心。常恐沪上一年交游之盛为不堪回首的记忆，是无端的杞忧么，不可知矣"。这句话的背景自然是汪曾祺与黄永玉友情的变化，而这样的变化在老人看来其实是痛在心里的。这样的变化到底是什么引发的呢？社会，市场，人心？或许老人是清楚的，只是不便言明罢了（老人其后在致我的信中也曾谈及黄永玉）。

这个时代，总有一些是变的，然而，也总有一些是不变的。

总有一些与晚明张岱、余怀声气相通的文人性情会自然流转——黄裳晚年的文章与性情正说明了这一点。

　　很多歌消失了，但黄裳"这支歌"并不会消失，随着时间的流逝，"这支歌"还会流传下去——我总想着第一次见老人时，老人说起去常熟再次拜谒柳如是墓的往事，那样的一种神态，那样的一种情怀所寄，其实正在于晚明士人的传统，也即一种正在消逝的士人风骨与清正本色。

　　从这一角度而言，老人也可以说是一面镜子。

二〇一二年九月五日晚九点，

闻黄裳先生辞世一小时后匆草

小楼深巷，恂然一翁

——黄裳印象记

每天上下班都经过陕西南路与淮海中路交界处，触目所及无不是喧闹的广告与行色匆匆的人流，然而，热闹繁华只是这里的表象，这里同样拥有另一个世界——宁静，比如陕西南路的丰子恺故居，很安静的小小庭院，门封着，只有一个小小的门牌，门前花草扶疏，迎风招摇，外面的一切似乎都远去了，只有那些简练的笔触存在着——子恺先生已经过世很久了，然而他那些满溢童真以及那幅《人散后，一钩新月天如水》的清凉画面却会永存。

可以让人神定气闲的当然并不仅仅是子恺故居，还有一位文化老人隐于这条路层层梧桐浓荫后的红砖小楼中——每每想到仍有这样安静的老者在这座奔忙物欲的都市陶然于故纸堆，偶尔弄弄笔翰，莫名就觉得上海的文化底气到底是足的。

老者名黄裳，以藏书名世，更以独特的书话散文让人回味，虽年近九旬，皤然一老翁，然而这些年笔头似更见健，除去一些出版社翻来覆去地印出他的旧文，新作时不时也见诸报端杂志。

知道黄裳住在陕西南路好几年了，但一直没打听老人具体住在哪个小区。有时经过一个报摊，忽然想着老人说不定也会出来买份报刊，或者不期而遇，只是远远地看他一眼也就行了，并不一定要和他搭话——当然，这种想象中的不期而遇是从未有过的。

直到那天李辉在北京发来短信，说这次到上海有拜访黄老的安排，问我有没有兴趣一起去，这真是意外之喜。我回了他三个字——"太好了！"放下手机，却不免有些忐忑。说起来，读黄老的文字很多年了，多多少少也算仰慕者之一，但真正要与老人见面，兴奋之余又有些担心，和他说些什么呢？李辉被黄老称为知己之一，可即使是李辉笔下，印象里的黄裳也是"颇不善言谈，与之面对，常常是你谈他听，不然，就是久久沉默，真正可称为'枯坐'"，这一切自己是可以想象的，然而晚上于灯下重新翻阅《榆下说书》《银鱼集》《黄裳书话》等，文字后面的一种名士风流，那些与自己极爱的张岱、余怀声气相通的流风遗韵，又宛在眼前，总觉得面对老人，应该还有很多话要说与求教的。

（一）

第一次接触黄老的文字大概还是中学生，不期然在一本杂志上读到一篇《淮上行》，彼时正被一些文字粗疏的小说搞得大倒胃口，读此文低回婉转，如品佳醪，一股名士味，隐然可见，不由眼前一亮，且所说又是沿运河从扬州到淮安的典故往事，更是亲切，就此记住了"黄裳"这个名字。然而自己当时并未刻意去寻找黄裳的书籍，中国现当代写作者中，当时苦觅的除了会稽周氏兄弟的文字，就以沈从文、废名、汪曾祺、郁达夫等人的居多，对一个二十岁不到的年轻人来说，其实与黄裳那些"爱好旧史、癖于掌故"的文字多少还是有些距离的。

即使现在，搜集了那么多老人的书籍，但仍然觉得老人是只可远观而难以走近的——这真是一个怪感觉，而与沈从文、汪曾祺等给我的感觉有些不同。

拥有第一本黄老的书似乎是《黄裳书话》，是在扬州小秦淮河畔的古籍书店觅得的。当时与《鲁迅书话》《周作人书话》《孙犁书话》放在一起，五折，一股脑全拿下了，很是爽气。随后又在南京、上海、扬州等地购得《榆下说书》《小楼春雨》《珠还记幸》《妆台杂记》《清代版刻一隅》以及全套的《黄裳文集》等，包括近年来新出的《来燕榭集外文钞》等，断断续续买了有一二十册吧，几乎都没一下子读完，多为没事时挑几篇读读，很是耐嚼。《黄裳书话》中自己最爱的两篇是《海滨消夏记》与《老板》，与别的文章略有不同的是，这两篇文章不是单纯的掉书袋或记掌故，更非版本目录之学，而是见出社会人事的变迁，见出活生生的人生，读之让人怅然：《海滨消夏记》看标题很有些自在悠然，似乎潇洒得很，然而所记其实为一九五九年至一九六一年黄裳被下放奉贤、宝山农村劳动之暇读钱锺书《宋诗选注》与陈援庵《通鉴胡注表微》的往事，那些下放劳动的点滴往事在作者笔下并不感觉是在吃苦，作者自述云："能赶上参加这种古老的田间劳动操作是幸运的，因为这一切迟早都将过去。"

文中记有睡在鸭棚打手电看《表微》，题记有："辛丑芒种后二日，守麦于鸭棚，中夜大雨，雷电时作，倦极思睡，而蚊扰不已，蛙声鼓噪，漫记。"又有："午后暴蒸热，飘风细雨，自鸭棚归，芒刺满身，读至此。"这里简直就是寄悲痛于悠闲了，读后掩卷——这真是一个书呆子，一种痴气，然而正因为有这份痴气，黄裳才算是性情中人吧。

《老板》和其后的《记徐绍樵》都是一路文字，是记书商（或称书友的），寥寥数篇，在其文字中十分难得而珍贵。黄裳的藏书之富无疑是有赖于这些书友的——虽然那些书友也让他有过那么多失望。他自己说："我以为旧时代的旧书商人，也是值得像《游侠列传》那样为他们写一篇合传的。"《老板》是记徐家汇旧纸铺老板的，黄裳引以为自豪的配齐整套的《小说月报》就端赖于这位老板，这样平凡的小人物在黄裳笔下纯然是白描笔法，平平淡淡的文字，然而其内里却厚实异常，像压得紧实实的茶干，就着淡茶，咬一小块，回味无穷。这文字让我想起汪曾祺的小说《戴车匠》《陈小手》，随着社会的变迁，写出纸铺老板这样小人物的人生沉浮，简直就是史公龙门家法写就的一部列传。这样的文章与《史记》《陶庵梦忆》《板桥杂记》无疑是有很深的渊源关系的，隐隐有家国之思，又有一种人生的大追问隐于其中，但作者却如老板的老太太，平静地告诉人家老板死了，嘴角还挂着微笑——这微笑里其实是有泪花的，只是没让人看见罢了。

《榆下说书》《银鱼集》里的一些文章是读过多遍的，尤其是那些写明清易代之际遗民故老的文章。《陈圆圆》《关于柳如是》《关于吴梅村》等，既见其才情与胸怀所寄，更见出历史功夫与见识之卓，如家常说话，娓娓叙来，据典考证，从容自在，然而却又雄辩其间，爱憎分明，真性情跃然纸上，读之让人心胸为之一阔。我自己后来对晚明历史有着不小的兴趣，黄裳的这些文字无疑是"蛊惑"之一——虽然自己到现在还没正儿八经地读完一部《明史》，然而，每每提起黄裳，不免想到《桃花扇》里残山剩水的意境。

因为喜爱张岱、余怀，《银鱼集》中的《绝代散文家张宗子》《余淡心与金陵》是很喜爱的，虽然自己对黄老总结的张宗子最突出特点是"写作才能"并不算太同意——我心目中的张宗子最大特色其实是真性情，有一种人生的大境界（这也是以后想向黄老请教的）；《关于余淡心》与《余淡心与金陵》几篇文章到目前仍是我见到的关于余怀相对较全的资料，其中所记的周亮工语"广霞君不屑与世人半巧争能，只欲以本色二字，挽回风气耳"，让自己低回久之——原因正在"本色"二字，这也可以说道尽了自己何以喜爱他们的原因。

除了游记、书话、题跋、人物印象记，黄裳的剧评也十分好看，但我自己对戏剧懂得不多，读得并不算入港。谈版本目录的图书——比如《清代版刻一隅》，到现在也没读竟（自己对这些版本目录之学是外行）。然而所有这些并没有影响我对这些文字的搜集与喜爱，一册在手，摩挲一下，遥想黄裳念念不忘的"清刻之美"，既模糊又清晰，实在也算读书之余的快事之一。

朋友中迷黄裳的不少，但对黄裳有微词的也有一些，比如有朋友批评他在《老虎桥边看知堂》等文章中对周作人的用词与态度，此外，尚有朋友评其部分文章用词过于"刻薄"。这些微词也不无道理，但反过来说，这或许也是黄裳之所以成为黄裳的原因。

（二）

黄裳多少大概也算得上中国读书界的一个传奇，原名容鼎昌，山东益都人，生于一九一九年，中学在南开中学就读，与红学家周汝昌、剧作家黄宗江是同学。大学到上海读的是电机专业，却志在文史，后成为报社记者、编辑，晚年又意外地以散文大家与首屈一指的藏书家名闻海内外。

黄裳之名的得名缘由有两说，一是艳说——与黄宗英有关，说他当时是有"甜姐儿"之称的女明星黄宗英的忠实"粉丝"，有天忽发奇想，以"黄的衣裳"之义取了"黄裳"这个笔名。钱锺书后来曾为他写过一联："遍求善本痴婆子，难得佳人甜姐儿"，不知说的是不是这个典故？另一说是容鼎昌的中学同学、黄宗英的哥哥黄宗江自述，说是当年他爱戏，容鼎昌遂跟他说唱戏得有个艺名，于是便自作主张地帮他起名"黄裳"，可黄宗江觉得这个名字太过华丽，觉得还是父亲给的名字好，没用，没想到，后来这名字倒成了容鼎昌的笔名，且一直叫到恂然老者。

对这些说法，黄裳都一笑置之，似乎未见肯定，亦未见否定。

每个人眼中的黄裳都是不同的，萧珊眼中的黄裳是个让人温暖的书呆子；画家黄永玉眼中的黄裳则几乎无所不能："黄裳那时候的经济收入：《文汇报》编副刊、中兴轮船高级干部、写文章、给一个考大学的青年补习数学、翻译威尔斯的《莫洛博士岛》(屠格涅夫的《猎人日记》是不是那时候？不清楚了)、出几本散文集，还有什么收入？伺候年老的妈妈，住房及水电杂费，收集古籍图书，好的纸、笔、墨、砚和印泥……还有类乎我和曾祺的经常的食客们……他都负担得那么从容和潇洒。黄到底有多少本事？记得五十多年前他开过美军吉普车，我已经羡慕得呼为尊神了，没想到他还是坦克教练！……"

年轻时的黄裳那样从容潇洒，又意气风发，抗战结束后曾写出一篇老辣的《饯梅兰芳》，影响极大——当然，意想不到的在几十年后又引出一段与柯灵的笔墨官司。

一九五七年"反右"后被检查、交代、认罪……后来又下放劳动，老人对下放并不以苦，对藏书的大量散去却一直难以释怀……一九七九年退职归家后，如二度青春重现，至今仍"宝刀未老"。

(三)

黄裳的书斋名榭——来燕榭，这个"榭"字作为文人室名很少见，其中的江南意趣是清晰可见的，让人仿佛看得到"飞入寻常百姓家"诗句的意境。

李辉从北京抵上海的晚上，约好次日拜访来燕榭主人。

那天上午九点赶到巨鹿路附近的一家宾馆，不过两三分钟，一身便装的李辉便笑呵呵地出现了，一如既往地洒脱与精神。聊了几句，李辉接一电话，是黄裳家人打来的，告诉他们不久即到，两人便向南往陕西南路方向走去——其实心里仍有些紧张，想着第一次该给老人带些什么——问李辉，李辉说随便吧。终于在路边发现一花店，玫瑰居多，这样的花送给这位老人显然不太合适，选了一个满是淡紫色花蕾的花篮，清幽典雅，觉得多少有些符合老人的气质。

很快就到了那个多次出现在想象中的小区，走进去，层层绿荫间是建于二十世纪二三十年代的十多幢法式红砖小楼，附近淮海路的喧嚣瞬间似乎便隐去了，仿佛穿越了某种时光隧道，触摸到那些与老人文字相伴的二十世纪三四十年代的气息，直到拐过一个弯，发现几位老太太在健身器材下摆动身子，才倏然回归现实。

小区有香樟、芭蕉、紫藤等，当然，还有榆树，一排排立着，老枝纷披。

来燕榭在这个闹中取静的小区最北端，很普通的小楼三楼，北面即是围墙，与四周的小楼也没什么区别。踏上老旧厚重的大理石台阶，到三楼，门是开着的，黄裳的家人（后来知道是他女儿）早迎了出来，说家中地板刚打了蜡，不必换鞋了。有些歉意地进了屋，到了南向的大屋——老人很快就从里间出来了，笑嘻嘻的，嘴有些张着，头发短短的，纯白一片，眉毛有些下垂，一件合身的条纹衬衫，下面是西装吊带裤，身子很大，却不失精神。他看着我们只是笑，让我们坐。李辉和他打招呼说："最近怎么样？"

　　老人显然没听清，声音有些沙哑地问："啊?"然后指着自己的耳朵。黄老的女儿在一边补充说，黄老的左耳最近一直不好，要讲话得对着他右耳大声点才能听清。李辉又坐到他右侧，套着老人耳朵大声地告诉他这次到上海的行程，又把我介绍给老人。

　　一时倒不知和老人说些什么，李辉让我坐在老人右边，便告诉他，"读您文章很多年了，一直喜爱"。老人张着嘴连连点头，又告诉他现在有不少年轻人爱读黄裳，网络上也多有讨论。老人显然都听到了，嘴仍是张着，不无谦逊地笑，但仿佛又不知道说什么好，所以只好仍是点头，身子且悠然地动一下。顿了片刻，他女儿插话说，以前李辉曾经打印过一些网上关于黄裳的讨论给他看。老人忽然说："就是太薄啊。"

　　几个人都笑起来，我说："回头我再打印些给你，网上有不少书友自称黄迷的。"老人笑得脸似乎有些红，轻声地说："好啊。"

　　并没有想象中的枯坐与冷场，李辉与黄老太熟悉了，老人要了解的京华老友的消息也实在是多，李辉仿佛一座桥梁，将这些老友的音讯一件件传递出来：周汝昌、黄宗江、黄永玉、丁聪……老人急切地想了解他们的近况。

　　李辉说黄永玉前段时间在湖南吉首，那里有一座他的个人博物馆正在落成……又说到黄永玉正准备出一本《从塞纳河到翡冷翠》的书。不知怎么又说起黄永玉的画，老人又指给我们看黄永玉的画——原来左边沙发上悬着的便是黄永玉的白描荷花，下面有黄裳的题款，画得很用心，字更是风神逼人。

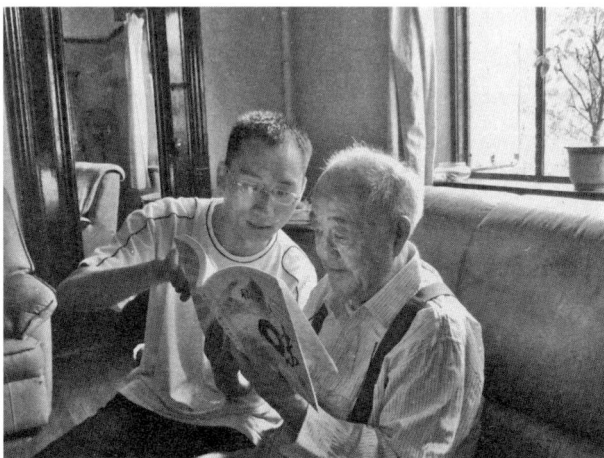

黄裳与作者合影

问起丁聪，李辉说在住院，最近一段时间有些好转。黄裳说："他以前给我画的漫画没画好，我本来想请他重画的……"言语间有一种无奈之意。

谈到周汝昌，李辉说从北京到上海前给周汝昌的女儿打过电话，正在整理周汝昌与黄老之间的通信，准备出一本来燕榭书简，问老人要不要给这本书写序。黄裳说："不要。"李辉说："那我就写一篇整理说明，到时打印一份完整的给你。"老人点点头。

李辉又说起周汝昌，说周汝昌现在写字完全写不了，眼睛有病，写字时，字巨大如天书一般，谁也无法认清。

老人无言。

一时又有些像枯坐的老僧，大概想起年轻时与周汝昌相知相契的那些往事。

好一阵子，问老人，最近出门了吗？

老人忽然来了兴致一般，说专门去了趟常熟，再次拜谒了柳如是的墓。

暗自叹着老人真是好兴致，想起自己以前读完老人关于常熟钱柳遗迹的文章，包括陈寅恪的《柳如是别传》，一直对常熟心向往之，但自己至今都未前去，不想这位老人居然有兴致再走一趟。

李辉问："到常熟吃大闸蟹了？"

"吃了，吃了！"老人语气间很是高兴，说是女儿女婿陪同去的，专门叫的出租车，"这些年每年都出去一次，去年去的嘉兴"。

又聊了一些书事掌故，我问老人《榆下说书》中的榆树是不是就是窗外的树，老人笑着说："不是，不是，是楼后面那棵大榆树。"

　　似乎打扰老人很久了，我担心影响老人的写作读书，问老人每天怎么安排，老人说："每天都写字的。"

　　拿出我以前的文字给老人看，老人摘去眼镜，看到《故里食物》下面的螺蛳、蚬子等名字，顿时会心地微笑起来；后来拿出书请老人题签，选的是一本《黄裳文集》，老人翻翻书，指着其中一篇《绝代散文家张宗子》说，这篇前段时间一家出版社出，把"绝代"印成了"绝对"，说着自己也笑起来，随后以他清秀飘逸的字题了签。

　　李辉把自己带来的《东方早报》给老人看，老人摘去老花镜，很细心地读了《人物周刊》的一段文字。我问老人有空可否也给《东方早报》写些文字，老人笑着轻声答应说："好。"

　　向老人告辞时，老人坚持送到门口，一直看到我们转弯不见——神情间似乎有些落寞，又有些不舍。

　　到楼下重新看了老人所说的老榆树，原来在小区围墙外面，顺墙而生，粗壮挺拔，枝繁叶茂，约有四层楼高，投下一地的浓荫——来燕榭原来真算是在榆树之下的。

　　老人尤其喜爱陆放翁诗句"小楼一夜听春雨，深巷明朝卖杏花"，认为这"寥寥十四字，把江南的神魄一下子都描摹尽了"。回程时想起深居在上海陕西南路小巷深处的他，深居小楼，读书写作，品味书香，自得其乐，忽然想起"寒士精神故纸中"这句话来，觉得有这样的名士在，上海就到底算是有味的。

二○○六年十月

海上何处『听水斋』

——汪曾祺与上海的往事

上海之于汪曾祺到底意味着什么呢？

上海当然不是汪曾祺的故乡，而只是汪曾祺生命旅程中的一个驿站——或者说是相对重要的一个驿站，这里有他的"听水斋"，就像沈从文的"窄而霉小斋"，记录着汪曾祺踏入社会初期的困顿、迷惑与希望。在这里，他收到沈从文的那封著名的信："你手里有一支笔，怕什么?!"也因此，这里诞生了他的第一部作品集《邂逅集》。在这里，年轻的汪曾祺、黄裳与黄永玉，各自身着一套蹩脚的西装，旁若无人地闲逛霞飞路，说着一套"海阔天空、才华迸发的废话"，评说天下，臧否人物……

历经半个多世纪，在上海，见证这一切的汪曾祺的"听水斋"现在还存有遗迹吗？

"我的故乡是高邮，风吹湖水浪悠悠"——都知道汪曾祺先生的故乡是江苏高邮，刚刚过去的元宵节是汪曾祺九十诞辰，高邮正在举办一些纪念活动，有朋友好意邀请我去，然而手头事多，根本无法启程；况且，高邮汪氏故居也去过多次，现在到底如何似乎也未必想过多了解。既如此，在上海——这个曾有着汪曾祺"听水斋"的地方怀念老人也是一个不坏的选择。

那真是一个让人倾心的时代。

"听水斋"缘起

汪曾祺一九四四年自西南联大毕业后先在昆明的一所中学教书，并与施松卿相恋。两年后，施回故乡福建省亲谋职，汪曾祺也辗转来到上海。然而，抗战胜利之后的上海，民生凋敝，物价飞涨，找份稳定的工作谈何容易，在屡屡碰壁后，陷入困境的汪曾祺甚至想到了自杀，最后唯有写信向远在北平的恩师沈从文诉苦，结果沈从文回信罕见地把汪曾祺大骂一通，最后说："为了一时的困难，就这样哭哭啼啼的，甚至想到要自杀，真是没出息！你手里有一支笔，怕什么?!"沈从文的回信自然让人想起他初到北京在标点符号都不会用的情况下凭一支笔打天下的往事，那才是真正的困顿。然而沈从文凭着湘西人骨子里不认输的那份执着，终于用笔打出了一个天下。他要他的爱徒也拥有这份执着，唯有以骂的方式才可让年轻的汪曾祺醒悟——骂归骂，爱徒心切的沈从文也动用各种关系帮助汪曾祺，最后通过好友李健吾终于给汪曾祺在民办的致远中学找到一份教国文的工作。

而汪曾祺所谓的"听水斋"也因之落户于原上海福煦

路（今延安中路）的致远中学。

汪曾祺对于"听水斋"唯以一篇《星期天》记之，虽为小说，可以看得出就是来自他当时的真实生活：

这是一所私立中学，很小，只有三个初中班。地点很好，在福煦路。往南不远是霞飞路；往北，穿过两条横马路，便是静安寺路、南京路。因此，学生不少。学生多半是附近商人家的子女……"教学楼"的后面有一座后楼，三层。上面两层是校长的住家。底层有两间不见天日的小房间，是没有家的单身教员的宿舍。

此外，在主楼的对面，紧挨围墙，有一座铁皮顶的木板棚子。后楼的旁边也有一座板棚。

如此而已。

……我教三个班的国文。课余或看看电影，或到一位老作家家里坐坐，或陪一个天才画家无尽无休地逛霞飞路，说一些海阔天空、才华逬发的废话。吃了一碗加了很多辣椒的咖喱牛肉面后，就回到学校里来，在"教学楼"对面的铁皮顶木棚里批改学生的作文，写小说，直到深夜。我很喜欢这间棚子，因为只有我一个人。除了我，谁也不来。下雨天，雨点落在铁皮顶上，乒乒乓乓，很好听。听着雨声，我往往会想起一些很遥远的往事。但是我又很清楚地知道：我现在在上海。雨已经停了，分明听到一声："白糖莲心粥——！"

狭义地讲，"听水斋"其实就是汪曾祺睡觉之所，在教学楼后面后楼（三层）暗无天日的底层。在那里，他听得到"隔壁人家楼上随时会把用过的水从高空泼在天井里，哗啦一声，惊心动魄"，故名；而另一层意义上，他批改作业以及创作之所却是在教学楼对面的"有铁皮顶的木板棚子"。他在那里听到的则是雨声，"下雨天，雨点落在铁皮顶上，乒乒乓乓，很好听"。同样算是"听水"，就像沈从文常常称"中国南方的阴雨天气与流动的水"对他创作的巨大影响一般，上海的阴雨天气以及一声"白糖莲心粥——"悠长的叫卖声对这位年轻人创作的影响似乎也是致命的——"我往往会想起一些很遥远的往事。但是我又很清楚地知道：我现在在上海。"

也是在那样的回忆往事的基础上，汪曾祺作品终于呈现出与来上海前所写的《小学校的钟声》《复仇》等受西方纪德、萨特、伍尔芙等影响的意识流小说完全不同的风格，初步风貌因之终于成形。读篇末注明"一九四七年初，写于上海"的《鸡鸭名家》《戴车匠》等可以看出，这组文章已基本奠定了汪曾祺其后著名的《异秉》《大淖纪事》等融奇崛于平淡、纳外来于传统、近于大写意风格的故里回忆小说，那是沈从文真正教出来的文章。而所谓的汪曾祺"大器晚成"之说则完全是一种误解与历史的拨弄——他在新中国成立后的相当长时间内根本写不了那种主流界所认可的小说散文，就像沈从文那样，故唯有掷笔不写，而写京剧剧本则是为稻粱谋所致。这个巨大的人生转型，就像沈从文转型从事文物研究一样，虽也算兴趣，但却非真正的兴趣所在。

"听水斋"交游

年轻的"听水斋"斋主汪曾祺在致远中学拥有相对安定的职业与生活后，读书创作之余，自然少不了交游。汪曾祺在《星期天》中自述："星期天，除非有约会，我大都随帮唱影，和（同事）×××、×××、×××……去逛兆丰公园、法国公园，逛城隍庙。或听票友唱戏，看国手下棋。不想听也不想看的时候，就翻《辞海》，看《植物名实图考长编》——这是一本很有趣的著作，文笔极好。我对这本书一直很有感情，因为它曾经在喧嚣历碌的上海，陪伴我度过许多闲适安静的辰光。"更值得记下的则是他在心灵上息息相通的朋友，一黄裳，一黄永玉，当然，还有巴金与萧珊在霞飞坊的家。

黄永玉是沈从文的表侄，而汪曾祺是沈从文的得意传人，当黄永玉来到上海后，两人立刻开始交往几乎是必然的——黄永玉后称"表叔来信让我去看他"。两人初次见面的次日，汪曾祺就写信向沈从文详谈见面细节，而当时的沈从文尚未见过这位长大后的表侄（沈与黄永玉第一次见面在湘西，彼时黄永玉尚年幼）：

昨天黄永玉来，发了许多牢骚。我劝他还是自己寂寞一点作点事，不要太跟他们接近……我想他应当常跟几个真懂的前辈多谈谈，他年纪轻（方二十三），充满任何可以想象的辉煌希望。真有眼光的应当对他投资，我想绝不蚀本。若不相信，我可以身家作保！我从来没有对同辈人有一种想跟他有长时期关系的愿望，他是第一个。您这个作表叔的，即使真写不出文章了，扶植这么一个外甥也就算很大的功业了。给他多介绍几个值得认识的人认识认识吧。

信中且说及黄永玉不想再在上海待下去，欲回湘西而遭到汪曾祺的反对："我直觉的不赞成他回去。一个人回到乡土，不知为甚么就会霉下来，窄小，可笑，固执而自满，而且死一样的悲观起来。回去短时期是可以的，不能太久。"（一九四七年七月十五日致沈从文）而二〇〇八年黄永玉与李辉的谈话中对与汪曾祺的交往如是描述：

每到周末，我进城就住到他的宿舍。与他住在一起的是个在《大美晚报》工作的人，总是上夜班，这样我就可以睡他的床。那是一张铁条床，铁条已经弯了，人窝在那里。记得他在写给表叔的信中说过，永玉睡在床上就像一个婴儿。

有时我们和黄裳三个人一起逛街，有时就我们俩，一起在马路上边走边聊。他喜欢听我讲故事，有时走着走着，一打岔，我忘记前面讲到哪里了。他说："那我们走回去重新讲。"多有意思。

在上海，他的口袋里有多少钱，我能估计得差不多，我口袋里有多少钱，他也能估计出来。他的小说，《邂逅集》里的作品没有结集出版前，我每篇都看过，有的段落还背得出来。

他当时学着画一点儿康定斯基的抽象画，挂在墙上。

我的画只有他一个人能讲。我刻了一幅木刻，《海边故事》，一个小孩趴在地上，腿在后面翘着。他就说，后面这条线应该怎样怎样翘上去再弯下来，我按照他的意见刻了五张。有一次，他来封信，说在秋天的黄昏，山上有一堆茅草，一只老虎钻了进去，阳光照在上面，有茅草和老虎花纹的线条，你能刻这样一幅木刻吗？

黄永玉的回忆是温馨而感人的，彼时的汪黄二人就像汪曾祺的小说《鉴赏家》所写的那样，彼此发自内心地欣赏。黄永玉可以背得出汪曾祺小说的段落，称其"简直浑身的巧思"，"我的画只有他一个人能讲"，而对于书画有着极高感悟力的汪曾祺可以建议黄永玉如何控制木刻的线条，如何欣赏齐白石，甚至向沈从文说出"投资"年轻黄永玉的建议。

世事与人事的复杂虽然使得两人的友情在其后经历了巨大变化，但即使这样，经过了二十世纪七十年代后的疏远与隔膜后，黄永玉在汪曾祺辞世十多年后依然说出这样的话："要是他还活着，我的万荷堂不会是今天的样子，我的画也不会是后来的样子。"

这应当是一句实话。

再回到另一好友黄裳，最初他是如何与汪曾祺认识的呢？目前似无文字记录。九十多岁的黄裳先生由于听力原因现在见面已无法对话。二月二十五日，在汪曾祺诞辰九十周年前三天，我致信他问能否写些片言只语回忆与汪曾祺在上海的往事，包括"听水斋"。原只是试着问问而已，并没有抱多大的希望，没想到次日下午容仪阿姨（黄老女儿）就电话我说黄老稿件已写好，"来取吧！"——那种爽落几乎都让我怀疑是不是听错了，实在是意料之外的惊喜！两人相知相契之深于此亦可见一斑。

去黄老家中，放下一束百合，却发现茶儿上已躺着几页稿纸，起首书三字："忆曾祺"。老人随后从书房踱出来，目光炯炯，看着我，又有一种温情。和他说话，老人只是嘿嘿微笑，嘴角微动，并无其他反应。一边的容阿姨解释说："他完全听不清了，正想着给他装个更好的助听器呢！"只有以手势向老人多次表示谢意，无奈之下，和容阿姨闲话几句后告辞——几乎出门一下楼就在小区的树荫下展读尚有黄老手温的稿件，字里行间，与汪曾祺半个多世纪的友情历历可见。黄裳且提及与汪曾祺在上海经常去三马路上的"四川味"，"小店里的大曲和棒子鸡是曾祺的恩物"，随后又与他相伴去古书铺看书——虽然汪曾祺那时不太喜欢线装书，两人买书后即又赶往巴金家中谈天，即汪曾祺在《星期天》中所说的"或到一位老作家家里坐坐"，间或，他们还可一睹萧珊的茶艺功夫。

那时的汪曾祺与黄裳到底谈些什么呢？

黄老文中说："杂以笑谑，臧否人物，论天下事，兼及文坛，说了些什么，正如随风飘散的'珠玉'，无从收拾了。"我想，沈从文、巴金、梨园，还有两人都爱的晚明风气，比如张岱、余怀、柳如是，当然，还有心仪的食物或许都是话题之一吧？

两个志趣相投的好友面谈不尽兴，近在咫尺，居然仍要通信。黄裳忆云："那时彼此虽常见面，但他喜欢弄笔，常有信来，天空海阔，无所不谈。蝇头小楷，颇以书法自喜。所谈以京剧界动静为多……这与他以京剧院编剧终不无香火因缘。"

黄裳文中仍未提及他如何与汪曾祺相识，或许，老人认为这根本不是问题。

回家再次翻阅《黄裳文集》时才发现，两人的相识或许就在巴金的家中。汪曾祺是沈从文的学生，且是巴金夫人萧珊在西南联大的同学，巴金又是沈从文的好友，汪去巴金家中闲谈是很自然的事；黄裳则是巴金哥哥李尧林的学生，李曾给黄一信，说如有困难可以找他的弟弟巴金。黄裳在《关于巴金的事情》中记有："一九四六年夏，我从重庆回到上海，到霞飞坊 59 号去访问，又见到巴金和萧珊。从这时起，我就成为他们家里的常客……二楼是吃饭和会客的地方，一张圆台面以外，就是几只破旧沙发，这破旧的沙发，这就是当时我们称之为'沙龙'的地方。朋友来往是很多的，大致可以分为巴金的和萧珊的朋友两个部分。不过有时界限并非那么清晰，像靳以，就是整天嘻嘻哈哈和我们这些'小字辈'混在一起的。萧珊的朋友多半是她在西南联大的同学，这里面有年轻的诗人和小说家，好像过着困窘的日子，可是遇在一起都显得非常快乐，无所不谈，好像也并不只是谈论有关文学的事情。"其后又有文云："……萧珊有许多西南联大的同学，如汪曾祺、查良铮、刘北汜。"

也因此，黄裳与黄永玉的相识或许也是通过汪曾祺，巴金家中的谈论不知有没有黄永玉的份，但霞飞路上的"月旦人物，口无遮拦"则大多是有份的。

回到"听水斋"里的汪曾祺除了翻来覆去地看《植物名实图考长编》，创作成绩也是不少的。除了在巴金主编的刊物上发表一些文章，还有画画。比如黄永玉所说的康定斯基的那种画（真想象不出汪曾祺画康定斯基会是什么样子），我平白地觉得应当还有书法。汪曾祺晚年所写书法中，除个别刻意之作未见佳妙外，一幅致黄裳的信笺尤其风神逼人，行云流水，几乎直追东坡风韵。

这样无拘无束的生活直至一九四八年初春方发生了变化，汪曾祺的恋人施松卿当时从香港转到北大外语系任教，而沈从文也在那里，种种原因使得汪曾祺决定离开上海到北平。

汪曾祺回忆临别前的"听水斋"时写道："我临离开上海时，打行李，发现垫在小铁床上的席子的背面竟长了一寸多长的白毛！"

寻觅"听水斋"

汪曾祺的"听水斋"现在还存遗迹吗？

这样的念头到上海后似乎一直并未在意，也未刻意去找，只是知道大致在霞飞路（今淮海路）北面一带。因为霞飞路太长了，汪曾祺在文字中只说了致远中学南北所处的方位，对于东西向则全然没有交代，如何去找？然而前几天和外地一位朋友聊起在上海的汪曾祺，朋友忽然说："致远中学就在延安中路成都路以西，没事时不妨一访。"这真是意外——我所在的单位地处延安中路近陕西路处，原来"听水斋"与我相隔并不远。朋友且转来一篇汪曾祺的学生林益耀先生的回忆文章，记云："致远中学在延安中路（原福煦路/中正中路）……它坐北朝南，东边不远是成都路，转角即著名的新长发栗子店；西边以狭弄与里弄'福明村'相隔，狭弄可通向大沽路，再北面依次为威海路（原威海卫路）和南京西路；对面为九星大戏院，东侧也是一条狭小短弄，可通往巨鹿路（原巨籁达路），再南面依次为长乐路（原蒲石路）和淮海中路（原霞飞路/林森中路）……在延中绿地开辟前，校舍一度曾为某夜总会。以上有似'六朝'遗迹，不复可寻矣。"

这段话其实说得已很明确了，致远中学即在今成都路西的延中绿地一带。

忙完了手头的事，抄下这段话，当天黄昏时便沿延安中路向成都路方向步行而去，渐次过了陕西南路的马勒别墅、木偶戏团、明德里、茂名路，然后是瑞金路，高架桥下，稀稀疏疏的绿意已在眼前。

这是延安路高架南端一片狭长的绿地，在"寸土寸金"的上海市中心无疑是十分难得的，茂林修竹，草地曲径，行走其间，任怎么想也不会将之和一个阴暗潮湿"小铁床席子背面竟长有白毛"的屋子扯上关系。然而，越往东走，水声渐响，再走，声音越大，且悦耳之极，然而目之所及只是大片曲折起伏的草地，根本看不见水在何处——走近才知道，原来大片的绿地之下竟挖了一处下沉式广场，弯而活跃的线条下面，藏着一处不小的露天灯光喷泉与商铺，水声便是喷泉发出的，这样的创意不得不说巧妙，既照顾了公共绿地的需求，也在这一黄金宝地硬生生挖出一片商机。朝下看时，似乎仍有不少店铺在装修，大概这一地下广场与商铺也是竣工不久吧。

下沉式广场之上，竹林掩映中，且可看到一座老旧的三层小楼，看得出是建设绿地时专门保留下来的老建筑。走近前去，铁门虚掩，里面正在装修——莫名竟以为这或许就是致远中学的校舍，然而问一位正在扫地的园艺工人，才知道是历史老建筑中德医院。

邻近延安中路且有一个小小的篮球场——这是专门留出的一处社区球场，也就四五十平方米，紧邻延安中路，四周以高网相围，五六个中学生，正在里面跳跃蹦掷，依稀让人感觉些许校园的气息。

然而这里毕竟仍是一处绿地，再走几步，便已是成都南路了，林益耀先生所说的"东边不远是成都路"，那么，"听水斋"就当在紧邻成都路的这一带了。

步行至成都路与巨鹿路的拐角处，折行几步，丛丛绿草灌木间忽然发现一处石碑，原来是"药草园"三字；又有介绍说此处为延中绿地 L4 地块，分为常用药草区、香草区、阴生药草区和岩生药草区四个区，植有薄荷、何首乌、板蓝根、白芨、鸡血藤等药草。石碑之后，一处丛生的植物，很普通的样子，旁有木牌——上书"金银花"。原来这就是金银花。汪曾祺在《矮纸集》代跋中曾说："我家的后园有一棵藤本植物，家里人都不知道是什么东西，因为它从来不开花。有一年夏天，它忽然暴发似的一下子开了很多白色的、黄色的花。原来这是棵金银花。我八十年代初写小说，有点像那棵金银花。"

所谓夫子自道，对于在一九四九年以后长期"不开花"的原因，汪曾祺说："（文学）得为'政治服务'，我写不了那样的小说，于是就不写。八十年代以后为什么写起来了呢？因为气候比较好。"话说得很平淡家常，然而其中自有一种难言的沉痛。

"听水斋"原址附近保留有这样一处"药草园"，对于我这样喜爱汪曾祺的读者而言，不得不说是一个惊喜——毕竟，老头儿在这里最爱摩挲展读的就是《植物名实图考长编》。可以讲，这本植物图书见证了老头儿骨子里的"平生最爱是天然"，也奠定了其后他写作的方向所在，包括那些他所爱谈的野菜、食物、花草。药草园这些留着些许药味的植物与他的小说或散文一样，如果只理解为闲适或平淡那是大错特错的。汪曾祺有人世间的悲悯在，所以才能融奇崛于平淡，寄沉痛于平静，而其深处则在于对于世道人心的修补，所谓"人间送小温"是也。

复沿巨鹿路西行，路北是延中绿地，再北面，闪烁的延安路霓虹灯后面一片都市的繁华，而巨鹿路南，则完全是一幅市井人间的景象——就像高邮汪氏故居所在的老街一般，世俗热闹生活的背后，却自有一种千百年相承的安谧与人世的温暖——香烛店、五金店、杂货店、烧饼店、油条店，渐次而立。一个杂货店的胖子大概吃过了晚饭，很惬意地用一只耳耙掏着耳朵，我怀疑他刚刚打过了几个响亮的饱嗝。还有烟酒店、便利店、快餐店、鲜花店……快餐店炒好的菜一律放在门口，有肉圆、红烧肉、豆芽、芹菜、百叶结等，女主人眼睛似乎有些发白，拿着一次性饭盒，做出随时可以盛饭盛菜的架势，见我留意，立即提议："来个两荤两素？"旁边的弄堂口，两三个帮工正忙着在洗刷鸡鸭，蓦然让我想起《鸡鸭名家》中的开篇之语："父亲在洗刮鸭掌。每个郄蹼都掰开来仔细看过，是不是还有一丝泥垢、一片没有去尽的皮，就像在作一件精巧的手工似的。两副鸭掌白白净净，妥妥停停，排成一排……我小时候就爱看他用他的手做这一类的事，就像我爱看他画画刻图章一样。"

这样的一幅浮生世相图，身居"听水斋"的汪曾祺步出小小的校舍时也应当是见过多次的吧，或许启发了他的故里小说也未可知。

时已薄暮，折回走，弯进一个弄堂，老上海的生活气息顿时扑面而来。这是一处红砖砌就的老式里弄，七十二家房客蜗居的景象似无多大改观，透过人家昏黄的窗户依然可以看到几户合用的煤灶，一个阿婆大概正在炒菜，可以听到青菜或韭菜等落锅时"嗞嗞"作响的声音，身后不知什么地方有谁在问候："吃过了？"另一面便立即作答："吃过了，吃过了！"寒冷的空气里，这声音透着一种暖意与温馨。

小小的弄堂路中，一个不知谁家的孩子忽然就快乐地转着圈子，就那么简单地转，旁若无人，那么单纯地快乐着——这孩子忽然让人有些羡慕：大人们为什么不可以这样单纯地快乐呢？

弄堂并不长，很快就过去了。那边是长乐路，看了下这个里弄的名字，想把刚才的所见都记点下来，这才想起没带笔来。再折进弄去，居然有家小小的杂货铺，一个二十岁左右的小伙子正在昏暗的灯光下用劲扒饭，他的身后是一箱箱的酒，杂货柜似乎都有些歪斜。问他有没有笔卖，他看了我一眼，停止了咀嚼，说："没有卖的！"见我有些遗憾，顿了顿，忽然说："我这里只有一支记账的笔，你要的话拿去吧!"

这也真是意外。见我迟疑,他直接从饭碗底下掏出那支圆珠笔,站起来,不由分说地递给我:"不值钱的!"见我掏了一元钱给他,遂又憨厚地笑笑,道了谢,也就收下了。

平时也经常愤世嫉俗地说这是个物欲的社会,然而面对这个在上海里弄谋生的外地朴实小伙子,却蓦然觉得那些评论对于这些朴素的人完全并不适用。汪曾祺文章中所写多是人心的善与美,而其背后则是与沈从文一脉相承的民族品德的重造。面对这个小伙子,忽然竟对这个民族平增了许多信心——就如沈从文在《长河》中所言,总有些是变的,但也总有一些是不变的。

比如,世事尽可以变化,但老上海弄堂深处昏黄的路灯下那声"白糖莲心粥——"悠长的叫卖声,还有老上海记忆里热白果的香气,却似乎一直在某个时空而存在,从这一方面而言,汪曾祺在上海的"听水斋"也是会永存的。

二〇一〇年元宵于上海

郎家楼下古逸风

　　王渔洋《秋柳四章》开篇有句"秋来何处最销魂？残照西风白下门"。江南柳树，多垂柳依依，相比较而言，北方的柳树似更有一种大气豪爽在，尤以北京什刹海附近的柳树印象最深，尽皆依水而立，高大挺拔。

　　然而年初在京拜访郎绍君先生后，下楼，出得门来，意外发现路侧一株柳树形如五代《文苑图》中的松树，与什刹海常见的柳树绝不相似。乍看平常，然而细看却又极不平常，骨子里有一种真正的古劲而飘逸，主干弯成竖的"Z"字形，苍然伸向天去，枝条则于寒风中兀自上下翻舞，一片秀韵。注目既久，忍不住以随身携带的笔墨写之，居然略有古意，顺手题记："古逸之柳，丙申正月于京华访郎绍君先生，见楼下柳古而飘逸，遂写之。"

　　到郎绍君先生家多次，此前居然从未在意郎家楼下有这样一株苍古之柳，不知是不是彼时柳叶全无，只见柳干本色的缘故。

郎绍君为作者画作题跋

莫名觉得这株古柳的气息与郎先生是相通的。

郎绍君先生是中国艺术研究院博士后导师，以近现代书画研究与评论名世。向其请教有年，已经记不清第一次是何时相见了，大概也是约稿的缘故吧。北京以艺术评论驰名炫世者当然极夥，然而真正的艺术评论其实并不多，其中郎先生一直是我心中真正敬重的，原因正是郎先生的独立与一直可见的书生意气与风骨。记得多年前看到一位有权有势的画家在上海办展，看到颇多名家文章，几乎清一色的吹捧，直到读到郎先生的文章，开篇几句礼节性的段落后，居然直指其画作的问题所在，且所指准而狠，颇具杀伤力，前后对比读之，不能不为郎先生的真话而慨叹了。

郎绍君近年来过几次上海，记得有一次是专门约他与萧海春老师作三人谈，聊关于中国书画教育中的一些问题。郎先生提出近现代书画史中被遮蔽的画家与被忽略的传承，论及传统的中国画"师徒加自学"式的传承。他认为近代以西画改造中国画，提高了学生的造型能力，对提升人物画的能力作出了贡献，但对于山水花鸟画助力不大，"一些享大名的画家，可能对传统中国画所知甚少，不能通过教临摹把学生领进传统之门。最要命的是，学生普遍缺乏鉴赏力，看不懂中国画，从而形成了传统中国画传承的断代性后果"。"我最简单的看法是，笔墨是中国画的基本语言，好像汉语是中国人的母语一样。中国语言不只是说字，还有字法、句法、文章的方法。笔墨也是这样，有程式，有法度，有派别，有正邪，有高下，有雅俗。……"

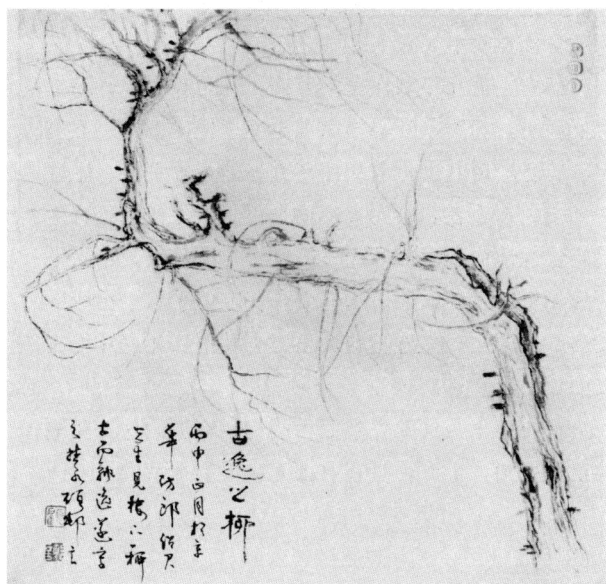

作者绘郎家楼下柳树

这些观点一直让自己印象深刻，且有会于心，可惜当下的美术教育界，在西化与功利化的氛围中，这样的真话到现在依然是极少有人能听进去的。

郎先生近几年多在家中养病，几可算得上是隐士，文章不写了，却更多醉心于濡墨弄翰。他说平常以习书法居多，养心。观其书，散淡而有六朝韵。画不多。见过他画的一幅山水手卷，绘元大都遗址雪景，大概算是写生，用笔颇具性情而恣意，书卷气极足。每次见面，见先生一脸清癯相，慢言细语，一聊起书画，就似乎永不会停下，论及当下画家，往往微笑着，虽三言两语，却一针见血，让人回味不已。

现在想来，从郎先生家出门信手写下的这株路侧普通的京华柳树，也许，是有着郎先生风韵神情的影响的。

二〇一六年十月

东京青山杉雨故居访问记

　　说来惭愧，真正知道日本近现代书道大家青山杉雨（一九一二——一九九三），还是因为前几年上海博物馆与东京国立博物馆合办的"汉韵和风：青山杉雨的收藏与书法作品展"，彼时展出日本东京国立博物馆所藏青山杉雨先生四十二件作品及其收藏的中国古代书画名迹。据说为此展览开幕而专程从日本赶到上海的日本书道界人士四五百位，也证明青山杉雨在日本书道界曾经的"领袖"地位并非虚言。

　　当时也和一帮同道去看了，书法方面，印象深的倒是"少字书法"。无论是"书鬼"，还是"万方鲜"，都可以看出青山先生对金石朴拙之气以及现代形式之美的追求，虽不无日本近代书法一贯的躁气，但毕竟仍有一种大气在。其行书隶书等感觉相对稍逊些，但可看得到青山杉雨先生的取法仍主要在于中国书法经典。另一方面，青山先生收藏的书画中颇有一些难得的精品：元代杨维桢的《草书张

氏通波阡表卷》、张瑞图的《草书五律诗轴》、倪元璐的
《行书七绝诗轴》、髡残的《雾中群峰图轴》、齐白石的
《南瓜图轴》都是当时让我印象深刻的妙品——而这些都
是青山杉雨先生化私藏为公藏，嘱咐夫人和其子青山庆示
在他辞世以后，赠予东京国立博物馆的。

青山杉雨先生对中国文化与书画艺术可谓一往而情
深，这从他的收藏、创作以及游历中都可以见出一二。

一九五八年，当时中日尚未建交，日本书道泰斗丰道
春海先生率领日本访中书道代表团辗转香港、罗湖，复乘
火车到达北京，并在故宫博物院奉先殿挥毫书写《和平友
好》巨幅书法时，在丰道老人身后，为其端墨盘者正是年
轻的青山杉雨，那也是他第一次来到"书法的故乡"。此
后，尤其是中日正式建交后，青山杉雨对于中国的热爱一
发而不可收，每隔一两年必会来中国一次，且所爱已绝不
限于书画，而扩展至历史、文物、山水、民风民情等，甚
至因之出版了一本《江南游——中国文人风土记》。东京
国立博物馆副馆长岛谷弘幸曾说："青山杉雨崇尚中国传
统文人的思想和生活方式，或许他很想要成为中国文人之
一分子，但是，他毕竟是一位热爱中国的日本人。"

这样一位崇尚中国传统文人生活的日本人，其居家生
活又会如何？

乙未仲春，因为参与"海派东渐"中日研讨会与展览
而赴日，东京的樱花尚未落尽，然而鲁迅所言的"绯红的
轻云"却已不见，毕竟已过"花见"（赏樱）的最好时节。
可是蒙在日友人郭同庆、晋鸥安排，与吴昌硕先生的曾孙
吴超、吴越等在研讨与展览前专程拜访青山杉雨之子青山

庆示先生，参观杉雨先生书斋收藏，这却是比赏樱还让人惊喜的乐事。

青山庆示仍居住在东京世田谷区那座青山杉雨留下的老屋内。听郭同庆兄介绍说，青山杉雨先生的书斋仍保留着其生前的状态——这实在勾起了我莫大的好奇心与敬重之心。想想国内一些文化老人辞世后，收藏散佚拍卖与子女相争之事不绝于耳，与之相比，真不知归之于家庭教养抑或社会文化背景的原因？

世田谷区位于东京都西南部，是东京著名的富人居住区。郭同庆兄开车，七拐八绕约半小时，便到了一处幽静的街道，在一所乳白色外墙面的别墅前停下车来，看时间，离预定的时间尚有十分钟——这时才看到，一位着短风衣的老人已在门前一株简洁而挺拔的树下等候了。

这便是青山庆示先生，七十多岁了，腰直直的，有些瘦，戴着眼镜，头发几乎全白，偶见青灰色，整齐往后梳着，一丝不乱，很绅士地向我们微笑招手。

房子似乎是两套相连，一个小小的庭院，有花有竹，收拾得清清爽爽，干净而雅致。

按照古风，互相鞠躬致意便进了门，门外是一对吴熙载的书法石刻对联，内有"砚摩凤味临名帖，鼎爇龙涎读异书"句，书风轻灵而古拙，一片静气。入得门来，对门一块盆景赏石，一块莲花石雕盆里养着些石子，上有一幅梅花图，一派苍茫古劲。

一楼客厅颇大，北面墙上似是一幅北宋山水的高仿品。

青山庆示先生请我们到二楼，楼梯转角处的窗上是以青山杉雨著名的"书鬼"二字作为装饰。二楼是青山杉雨先生真正的书斋——外面厅间是两排布艺沙发，旁边有木柜，里面约有数十方古砚。真正的书斋则在里面。

与青山庆示先生坐下先闲聊，他夫人端上茶后即告退。庆示先生刚开始话并不多，然而毕竟与吴超、吴越多年不见，且与郭同庆极其熟悉，当聊起《东方早报·艺术评论》多年前刊发的东京国立博物馆研究员富田淳先生关于青山杉雨的研究文章，庆示先生说倒不知道，话匣子也渐渐打开。他回忆起多年前在上海博物馆的青山杉雨展览，赞叹上海的布展确实不错。

这才说起他父亲的收藏与创作。他找出一本西岛慎一与高桥利郎先生合著的《青山杉雨的时光》，一一翻出书中所刊的老照片给我们看，说这本书中记载有他父亲与中国的很多交流，"他在晚年，每隔一两年一定会去中国一次，还曾写了日记《江南游》。父亲很喜欢中国文人的思想和生活方式。他与上海国画院也有过交流，还到松江寻访过董其昌的遗迹"。书的封面，正是青山杉雨一九八六年在上海松江董其昌祠堂前的留影，一座很老旧的屋子前，青山杉雨穿着大衣拄杖而立，平静而淡然。

因为对中国的热爱，青山杉雨对于一些中国名家的后裔到日本，无不极力关心照顾，无论是同行的吴超，还是傅抱石之女，到东京后都曾受到过杉雨先生的支持与帮助。同行的吴超说，二十多年前第一次在这所房子拜访杉雨先生时，似乎就在昨天，因为这里的陈设与以往似乎也没有多少区别。

或许，青山杉雨对中国文化热爱的气场其实一直都在——这也正是我们之所以来到青山杉雨故居的缘分。

这样的气场其实在走进青山杉雨先生的书斋时就进入了一个"浓酽"状态——中国文化的元素在这间不大不小的书斋里几乎无处不在。

无论是宽大的书桌，桌上的文房用品，抑或两侧顶天立地书柜中的一排排巨著——无不如此，看内容，进门的书柜中多以中国书画史经典人物的书法集（从"二王"到颜鲁公、欧阳询、苏轼、黄庭坚、米芾、董其昌、王铎、吴昌硕、齐白石）居多，靠近书桌的书柜中则有全套的《中国历史》（日文版）、《中国文化史迹》、"中国文化丛书""中国地理丛书"和《鲁迅全集》以及从陶渊明、王维一直到清代龚自珍、黄遵宪等的个人诗集。显然，青山杉雨是极得书法"功夫在书外"的要领所在的，这或许也是其书法相比较一般日本人更可见出诗文内养的原因。可惜的是，这样的追求在当下的中日书法界，尤其以所谓专职书家自居者，却已经越来越少见了。

曾有论者认为青山杉雨先生的书法是日本现代书法的产物，且远离了中国书法，这样的观点若来到杉雨先生的书房，即可见出不值一驳。尽管杉雨先生年轻时据说一度曾醉心于一些具表现主义的现代书法，然而他最终还是选择了西川宁这样近于中国文人的书法之路，即必须以中国文化的内在学养（即所谓汉学修养）作为其书法的基础，可以说，若没有这一点，即不成其为青山杉雨。再大而言之，对于当下的日本社会，尽管近现代以来弃亚入欧噪声若雷，而事实上整个日本社会的汉文化根基（包括当下日本社会随处可见的唐宋古风）其实是深厚异常的——

从这一点看，在汉字文化圈中的韩国、越南等都在其语言中去除汉字时，日本却始终坚持汉字即可见一斑。

回到杉雨先生的书斋——与两侧书柜不同的是，宽大书桌后面的书柜中却是层层叠叠的线装书，除《殷契粹编》《马王堆帛书》《秦墓竹简》《奇觚室吉金文迹》等大量的中国古文字丛书外，吴昌硕先生的各类书法集与画册占据了颇大的一个区域——喜爱与收藏吴昌硕也是受到其老师西川宁的影响，而喜欢高古文字或许与缶翁的影响也不无关系。据说，在对其得意弟子获奖给予奖励时，西川宁与青山杉雨常赠以自己收藏的精品，如青山杉雨所藏的髡残《雾中群峰图轴》便是青山杉雨七十一岁获选"日本艺术院"成员后，八十多岁的西川宁为弟子高兴之余，遂以此精品相赠。青山杉雨秉承此一门风，对于取得成绩的弟子，也往往以收藏精品相赠作为鼓励。

从书柜中随意抽出一本吴昌硕书集翻阅，多为民国时期的中国与日本所出版，也有二十世纪五十年代出版的，这让同行的吴越先生喜不自禁——作为吴昌硕先生的曾孙、吴昌硕纪念馆执行馆长，画册中的不少吴昌硕先生的书作画作以及老照片他居然都是第一次得见，于是忙不迭地翻拍以作资料保存。青山庆示先生微笑着介绍起这些书，如数家珍。无疑，受父亲的影响，他对这些发黄的古籍旧书都是极其钟爱的。

其后青山庆示先生又带我们参观青山杉雨一楼的书房，并不大，大概就是杉雨先生参观故宫三希堂后仿照三希堂布置的。上有匾额曰"师宁堂"，大概意指师法西川宁先生。案头置有一大沓他所创办的日本近代书道研究所杂志《书道坐标》。

又从里间取出尚保留在家的青山杉雨旧藏给我们观摩，从书法巨迹到金石印章，以至文玩古砚，无不让人惊叹。

颇有意思的是，庆示先生忽然提起青山杉雨收藏的八件敦煌文献，在青山杉雨辞世后的一九九七年专程捐给了敦煌研究院——这也成为敦煌文献流失海外后首次由外国人捐出敦煌文献。更加巧合的是，这八件敦煌的北宋酒账，与敦煌所藏的残缺文献居然可以合璧。庆示先生将"合璧"后的文献照片给我看时，笑得特别开心——我想，庆示先生虽然未说捐赠是青山杉雨的遗愿，然而杉雨先生若地下有知，一定是会心微笑的。

我所知道的是——就在青山杉雨朝拜过的敦煌莫高窟门前的功德榜走廊，与捐出巨资修复敦煌文物的邵逸夫等人并列的正有一幅青山杉雨的照片，戴着宽大的眼镜，淡定儒雅，端茶微笑。

附：对话青山庆示谈其父亲青山杉雨

日本已故书道泰斗青山杉雨对中国尤其是对中国的江南有着特别的感情。青山杉雨之子、日本近代书道研究所长青山庆示前不久在东京青山杉雨的书斋接受了《东方早报·艺术评论》的专访。谈起自己的父亲，青山庆示说，父亲对中国历史与文化十分热爱，他最崇尚的就是传统中国文人的思想和生活方式。

顾村言：一九五八年五月二十八日，丰道春海在北京故宫博物院奉先殿为创作巨幅书法《和平友好》而挥毫时，当时为丰道先生端墨盘的年轻人就是青山杉雨先生，您父亲对您谈起过那次到中国的经历吗？

青山庆示：他是最年轻的一个代表，最年轻的就帮忙了，他最年轻所以就帮着做很多事情。那是非常困难的一次旅行，因为不能直接去的，是经过飞机到香港，到香港摆渡罗湖，从深圳坐火车北上，很不容易。我父亲回来以后自己编了本杂志《书道俱乐部》。

顾村言：那是青山杉雨先生第一次到中国去吗？

青山庆示：对的，跟丰道先生是第一次。当时去了广州、武汉、北京、西安、上海、杭州、苏州等地。

顾村言：他其后与中国交流很多吗？

青山庆示：在西岛慎一与高桥利郎先生所著的《青山杉雨的时光》这本书中记载有很多他与中国的交流，比如中日建交后的一九七三年，他就任全日本书道联盟常务理事后，与中村梅吉一起参加访中书道代表团，当时又去了北京、上海、洛阳等地。以后，到中国就很多了。

顾村言：我知道您父亲尤其热爱中国的江南。

青山庆示：他在晚年，每隔一两年一定会去中国一次，还曾写了日记《江南游》。父亲很崇尚中国文人的思想和生活方式。他与上海国画院也有过交流，还到松江寻访过董其昌的遗迹。

顾村言：这对您有影响吗？

青山庆示：我是理工科的，在化学公司工作。我退休以后从事书道方面的研究，包括文房四宝等。但我工作时没怎么学书法，回想起我的父亲对书法的热爱，他对我们经常发脾气，好像是非常严格的一个父亲，但他对书法是非常热爱的。

顾村言：您后来有没有跟您父亲一起去过中国？

青山庆示：跟父亲去了十四五次。

顾村言：到中国去，他给您讲一些历史人文典故之类的吗？

青山庆示：我父亲会说的，我就是听听。

顾村言：可以感受到父亲对中国历史文化的感情吗？

青山庆示：他特别喜欢中国文化。江南的城市，比如上海、杭州、苏州、南京，包括镇江，他都一去再去。对了，他还到过武汉、庐山。最后一次中国旅行是从上海到福州，然后去泉州、厦门、香港。他很喜欢介绍中国的文化历史，可以说投入巨大的热情，这或许与他的老师西川宁先生也有关系。

顾村言：西川宁对他书法的引导是至关重要的。

青山庆示：他自己研究书法，唯一的希望是得到自己老师（西川宁）的认可。老师表扬时，他很开心，我父亲年轻的时候就这样，有这个意识。他做的事情，老师怎么评价，他很在意，对作品非常严格。在书法界喜欢不喜欢是另外一回事，但必须是写得好的，有内容的，不在乎这个人喜欢不喜欢，而在乎这个人的作品内在的气质与学养。我父亲对学生有喜欢也有不喜欢的，但是指导书法的时候，就没有什么关系了，一切以作品说话，非常严格。假如喜欢一个学生，但可能作品上更要骂他，不管跟你关系好不好。

他把所有的精力主要集中在严格指导自己的学生上。

再比如学生参加"日展"的作品，如果有希望得特奖，他连怎么裱装都要关心的。因为在小的地方看和在美术馆观看的效果是不一样的，有时不满意了，他甚至让学生重新写，即便裱好以后也是如此。

顾村言：确实是很严格的。对了，您父亲当时怎么没教您书法呢？

青山庆示：不是不教，是我没学好，不想学。我是想写，父亲很严格，我是努力写，但是没写好，父亲这么严格我还是没写好。但我在退休以后，着手整理父亲的遗物也开始研究书法了。

顾村言：一九九七年您代表您父亲把他收藏的敦煌文献捐给敦煌研究院，当时是敦煌研究院第一次接受敦煌文献的回归，这个能不能详细介绍一下？

青山庆示：那些文献是什么时候收藏到我家里，我已经记不清了，但父亲把这些文献经常借给自己的老师西川宁，西川宁也很喜欢这些资料，经常一起研究。西川宁过世后，他的儿子叫西川杏太郎，因为是借给老师的资料，他就问我，这批敦煌资料准备怎么办？我也不想拿回了，就问杏太郎先生有没有好的主意，他就提议说这样贵重的东西应该物归原主。得到他的启示，所以我就把这批东西捐献给了敦煌研究院。

顾村言：我知道这是一组宋代酒账的敦煌文献，学术意义很大。当时您父亲已经过世了，您认为您父亲一定认可这样的想法吗？

青山庆示：当然。有意思的是，我捐赠的这些古文献给敦煌后，正好与他们现有的残缺文献能吻合，所以我觉得这个捐赠特别有意义。

顾村言：可以算是"完璧"了。您父亲生前在中国也办过很多的合展，这个能给我们介绍一下吗？

青山庆示：他与沙孟海在杭州进行过一次合展，当时沙孟海先生已经辞世了。朝日新闻二十年展后来也在中国展览，我父亲还与林散之一起合办过二十人展。林散之纪念馆有我父亲的作品，一九八六年，日本电视台在绍兴的兰亭主持了一个《曲水流觞》中日书法交流活动，那是我父亲参与唱主角的。

二〇一五年五月

碧山人物三记

到地处古徽州核心地带的碧山古村，偏远，岑寂，文艺，然而又不无世俗的烟火味。

像走了很远的路，终于又找回了家。

其实并没有"一生痴绝处，无梦到徽州"的煽情，更没有身负"世界遗产"之名的另两个古村落宏村与西递的喧嚣，所有的，乍看来只是平常而平淡，朴素若儿时的走亲访友般，就那样到了碧山。

门墙，当然是老旧的，似乎看得到伸来的几丛爬山虎，隐约有天竹的影子。一堵普通得不能再普通的徽式门墙，并无门牌，光影斑驳，然而，推门而入——惊艳却是在骨子里的：天光，古宅，砖雕，园池，曾经的繁华，当下的素雅，可远望的田园与乡愁，一切都随意而透着一种自在。碧山这十多年的名声在外与渐变，最初的缘起其实就在于这家名字乍听很谐趣的酒吧——猪栏酒吧客栈。据说，这名字是因为他们改造的第一幢西递的老房子曾经做过臭气烘烘的猪栏，以至于后来他们在碧山仍然延续着这样的名字，另一个寓意则是"像猪一样生活，像猪一样懒散"。

现在的猪栏酒吧与一对母子密切相关——诗人寒玉与年轻的"业余画家"丁牧儿。

猪栏酒吧据说上过《纽约时报》《费加罗报》，被著名的 *Lonely Planet* 收录，法国知名演员朱丽叶·比诺什也曾慕名而来下榻，包括对于更多国外背包客的感召甚至是某种程度的迎合，然而，这些其实并不是重要的。重要的是，猪栏酒吧的主人对乡土的态度以及对乡土建设的启示，或者说，它对碧山的改变以及对当下乡村生活的启示。

对于猪栏与碧山的关系，经过四年碧山生活，自称从"碧山大学"毕业的丁牧儿有一句话说得简朴而意味深远："这些年，如果要总结母亲一直在做的事，我想那就是'不改变'。不做过度的改造，不侵略——新建的房子不能比树高，灯光的亮度不可以超过星星，屋子里所有东西，都是旧的。而这些'不改变'，却在一点点改变着碧山。"

（一）丁牧儿的碧山与酒及其他

丁酉年的最后一个夜晚，大年三十，自称自己是"业余画家、业余店小二、业余酿酒师、业余酒保"的丁牧儿是在上海过的，他说一家人吃好晚饭喝茶聊天，其间没听到一声鞭炮响，以至零点过了十分钟才意识到狗年到了。

没有鞭炮声，还能叫过年吗？这与碧山是完全不同的，除夕之夜，碧山的鞭炮声一直此起彼伏，乡村是实实在在的团圆，期待了一年的孩子们面对满桌的丰盛饭菜与远行归来的亲人，有着一种要溢出的快乐，鞭炮的高高炸起，让人怕而欢喜——怕其实是暂时的，而那欢喜却是铺张而扩散的，似乎直达永恒，直与除夕夜的繁星相融。

年味当然是触手可及，高高的天也似乎触手可及。

大年初一，丁牧儿呵着寒气上路了。他得回碧山，没有任何理由，"如果用色彩形容，上海是五颜六色的，无论白天和黑夜。而碧山只有三种颜色——绿色的大地和山野，蓝色的天，白色的房子。碧山更像另一个世界，它和上海完全不同，和城市完全不同。从二〇一三年到现在，每一年我都更爱它"。

年节中的碧山，当然还多了一种颜色，喜庆大红，从对联到满地的鞭炮碎屑，都是。

牧儿说："理好行囊准备出发前往碧山，上海一改往日的繁忙，路上零碎的散着些车，导航显示一路绿色，又逢阴天，总觉得有些不对劲儿，只好打开音乐，至少让车内热闹一些……嘭！啪！几声炮响突然打破了车里原有的节奏，转头一看，马头墙，绿树，灰瓦白墙隐于群山之间，好像提醒着我徽州到了。下了高速走上省道，恰逢下午五点左右，当地习俗晚餐前要放一下炮，经常穿过一缕硝烟，小孩子们捂着耳朵，大人们一个个都笑脸盈盈地站在自家院门口。过后，家家户户地上都是大地红放好后的红衣，好似红色的雪一堆堆的在自家门口，节日气氛一下上来了。一路开着车疲倦的我也瞬间被这种幸福感感染，不由得嘴角上扬，微笑起来，于是加大油门想早一秒抵达村里。"

初识牧儿是在上海中华艺术宫"文心雕龙"山水画邀请展上。那次他陪他的祖父丁立人与父亲丁比凡参加画展开幕式，有着一种纯净的微笑，并不多说话。他的祖父丁立人先生是特立独行的知名老画家，父亲也是画家，可谓生于艺术世家，到了丁牧儿这里，当然一如既往地喜爱画画。

还是在他小学时，丁家祖孙三代便举办过画展。

提起他的祖父丁立人，丁牧儿说那是他的艺术启蒙导师，"从小就用各种方法培养我对画画的兴趣，而不是学画画。画自己，画自己所感兴趣的，用自己的方法去表现。所以爷爷从未教我什么，但一切都是他教的"。

中学毕业后，这个"斜杠青年"居然不想高考，这并不让人惊异，惊异的是他的父母居然也就同意了。于是晃荡着在上海工作了将近一年。

直到他的母亲、诗人寒玉的一通电话才意外地改变了他的生活节奏：他的母亲邀请他去碧山帮他们打理猪栏酒吧客栈，那里分别有一座由古宅与溪边老油厂改建的客栈，叫作二吧与三吧。

在上海长大的"斜杠青年"理所当然地去了，不过他理所当然地也是抱着一种暂时帮忙的心态，到碧山做起了"店小二"，也开始了他其后戏称的"碧山大学"生涯。

原本想待半年或一年就回到上海，然而，一个纯正的田园到底有着一种魔力，尽管他生在长在上海这样的都市。他说后来在猪栏酒吧的那座老宅子里，直接在三楼的木地板上结结实实打了个滚，以身体触碰地板的声音，告诉自己也告诉他的母亲：我爱上它了。

他说他喜欢那些鸭子排队摇摇摆摆经过他的店前，他喜欢乡亲们在村口叫孩子回来吃晚饭的声音："吃落昏了。"

喜欢上了碧山似乎是不以他的意志为转移的，然而，他对乡村也有着自己的观察与思考，并试图做点儿什么。丁牧儿说："在村里的日子发现年轻人很少，好山好水好空气，这么好的地方为何都不愿回来？这个乡村不是落后，是失去了活力，村里面都是老人。多数年轻人不回家乡并不是因为经济收入问题。相对于乡村来说，城市比较繁华，可以接触到一些新鲜事物，包括国内或者全世界最顶尖的一些知识资源都在城市里。那么都在城市里，为什么乡村不能有呢？我觉得应该给乡村带来点什么。"

猪栏酒吧虽名为酒吧，其实只是客栈，并没有一个真正的酒吧，干了两年"店小二"之后，丁牧儿想从打造一个酒吧开始他的碧山梦想。

"因为在国外的小乡村都会有乡村酒吧，在国内的乡村，你看不到这样的乡村酒吧、小酒馆。于是找乡亲们施工半年左右，狗窝酒吧开业了。它不仅仅是一个乡村酒吧。它让碧山的夜晚不再是漆黑一片。白天你能看见从田野里土生土长的猪栏酒吧乡村客栈，坐落在老祠堂里的碧山书局，躲在老供销社背后的百工作坊碧山供销社。夜晚能看见三十年前是村民汪有利的婚房，二十年前是个包子铺，它没有地址。于是母亲说，不如今后地址就写'村头最亮处'——如今它是夜晚桥头最亮处的狗窝酒吧。每天晚上都会有一群鸭子路过，五点半它们会准时下班。小羊也时不时地啃下门口的草，所以我门口的那几株植物永远都长不出来。"

在牧儿的眼睛里，这样的碧山，如诗。

也许，这到底是一个外来者的感觉，与真正的乡村或村民到底是隔着一层的，也许未必，因为他正以自己的方式融入碧山，也让碧山在接受他。

村里的大妈们偶尔也会结伴来他的"狗窝"酒吧，牧儿说她们喝咖啡有自己的经典动作，有因太烫用勺子带吹的，像喝粥。遇上球赛，本地人、外地人都会凑在酒吧里为一场球厮守一夜。

年轻人的精力总是无穷的，而乡村，则有着无限的可能。在这里，牧儿因为喜爱酒，厌倦了国产啤酒的千篇一律，他忽然觉得碧山应该有一款自己的酒，去表达自己的精神——让来碧山的人知道，我们对待每样东西都非常认真，而生活并不都是喧嚣的。为了这款酒，他花了两年时间，终于在黟县一个角落找到了碧山精酿的原味，于是试着用当地的原料酿起了乡村精酿啤酒，并将之命名为"天光小麦啤"和"落昏 IPA"——这两个词是他在这儿学到的第一句方言。"天光"在黟县方言中为早餐之意，象征着清晨的第一道光；"落昏"则是晚餐的意思，酒的颜色如太阳沉下山头的最后一瞬间天际边的深棕色。他在酒中还忽发奇想地加入了徽州著名的祁门红茶。

去年夏天，他联合碧山供销社举办了碧山第一个乡村啤酒音乐节"碧山精酿之夜"：村里的大妈大婶，摇着蒲扇靠在院子边儿，笑眯眯看着年轻人们搞的新花样。牧儿回忆说："音乐一响起，大伙儿都 high 翻了，有人蹦上桌子，扭起屁股跳起了舞，大伙儿围着他一块转圈，手里举着酒瓶子，累了都不忘喝口酒。那一瞬间，我抬头看了天上的星星。心想，或许我已经用自己的方式，让这些正在疯狂的人们，愿意在碧山停下来了。哪怕，只有一个夜晚。"

碧山乡野中的拖拉机绘画

除了酿酒，牧儿在乡村也继续着他的画笔生涯。他喜欢看村里各式各样的拖拉机，它们满身尘土，锈迹斑斑，或在乡间小道穿梭自如，在田间地头突突忙碌，"可再过十年我们很有可能再也看不到拖拉机了。它们是乡村历史的见证者，它们也终将被时代淘汰"。这样一种面临逝去的感觉让他想把拖拉机记录在画纸上。在来到碧山四年之后，他的第一个画展也正是以拖拉机为主题的画展。展览在碧山村供销社举办时，吸引了不少乡亲来看。

在猪栏酒吧举办的"峰回路转"艺术展

去年九月，他又协助上海策展人从容在猪栏酒吧策划了一个名为"峰回路转"的展览，展厅就在猪栏酒吧二吧、三吧的厅堂里，参与者包括丁立人、夏阳、边平山等艺术家，邀请了不少文艺界大腕参与。对于艺术与乡村的关系，牧儿的爷爷、八十七岁的丁立人当时说了一段朴实的话："在座的同行们，都有不少展出经历，作品展出，大多是在大城市里，连县城里都不会多的，更不说农村里了。此次到达农村，也就到底了，非常彻底，一竿子到底！其实，艺术来自农村，画家全是农民，别看我们生活在城市，我们中年纪大点的有可能出生在农村，要不青少年在农村里生活过。即使一个地道的城里人同农村没关系，可是他的上一代，父母亲恐怕是农民，父母亲若不是农民，父母的父母恐怕是农民。追溯上去总是农民，不光中国如此，世界也是这样。这就说，我们身上有农民的基因，这是根深蒂固的。从这点看，艺术品在农村展出，便是回归，从农村诞生，回到出生地来，这是归根。树高千尺，叶落归根。这个回归，不仅是书画作品的回归，还有人的回归——作者本人也来了。还有心的回归——心是随着人走的。不过，心也可能不随人走，比如心不在焉、心猿意马、三心二意，等等。真正的艺术家不是这样。村子既然成为艺术回归之所，艺术归宿之地，村子便是我们的故乡，我们的家，既然这里是家，我们应该回家，一定要'常回家看看'。"

看着他那红光满面的爷爷，牧儿当时笑得很是灿烂。

在碧山的田野里，到现在，仍可以看到竖立在地头的他的《向日葵下的拖拉机》组画，以及爷爷设计的各种类型的稻草人。

"其实我不过是想用年轻人的方式，让碧山再多一些活力。"牧儿说。

（二）久不写诗的诗人与处处可见的诗

诗是语言的艺术，牧儿的母亲——"六〇后"的寒玉早先是一位诗人。

现在，当然更是一位诗人，只是写诗似乎已经很少了。

然而创办猪栏酒吧十多年，她把所有的诗似乎都写在猪栏酒吧内外的一切旮旯，以及那些属于碧山古村落与田园溪边特有的天光与黄昏。

相比较一些知识分子的理想与激进，寒玉在碧山的一切更有着一种"润物细无声"的风格，没有激进，没有运动，更不咄咄逼人，一切是脚踏实地的，温润，平实，包括其中的商业化，然而却又是固执的，那固执应当源自一种对内心的坚守。她或许也是有着自己的烦恼的，不过，却又有着自己的化解方式。

——在碧山两天，据说她在外地。自始至终，当然没有与这位诗人见过一面，而我压根也没有想过见诗人——诗人其实是不需要见面的。

然而，她写的诗，我似乎却读过了。

丁牧儿笑着说她的母亲现在喜欢修禅。

猪栏酒吧的一切确实有着一种禅境，然而，却又并非空无所依，而是深深地接着地气与地脉，质朴，自然，接着中国文化自"思无邪"以来的一种清新与自在，似乎又是飘逸散发的，尤其是地处溪水边由碧山废弃的老油厂改造成的猪栏三吧。

我很喜欢寒玉初见油厂的那一段描述，让人触摸得到一种惊艳的缘起，以及为了让那种惊艳与觉醒、自在永驻而不计一切、毅然决然地挽留："碧山村再往深山里走，在山的尽头。第一次看到它是一个傍晚，风雨欲来，当时我惊呆了。田野尽头，乌云压阵，只剩下那几栋房子，和比房子更高的大树静矗在那里。云停在屋子和树顶上，那时我就认定了这是最接近心灵的地方。屏住呼吸，四野安静极了，到处是灰色的明亮，这种静让你能听到自己内心的声音，不屈从于任何外力的驱使，并等待觉醒的那一刻，刹那之间，我好像迁入了一片灰色的红尘。全世界放下了所有的脚步，放下满身的落叶和灰尘，这就是建筑和自然以至于你的心灵完美契合的一个过程，相依共存的灵魂所在。"

这让我想起十多岁时初读沈从文小说笔下油坊的那些细节，以及读到《长河》黄昏河边时的一种圣境。

猪栏酒吧共有三处客栈，第一处客栈，其实缘起于另一个比碧山名声更大的古村落——西递。

我多年前去过一次西递，游人太多，商业化氛围浓郁，印象似乎并不是太好，想来大概还是行色过于匆忙了。寒玉曾说那是二〇〇四年三月，他们来黟县并决定留下来，就是受到田园风光和传统徽州民居的诱惑，"那时一进黟县，一望无际的油菜花正在怒放，而潮湿幽深的灰墙大院低调叙说着古人的奢华。这就是徽州古老乡村原初的魅力。吸引我们停留下来，开始一种新的生活"。

颇具机缘的是，来自上海的她想要回到乡下，而西递一幢老旧房子的主人正准备回到上海，这房子已变成他的远亲养猪的地方。寒玉说："当时我们买的时候全村人都来笑话我们，城里来的傻子，花了十万元买了个猪圈。后来差不多花了将近两年的时间改建并重新修复了它。修好后，村里人来看，镇长来看，县长来看，最后市长也来看，朋友们来看，大家都来看。所有的人都惊呆了，原来老房子里面也可以有卫生间，也可以如此明亮，也可以变得如此有价值。村里的老房子一下子升值了，所有的人都说我们太有眼光了，让老房子起死回生。它终于还是它了，不再是那个臭烘烘的猪圈。它躲在这个僻静的小巷内，容易错过，也容易惊艳。由于在村子的最高处，所以登上三楼可以看到西递全景。特别安静。整栋三层的建筑，只有五套客房。第三层是原来的主人祭祖和晒谷子的地方，现在用来喝茶观山。每当一个人立于楼上，总能找到一些感觉。没有人知道你的来历，也没有人发现你的与众不同。这就是我们最初梦想开始的地方。"

猪栏酒吧碧山店是寒玉的第二家店，也可算是碧山被发现与开启的缘起——因为这一店面的存在，才启示了其后的左靖、欧宁等人参与碧山的乡村建设，或者可以说，因为有了猪栏酒吧碧山店，才有了后来的碧山丰年庆、碧山书院、供销社等，以及实实在在带动了碧山的旅游。

那是一栋孤独竖立在田头的清末至民初老建筑，两进的天井，有小而清幽的园池，十米的高墙气势恢宏，砖雕、木雕皆保存完好，大气而典雅。

房间，厅堂，楼梯，窗边，玻璃杯供着的蜡梅，老坛子随意插着的几束枯莲蓬，天窗漏下的光，都有着一种温馨与恍惚的错觉。

推窗，田畴碧野，青山悠远，让人莫名就忽起惆怅之情。

院子里有两棵树，在冬日的暖阳下，一身的清洌与古韵，映在高大的马头墙上，直是纯粹的水墨，让自己不禁注目了许久。

寒玉说那里春天时能看到一望无际的油菜花，油菜花过后，紧接着开放的是漫山遍野、五颜六色的映山红。说起这房子，牧儿说那之前没人买过碧山的房子，他母亲是第一个，"古董贩子花了十八万从农民手里收过来，然后跟母亲说：'这房子，四十万。'母亲没还价，付完两万元定金，和古董贩子说了句'我们这就去弄钱'，转身就把上海的房子给卖了，好像没一点犹豫和留恋"。

最让人意外的是，她是用最笨、最朴素的办法改造这所宅子——把木料砖瓦全部拆下，检查有没有被白蚁腐蛀，然后在河里清洗，晒干之后再按原本的结构重新装好。她会用腌菜坛插芦苇和桂花，用手织靛蓝土布做桌布……对于这些，寒玉说，她想要的是对环境的不侵略，"你甚至找不到我们家，因为门口没有牌子，但其实我们是这里唯一有执照的民宿。不立牌子，是因为我们懒，也是因为在田野里，晚上要能看到月光，看到星星、萤火虫，而不是霓虹灯。在乡下，就要尊重黑暗，尊重田野，还要尊重非人类。这种尊重是由内而外的敬畏，我们的外墙，跟田野不抢夺，你感觉不到它是一个酒店就对了。我们来乡村的意义，是把自己置放在一个'分享者'的角色——我们利用这里的资源，和当地的原住民一起，与外来者分享这里的田园、阳光、水和食物。猪栏这三家客栈，如果要发展，现在肯定已经有 N 个复制品了，但是我们没有走这条路"。

猪栏酒吧的老油厂店（三吧）二〇一五年入选了中国建筑大展近三年"中国最具责任感的十九个建筑"。在十九个项目之中，这是唯一一个不是由专业建筑师/建筑团队打造的项目。

那是碧山清溪边一个废弃多年的古代油坊，做过民居、榨油坊和竹针场。

然而，好处也正在临溪靠田以及与天地山水的浑融。在改造中，寒玉尽最大可能保留了各个时期的历史印迹和建筑外貌，从远处眺望，被改造后的建筑群体，高低错落，自然散落于田间，不惊扰以及不侵占周围的环境和视野。对于建筑的风格，寒玉说，那就是谦逊而质朴，一个从田野里土生土长出的乡村客栈，"建筑材料不仅大量利用了旧木料旧砖旧瓦，甚至家具陈设都主张用一些不起眼的旧物来改造，这些重新被利用的旧物，承载着一个时代的全部温情，让生活回归本来面目。一栋建筑就是一段历史，有它的过去和现在。一个设计者一定要从灵魂深处去了解它，才能维持它的现在，尊重它的过去，描绘它的未来。什么样的房子，什么样的摆设，使用什么样的物什，就是一种什么样的生活方式、生活态度，而不是金钱所能堆砌的。简单、质朴、自由、安逸、有地域性和历史性的记忆，有故事的陈述，这也是整个三号店设计的思维"。

回顾猪栏酒吧三家店的历程，寒玉坦言这十多年也是她自我成长的过程，"特别是近两年，我的成长越来越完善。三吧已经营业了好几年，但是我们不停地在做，因为我们地方大，但我不是继续做客房，而是做和心灵有关的东西，比如我做了鸟巢，就是茅草亭；做了很大的禅房；还有闭关房，小小的，你可以和自己在一起。做这些都是吃力不讨好的，但是符合我自己的内心，蹲在鸟窝里，可以自己和自己玩，做一只不再飞翔的鸟儿。一些人没来之前会问，你们那有什么好玩的？这里其实没什么好玩的，碧山也没有惊天动地的风景，在这里最大的收获就是静下心来感受世界，寻找自心，看到一个真正的中国式的农村，回归精神的故乡"。

事实上，寒玉的坚持与"不改变"却在一点一点地改变着碧山，尽管其中不无商业化的因素，尽管这样的改变也许最初并不与村民直接相关，然而最终却又是与村民相关的，比如有着理想情怀的碧山书局，比如碧山村发展起来的三十多家民宿。

左靖与欧宁当初也正是因为受她的猪栏酒吧启发而来到碧山，参与碧山的乡村建设，左靖最近在《碧山》杂志上以"民宿主义"来概括寒玉的坚持与理想：二〇〇四年至今，我经历了猪栏酒吧乡村客栈从一家发展成三家，见证了它们在乡村文化保护和促进中所给予人们的启示。二〇一五年初，我决定把自己修缮的一幢清末民初的徽派老宅作为民宿对外开放，之前它用于自住和接待外地友人。这间民宿，被我视作古建筑活化利用的一个案例。有了这样的经历，我才想提出一点短浅见识，"民宿""客栈""精品酒店"有着各自不同的内涵，因此，我生造一个"民宿主义"作为主题，意指目前国内甚嚣尘上的"民宿热"：民宿似乎是一剂良药，既可以解决"诗与远方"，又可以指明资本出路，已经少有人愿意耐心去了解这些年民宿的变迁和发展。

（三）"碧山之上一趣人"与他的碧山梦

碧山村民钱时安的"靠山邸"在碧山颇有些名气，虽名为邸，其实是一座普通民宅，不过受猪栏酒吧的启发，改造为民宿，在碧山村算是偏远的，地处猪栏酒吧油厂店再往山里去的枧溪溪边，然而一个特点是靠山而临溪，从自家院子可直接上山，故名"靠山"。

原以为钱时安的民宿也不过就是一座质朴的宅子而已。然而后来才发现，他家其实并不仅是民宿这么简单，钱时安也实在是碧山的一位趣人与奇人。钱时安后来要我在他的留言本上留言，我想也没想就写了这几个字——"碧山之上一趣人"。

那天从猪栏二吧找了一辆自行车，独自一人向山中骑去。

路过一段田塍池塘时，忽然窜出一群鸭子，排着队，摇摇摆摆，一副憨态，于是打了个呼哨，挥手吆喝了一声，受到惊吓的鸭们争先恐后掠水飞去，顿时满目机趣。

不远处的猪栏酒吧油厂店，就那么低调内敛地隐在溪边的林间，如果不走进去，实在不知道其境界与格调之美。

沿途除了山水田园，依稀仍可见到丁立人祖孙的稻草人与拖拉机绘画，立在寒冬的田塍，寂寞，却又有着一种别样的生机。

拐过一段上坡的道路，溪水声渐大，溪中可见巨石矗立，水流急而清澈，飞珠溅玉一般，一抬头，这才发现一座颇具古意的石桥，一个不过十多户人家的小小村组就在旁边。一家一户看下去，路边果然有一户的门楣与其他村民绝不相同，围墙是用鹅卵石砌成的，牵扯着不知名的藤蔓与殷红的果实。门楣上用山溪鹅卵石镶嵌主人自撰的楹联"碧山枧溪，天上人间"和"靠山邸"门额。木门上的对联则是"景好客自来，村美民自醉"。

敲了几下，并无人应，唯闻几声犬吠，主人大概外出了。

于是再沿溪往上行去，溪清潭碧，对岸竹林极茂，隐约可见奇峰幽洞。溪边且有一家简易的水电站，一只狗，守在那里，见人来，并不叫，只是温润地看几眼，便把目光移向远山了。

回程时，见对溪有一戴旅游帽着迷彩服的老人背着一束竹叶，正打算从溪间石上过来，感觉颇有些画意，不由多看了几眼。

再敲靠山邸的门时，这老人已放下竹叶立在我身后了，原来他正是钱时安。

钱时安很憨厚地笑着，问明了我的来意，有些不知所措地搓着手，进了屋，忽然想起了什么，拿出自家做的米糖，要我尝尝，然后再带着我在院中、楼上参观介绍着。

院子里看得出费了一番心事，小桥流水，笼鸟，枯藤，奇石，根雕，盆景，虽然设置不无刻意处，但却又有着一种乡野的拙趣。说是民宿，其实可供居住的房间不过两三间，都很朴素。但钱时安却不以为意，他说，他做民宿并没有想着赚钱，主要是交朋友，"住在猪栏酒吧油厂店的客人都要到溪边走走，很多游客到了我这里，就说，你怎么不做民宿呢？我与寒玉也熟，想想也就学着他们做了"。

其实在我看来，靠山邸的特别之处是在山上。他家的院子里几个台阶上去，便是上山的路了，那一大片山坡直到山顶都是他承包的。

他说六十岁那年，他承包了后山数十亩山地，在山坡上栽了六十棵树苗，以作纪念。从他的院子直到山顶都是，其后便顺势开路，一路造景——他有一手好的木工活，在枧溪穿过的两座山半山腰，分别建了一座织女亭和牛郎屋——当然都是他自己命名的。所谓的"织女亭"坐落在一处突起的山崖上，高近十米，颇有险处。

山道都是清一色的石阶，钱时安说这里过去并没有路，也是他与雇来的乡亲一阶阶砌出来的，石头都是他从河中选定，背上山去。路修好了，上山方便了，去年他在山顶上的一处崖地又建了一座亭子，且打了一排观景长凳，在树上钉了一个自书自刻的竹牌——"天宫看人间"，并笑言是因为这里可以俯瞰人间，仿佛天宫一般。

事实上，坐在钱时安亲手打制的那些山顶木凳上远眺，与在碧山村里是完全不同的感受：近则山峦迭起，古松虬曲；远则山路逶迤，古村星星点点，缀于良畴远山间。钱时安指点着告诉我，近的那是碧山村，而黟县县城，甚至附近的宏村、西递等其实都尽收眼底。微风拂来，听他吟起与碧山相关的古诗，似乎可以体会得到这些村民的内心深处，其实有着一个与当下完全不同的田园之梦。钱时安也许正尽其力量接近那个梦想，虽然以外人的眼光看，距离或许还很远，且不无拙朴，但是，他的内心，与猪栏酒吧，与碧山书局，与那些来到碧山的外来人其实到底是相通的。

想起这些，忽然让人有点欣慰。

下山时，钱时安背起两件用粗竹制作的水筒，说顺便打些山泉回去，那竹筒上刻着他自撰的句子："茶能醉人何需酒，金碗泉水香又甜。"下面则刻着"靠山邸，碧山梦"。

问他"碧山梦"是什么，他则笑而不答。

走在那些亲手砌成的崎岖山路上，他的步子轻盈而自在——谁也不信他已经七十多岁了。

二〇一八年二月

与班宗华先生谈宋画

　　年已八旬的美国知名中国艺术史学者、耶鲁大学艺术史系荣休教授班宗华（Richard Barnhart）先生是二〇一四年参加浙江大学"宋画国际学术会议"最资深的宋画研究专家。在其后接受对话时，他谈起了宋画与他的人生之路："从二十多岁第一次看到宋代山水画起，就整个改变了我的人生——从那时起，我最喜欢的就是宋代绘画。"

　　会议期间，无论是聆听讲座抑或自己的发言，大多情况下，头发纯白的班宗华先生都保持着一种与中国文化相通的儒雅与淡泊。在接受笔者对话时，仅仅半个小时的对话，却处处可以感受到他对宋代文化艺术的热爱。谈起半个多世纪从事宋画研究的缘起，他像个孩子般地笑着，说："从二十世纪六十年代初美国旧金山的'中国珍宝大展'上，第一次看到范宽的《溪山行旅图》，还有其他宋代山水画，就整个改变了我的人生——从那个时候起，我最喜欢的就是宋代的山水画。而在二十五岁以前，我学的

作者为班宗华先生速写

还是油画。"

班宗华先后执教于耶鲁大学、普林斯顿大学，并且为美国印第安纳波利斯艺术馆、纽约大都会博物馆做顾问指导。他还曾担任如亚洲艺术文献编委会等多个亚洲文化组织的成员及主席。班宗华曾获得美国全国人文学科基金会、耶鲁大学国际地区研究董事会、克雷斯基金会等研究资助。其著作《大明的画家》（一九九四）曾获得由美国学院艺术协会向博物馆学者颁发的阿尔弗雷德·巴尔奖。

宋画完全改变了我的生活

顾村言：您的博士论文是研究北宋李公麟。就人物画而言，李公麟是顾恺之很好的继承者，我想我们先从这里谈起？为什么当时你的博士论文要选李公麟？

班宗华：刚开始是因为方闻教授要我研究李公麟的《孝经图》，这幅画与他们家族的收藏有关。后来也不是他一定要求我对此继续研究，以后其实是我自己决定深入研究李公麟。当然，还有很多别的原因。李公麟的绘画在中国传统中非常重要，承前启后，代代都有传人。我看到你临摹的乔仲常《后赤壁赋图》也是李公麟白画山水风格的。李公麟的朋友圈也是很有意思的话题。

顾村言：是的，当时北宋的文人圈，李公麟和苏轼、黄庭坚、米芾等，交往都很密切，苏轼称"其神与万物交，智与百工通"。不知道可不可以这样讲，对李公麟的研究为你打开了宋画研究的门？

班宗华：其实我研究宋画的门在研究李公麟以前就打开了，比如李成、郭熙等。因为第一次看到宋画是一九六二年，美国旧金山的"中国珍宝大展"上，第一次看到范宽的《溪山行旅图》，还有其他宋代山水画，就改变了我整个的人生，从那个时候起，我最喜欢的就是宋代的山水画。而李公麟的《孝经图》给我打开了中国人物画与文人画的门。我接受的顺序先是宋代山水，然后才是人物画。

顾村言：是不是你天性中有与中国文化相契的因素？之前加州大学圣芭芭拉分校教授石慢介绍说您曾想隐居于海岛作画？

班宗华：我的确很喜欢中国文化，我性格与生活中或许是有一点隐士气。

顾村言：南朝宗炳对中国山水画提出"卧游"的观点，中国传统山水画一直有着一种隐者之风，研究宋画几十年，这对你性格心态有没有影响？

班宗华：当然有，这应当有影响的。我以前是油画家——在二十五岁之前，接触宋画后，四十年都没画画，退休以后我马上拿起画笔。

顾村言：就像石慢讲你要做一个隐士画家？

班宗华：我的 email 名字就是李公麟的拼音。其实宋代以后的元明清绘画，我也都有研究。刚开始是李成、郭熙，后来是李公麟、元代、吴门四家，我都喜欢的。

顾村言：简淡天真，与文人画气息相契。宋画研究对你最大的意义是什么？怎么影响你的生活？

班宗华：一定有很大影响。宋画完全改变了我的生活，如果没有宋画，我的生活是无法想象的。一看见宋代的画，接触宋代的文化、历史，我别的都不想管，连绘画都忘了。

宋画与现在的画，与明代、清代完全不同，是一个完全不同的世界。

顾村言：宋画让你的心情很安静。

班宗华：是的，宋画的世界和现在的世界一点都不一样。

顾村言：我们谈谈美国人对宋画的认识吧。美国学界在清末以后对宋画有没有一个认识的改变过程？

班宗华：清末以后西方没有什么宋画收藏。那个时候还是起步，其实宋画是慢慢进入美国。

顾村言：美国人真正认识到宋画是不是与一九四九年以后王季迁等人移居美国有关？

班宗华：当然，有很多人，他们对美国人、对宋画的理解影响很大。

顾村言：这方面你能介绍一下吗？比如王季迁等收藏家对你的影响？

班宗华：当然影响很大，我们可以看到的画多半是他们手里收藏的，还有很多人……也包括一些外国的宋画收藏者，有的从张大千手中买过不少——比如郭熙的作品。他们有的很喜欢学生看他收藏的画。有学生要看，他就摊放在桌子上说："你看你看！"现在显然已经不可能了。

顾村言：关于宋画研究，你之前也谈到与高居翰的争议，高居翰先生辞世后，你怎么看待这样的争议？

班宗华：有的时候是争议，他是很好的朋友。我们常常有不同意见，但我还是敬重他，他看到很多中国画，你想谈什么题目，他有自己的方法，你不一定要同意。我老是想与他辩论，他也喜欢辩论——我们是"友谊辩论"。

关于中国绘画及其学问的争论，在我们五十年的通信中都有体现。

顾村言：真的没有影响到关系？对别的方面的影响呢？

班宗华：不会影响关系，但当然会影响我的思想与方法，包括方闻等对我都有很大影响，当然还有很多老师。辩论可以让人进步，你不一定同意，直到去世的时候，高先生还认为《溪岸图》是假的。他后来给我的信件反映了他作为中国艺术史家的学问，那只是他对我的帮助的一方面。和他一起欣赏中国绘画是另一种独特的经历。我们都喜欢欣赏各种类型的中国绘画。

顾村言：关于《溪岸图》，我也很不认可高居翰的观点。《溪岸图》在上海展出时，我去现场看过多次，古代气息扑面而来，我想怎么也不可能是张大千所造的赝品。

班宗华：但高居翰一直坚持他的观点，直到辞世前依然认为是张大千伪作。

顾村言：这好像也是没办法的。另外，在美国研究宋画的学者后继有人吗？

班宗华：还是有很多人在继续的，比如哥伦比亚大学就有研究李公麟的学者 Robert Harrist，还有纽约大学等都有不少研究宋画很好的学者。我可以肯定地讲，在全世界，热爱宋画的人会一直不断，因为一接触到宋画就知道这是一个完全不同于当下的世界——会让很多观者发自内心地说："我想进去！"

顾村言：就像这次宋画研讨会，主办方当初也没想到有这么多人过来听这样的研讨会。在美国，如果是中国古代绘画的学术会议，会这么受到追捧吗？

班宗华：也有可能的，有一次美国一所学校的中国古代绘画活动，也来了有近千人。

顾村言：这倒让人想不到。班老师您退休以后对中国绘画的研究主要侧重于哪些方面？

班宗华：还是宋代的绘画，但包括宋代的传统——比如元代、明代受到宋代影响的画家，除了宋画以外，我还在研究西方人所购所收藏的所谓宋代绘画。有的画不一定是真的宋画，但很有意思。我也喜欢倪瓒、董其昌等风格的。

顾村言：我看你之前说你准备研究中国绘画东西方交流的案例？

班宗华：艺术上东西方交流很有意思，汉代、唐代、宋代都很有意思。还没详细展开。

顾村言：对当下中国绘画有关注吗？

班宗华：当然有些兴趣，但我没有时间研究，我还是喜欢中国古代艺术。

顾村言：中国一九四九年以后艺术教育受苏联教育影响很大，现在看有不少问题需要反思与调整。

班宗华：现在很多油画家是受苏联影响。我很奇怪的是，在中国，很多油画家都很有钱，但在美国不是这样的。

顾村言：特别有钱的可能与资本炒作有关，但价格高未必等于好画。

班宗华：其实说老实话，西方的当代艺术我个人也不太喜欢。

顾村言：你这次在宋画研讨会上的发言讲到清末美国人对宋画的发现，当时伪造宋画之风很盛，这是个很有意思的话题。

班宗华：从一八九〇到一九二〇年大约三十年里，日本、欧洲和美国的公共博物馆及私人藏家展开了针对中国绘画收藏的激烈的国际竞争。很多人都希望能够得到恩斯特·费诺罗萨（一八五三——一九〇八）、劳伦斯·比尼昂（一八六九——一九四三）及福开森（一八六六——一九四五）所提到的那类绘画。其中被认为代表东方黄金时代（唐宋时期）的理想化艺术作品最受欢迎，而宋代山水画则成为重中之重。

论文中说到，这段时间是西方收藏中国艺术的黄金期。在这期间，波士顿、华盛顿、伦敦、柏林和纽约的大型收藏开始成形，并与阿部房次郎（一八六八——一九三七）和内藤湖南（一八六六——一九三四）等日本收藏家形成竞争。所有人都在找同一样东西：宋代绘画。正如查尔斯·朗·弗利尔在给一位中国代理人的信中所说："我只购买宋朝及更早时期的绘画。"弗利尔确实得到了一些断为宋代的作品，但是大部分所谓的"宋代绘画"其实都是由明、清两代的宫廷画师和职业画师伪造的。这一时期涌现了许多将明清时期绘画改造成宋画以满足国际市场需求的精彩实例。这些赝品在今日看起来有些贻笑大方，但它们被世界各大博物馆广泛收藏的事实，证明了它们在当时的成功。拥有诸多富甲一方、学识渊博的收藏家和古董商（如庞元济）的上海似乎是当时此种产业的中心。

尽管对于宋画的需求和购买的资金最初来自海外的

买家，但是我们有理由相信，中国买家和他们的西方同行一样受到了仿造的宋画的诱惑。我们在当今每个拥有中国绘画藏品的博物馆都能找到很好的例子来说明这个问题，并且，我们至今仍在试图改变这段时期的活动为中国艺术史所带来的灾难性影响。

这种现象目前已经得到深入研究，而且其基本情况已众所周知。我将从另一角度展开对这一时期宋画国际市场的探索，主要对一位不为人所熟悉的收藏家和书法家张荫椿所鉴别的几幅"宋"画进行分析。此人曾活跃在沪杭地区，并为许多上海知名古董商工作过。目前，他作为宋画鉴识家的活动还没有受到重视。

二〇一四年十二月

与西岛慎一谈中日书法界问题

西岛慎一是日本当下的书画评论界权威，原日本二玄社总编辑，与赵朴初、启功以及诸多书画大家交往深厚。

西岛先生主持日本二玄社时期无疑是二玄社的黄金时期。二玄社秉数十年之功，成功复制了数百中国书画史上的赫赫巨迹，成为连接历代书画经典与当下艺术家与艺术爱好者的桥梁，其影响至今仍然极巨。而西岛先生精于赏鉴，对于中日书画的交流与发展有着诸多真知灼见，在日本书画评论界一直影响巨大。在二〇一五年四月十四日的"海派东渐及与日本的交流"研讨会与展览上，西岛慎一先生早早来到现场观摩并进行了发言。

其后在下午接受笔者约访时，西岛慎一先生歉意地表示因撰写文稿，只能晚餐后八点半进行，且他会专门赶到我们下榻的酒店。当晚大雨，就在我们担心西岛先生是否会如约前来时，八点二十分，儒雅的西岛慎一先生一身风衣，弯着腰，撑伞提前而至。他笑言："你们所住的这家宾

西岛慎一　郭同庆摄影

馆也是启功先生到东京时下榻的。启功先生生前，他到日本下榻于此，我便会过来，和他谈艺论道。"

西岛慎一先生对中国书画史如数家珍，论及中日书画交流上的一些话题，相契处极多。对话期间，他不时用汉字在纸上写着一些关键词，读之心有所会，让人体会到中日同文同种绝非虚言。访谈一直持续到晚上近十一点，送西岛先生返回东京市中心一处普通的巷子时，路上仍有水，灯光映着西岛略有些弯曲的身子，让人感到的却是一种性情与对中国传统文化发自骨子里的热爱。

日本对吴昌硕的真正接受始于河井仙郎

顾村言：西岛老师你好，我想我们还是先从晚清以来赵之谦、吴昌硕等海派大家被日本的接受谈起吧？您怎么看这样一个接受过程？

西岛慎一：日本的书法开始于中国的书法或者汉字。就近现代海派书法来说，其实最早被日本接受的是吴昌硕先生，其后才是赵之谦。明治维新以后日本发达了，所以文化人也去中国寻找心仪的金石书画。

岸田吟香（一八三三——一九〇五）在上海办有乐善堂，他与上海文艺界交往很多，他向日本介绍了中国的文人与金石书画家，也开始介绍吴昌硕的图章、印。

后来河井仙郎接触到吴昌硕的印，给吴昌硕写信，说你刻得特别好，我想做你的弟子。这是在日本最早介绍吴昌硕的一个起因。因为河井仙郎的推广等原因，日本开始知道吴昌硕。他在日本的第一本画册就是文求堂的田中庆太郎出版，也许是河井仙郎为介绍自己的老师而求田中先生做的。通过在日本国内的介绍，后来影响又返回到上海，在上海有很多的日本人，他们就开始渐渐知道了吴昌硕。

另一方面，吴昌硕的书画正好很对日本人的胃口，他是文人画一脉——日语中叫"南画"。通过在日本高岛屋的展会，又展又销。到明治维新的时代，像横山大观这样的人物，他把南画改革成日本画，第二个是西洋画进入他们的国家，但是很多传统的日本人还是迷恋着南画，这个时代正好来了吴昌硕，正好迎合他们的胃口，觉得这种南画是值得日本人欣赏、收藏和研究的，特别关心。

至于赵之谦，河井仙郎跟着庆太郎去了上海，在上海发现赵之谦的作品又好又便宜，所以他买了很多，然后到日本开始宣传弘扬赵之谦的书画印。因为他在关东，影响较大。在关东，大家都研究赵之谦了，但当时在关西还没有。昭和十七年（一九四二），河井仙郎和他的弟子西川宁在日本搞了一个大型的赵之谦介绍展——影响更大，西川宁没有具体地跟河井仙郎学篆刻书法，但整体的中国汉学是跟河井仙郎老师学的，因为河井仙郎老师去了中国，所以他强调我的老师就是河井仙郎，而河井仙郎的老师是吴昌硕，这样吴昌硕的影响在日本就连起来了。

顾村言：怪不得，西川宁是后来青山杉雨的老师，一直钦慕赵之谦，也就是说西川宁承认河井仙郎是他的老师。

西岛慎一：对。河井有两百多件赵之谦的作品。西川宁与河井配合，一起做了赵之谦大型的展览。西泠印社后来出版了赵之谦的《悲庵剩墨》，一共十册。一九一二年，这个时候赵之谦在中国也开始有名，有人介绍他了。日本人先买，涨价了，有名了，西泠印社也介绍，然后中国人也开始收藏。

顾村言：其实也是墙内开花墙外香，然后再转到国内。

西岛慎一：是的。上海的收藏界也很了解日本的情况，古董商也开始注重买卖，赵之谦是这么一个背景。

顾村言：很有意思的是，齐白石也是二十世纪二十年代被介绍到日本，但我觉得日本人现在对吴昌硕的认识上，或许感觉上其地位比齐白石要高。另一方面，现在在中国国内其实是齐白石价格比吴昌硕价格要高，您怎么看这个问题？

西岛慎一：齐白石一九四九年以后在中国尤其受到重视，这当然影响到日本。日本人其实也接受齐白石，但他有一个问题，他在日本没有传承关系。

顾村言：其实齐白石最早是一九二二年被介绍到日本，是陈师曾介绍做的展览，并不是一九四九年以后才被日本人接受的。

西岛慎一：齐白石不属于海派，所以日本人并不是太重视，日本人重视海派文化——这是说当时。中国本身也是，民国时期，文化经济在上海，政治在南京、北平，是这样一个背景，日本人对上海的海派文化研究、追崇很多。

另一个关键是师承问题。吴昌硕为什么搞那么大，你看有河井仙郎、西川宁，包括西川宁的弟子青山杉雨在弘扬吴昌硕。齐白石，在日本并没有他的弟子，没有非常了不起的弟子，这必须要有人宣传。

当下日本已没有"南画"的延续与传承

顾村言：这是在日本当时脱亚入欧的背景下。有一个问题，历史上"南画"对日本艺术的影响巨大，那么，在日本当下，"南画"还有延续与传承吗？

西岛慎一：几乎是没有的。当下日本在水墨方面主要是书法家和篆刻家，绘画方面基本没有"南画"这一脉了。

顾村言：这实在是让人遗憾的。还有，现在研究吴昌硕的是金石书法家居多吗？

西岛慎一：在日本研究与喜欢吴昌硕的是日本的书法家和篆刻家，而不是画家。日本对中国书画的理解是比较片面、偏激的。比如黄宾虹先生，在日本就没有人知道——现在也不知道。

顾村言：你认为黄宾虹等在日本不知名是什么原因？

西岛慎一：因为没有弟子在日本。就是因为没有像河井仙郎这样崇拜自己老师、宣传老师的日本人，也没有像金城那样宣传北京画的画者。清代"四王"在日本也没人知道，没人喜欢，"四王"在日本也没有好的作品收藏。

顾村言：可能和"扬州八怪"在日本的遭遇有相同之处？

西岛慎一：对对，日本对中国绘画的传承是比较偏的，喜欢这一部分，而不是整体的。

顾村言：您认可日本对待中国画这样的态度吗？

西岛慎一：我觉得不一定好。因为（当下）如果再有真正的赵之谦和真正的吴昌硕，会不知道，会不理解。日本的艺术家、画家对这个，理解比较差，不是现在，再古一点是江户时代的日本人，当时对董其昌文人画的理论比较有接受能力。江户年代，在日本，艺术家是必读董其昌《画禅室随笔》的，一般程度低一点的也会去学，但现在日本的文人画作为一个支柱，中断了。

他们对真正文人字画的研究是没有深度的，所以王铎非常流行。它是一种表现形式，不去进入他的思想研究，对他的表现形式研究，很浅，是比较浅薄的表面现象，不是内里。包括对后来王铎以后的赵之谦、吴昌硕的研究，也主要研究它的表象而没有注重它的内涵，所以我担心这是一个肤浅的研究，有这种倾向。

顾村言：这种注重表面而不注重内在的问题在当下中国也存在。二十世纪五十年代以后日本书道界开始兴起中国寻访，对日本书坛的触动，意义很大吗？

西岛慎一：因为大家都到书法故乡去访问，以后日本的书法就产生一个非常大的发展。第一，一九五八年跟随丰道春海到中国访问的年轻人，后来都是未来日本书道界的领袖，比如青山杉雨，他们年轻的时候体验了中国书法故乡的理解，主要的旅行一般就是上海、北京比较多。我们这次研究就涉及当时很多不同城市的中青年书法家，应该说感受到、领悟到很多中国文化的精髓，接触了书法故乡的风土人情。第二，他们进入北京、上海等各大博物馆、美术馆，看了很多他们的藏品，包括王铎等，对这些年轻人触动很大。第三，跟当时中国书法家的交流。青山杉雨看了很多的中国书画，他感受到中国书法其实更注重中国的石雕艺术、青铜艺术、瓷器艺术等，好像书法是非常微小的存在。他认为真正把书法继承好发展好，必须要吸收各种艺术的滋养，研究书道、书法的理论、人文大背景，才能真正使书法有所发展，形成一个有一定厚度的新的书法。

顾村言：其实就是"功夫在书外"。

西岛慎一：对。所以青山杉雨经常去中国，他买了各种中国艺术品，在家里看。一九七二年日本不少书道界人士去了龙门石窟、西安碑林，还到敦煌去，后来又去体会江南风情……也就是不只是通过书上去研究中国的书道，而且是用自己的眼睛去确认，用手去抚摸中国这些书法的名胜古迹，促进他们书法创作往前走。因为拿了很多的一手资料，所以在日本出版了很多书来介绍中国的书法。不只是书法，介绍中国绘画的书也很多，一九七二年中日建交以后，就更热了。还有与中国书法家的交流，到现在其实一直在继续吧。

这样对日本的书道界有一个很大的刺激作用，中国古典这么多的东西能去接触，是一个大的刺激、推动。相反的，对中国书法界也有一定的影响力。

更严重的是不注重思想而追求形式

顾村言：我们谈谈书法体制的问题。我们知道日本是师徒相承，学生一定要学老师的书法，中国当然也有，但更多的是一种对经典的理解。您怎么看中日书法传承之间的区别？

西岛慎一：在日本社会中，书法是一个很小的存在，传统的书法还是要延续下去，所以日本人学习书法，是通过每年搞展览，把书法的价值完整地沿袭下去，他们用这样一种手段来进行努力。在书法的展览上，用表现形式要把书法延续下去，是可以做到的，可是每年办一次展览，希望要在思想上有发展的话，其实是很大的难题。我看中国的书法，好像比较注重个人的个性，还有对书法理论也缺乏一个研究，每个人的书法好在哪里，这种研究、艺术评论好像也缺乏。百花齐放是对的，在一个同样的层次上，大家都在自由地表现，好像现在没有这样一个巅峰。不像几十年前，都是有代表性的书家人物，而那些人也自觉争取成为经典的传人。以后的人，以后这近十年、二十年这些书法家，主要的问题是他们动机不纯，动机纯的人太少。好像一些书法家协会的负责人，有的或许认为用官职可以来保证他的书法质量。

顾村言：这很可笑，有的是用职位来保证他的书法收入。

西岛慎一：是的，等于用官职来证明他的书法有水平的意思，把官位等于水平。他到了这个官位，水平就到了这个级别了。我以为苏东坡、董其昌的书法理论，在现代也是很重要的。我觉得现在书法家的作品能体现出他们对苏东坡和董其昌书法理论研究的，我几乎看不见。

顾村言：其实还是有的，可能你发现的比较少。因为中国人口基数这么大，总有一些高人甘于隐居、甘于淡泊，也不屑于所谓的艺术界的官职。

西岛慎一：我想我明白这一点。

顾村言：想再问一下，你希望中日书法界现在如何交流？

西岛慎一：书法交流更重要。我的记忆当中，中国的书画到日本来交流，最成功的就是一九八八年这一次，我从一开始就参与筹备。当时先是仅仅搞一个兰亭笔会、兰亭书会——但比这个更重要的是那个时候的西泠印社还没有恢复，应该把西泠印社恢复起来，所以必须搞一个书法交流会，然后在西泠印社又搞了一次。当时的"兰亭书会"，启功、沙孟海还有青山杉雨、村上三岛等都参加交流。这个展览还拿到东京、大阪、岐阜，岐阜市跟杭州市是姊妹友好城市，所以也到了杭州。

真正有意义的交流是很难做成的，小的交流每天有，但对社会没有影响。怎么来组织这个活动，这是一个关键。现在日中的交流好像没有这个余地，都有一些比较麻烦的事情要做，像当时青山杉雨他们，觉得这个应该做的就做了，而当下缺乏能做这样判断的人物。

顾村言：现在日本没有青山杉雨这样的人？

西岛慎一：我一直跟随西川宁、青山杉雨两位先生，和他们两位先生有很多的交往。他们代表了日本现代书法的最高峰。西川宁十二岁就可以作汉诗，有深厚的中国传统文化的教养。但是，即便如此，他也不纯粹地单取内在修养，而经常用表现主义的方法来创作书法。青山杉雨先生是西川宁的弟子，他的作品里有更多的表现主义因素。但他对修养依然有着较大的追求。像现在的中国书法，有一个很重要的问题，也就是"诗心"，内心的世界。

二〇一五年六月

成败皆『他者』

——关于高居翰先生的隔

高居翰（一九二六—二〇一四）先生对西方世界认识中国绘画确有较大贡献，其借用社会学研究方法、细致入微的"图析"法与生动的叙述性文体对于中国古代绘画的研究也确实提供了一个新的视角与思路，《气势撼人》《隔江山色》等书对研究与普及中国古代绘画居功至伟。恰如其系列丛书的责任编辑杨乐所言："最打动人的地方在于他对中国绘画真诚的热爱与认真的研究。"

高居翰作为研究中国古代绘画的西方学者，无论是从社会学角度研究中国绘画，还是从图像的分析、行文方式以及其开拓的学术空间……无不值得国内学者借鉴，其长处显然在于"他者的视角"，而其短处或也正在于"他者"。对于中国绘画，高先生是热爱的，他的书很好读，"他者"的视角确实让他的文章呈现出截然不同的深度与风格，看到一些中国学者看不到的问题，然而，他到底仍

高居翰

是一个"他者"——个人认为，知识结构、文化差异、笔墨认知的缺失与对中国文化的理解不足导致他对中国绘画的理解在不少方面仍有隔膜处，这也导致他的观点一直颇多争议。

《溪岸图》自然是一例。二〇一二年，笔者在上海博物馆"美国藏宋元画展"上，面对这样一幅古代气息扑面而来的黯淡画作，想起高居翰先生彼时仍坚持此作是张大千仿作的观点，几乎匪夷所思。高居翰先生所依据的观点如笔触模糊、结构布局以及图式等的不合理之处，与传世董源作品或有差距，但从绢本质地与笔触以及画作的气息而言，也不可能得出这必出于张大千仿造的结论，其观点之武断确实是让人惊讶的。

在二〇一〇年配合"中日藏唐宋元绘画珍品展"所作的《早期中国画在日本——一个"他者"之见》一文中，高居翰认为，中日两种不同的鉴藏传统体系产生出"两个不同的梁楷"，大意是中国鉴藏体系多看重梁楷的工笔画，对梁楷的减笔一格则评价不高，而日本则一直将梁楷的减笔奉为国宝。文章认为，"中国收藏家所承认和收藏的梁楷是天才的画院名手……作为减笔画大师的梁楷之作仅存于日本……"高先生的意思其实是很明显的。然而事实果真如此吗？高文中所指的王季迁等人只是中国鉴赏者的个人喜好而已，以此为据得出中国人不能欣赏梁楷减笔画及"两个不同的梁楷"未免又失之于武断。况且，日本收藏的梁楷画其实是工笔与简笔均收藏的。

日本人崇尚梁楷其实只是在中国人鉴赏评价后的亦步亦趋。翻开《南宋院画录》等典籍，关于梁楷减笔画作的收藏与赞美散见各处，而绝非高先生所暗示的中国人对梁楷减笔画的不能理解与评价不高：明代宋濂在跋梁楷《羲之观鹅图》中称梁楷"君子许有高人之风"，明代张所望《阅耕余录》记有："余家藏梁楷画孟襄阳灞桥驴背图，信手挥写，颇类作草法而神气奕奕，在笔墨之外，盖粉本之不可易者。"……无不叙说着国人对于梁楷减笔画作的礼遇赞叹。何况，台北故宫的《泼墨仙人图》与上博的《布袋和尚图》其实也是减笔画之一种。高先生断言"作为减笔画大师的梁楷之作仅存于日本"是颇让人惊异的。

明代陈继儒《太平清话》记有："余曾见梁楷（绘）孔子梦周公图、庄生梦蝴蝶图，萧萧数笔，神仙中人也。"即可以想见明代人对于梁楷的追慕，梁楷的"萧萧数笔"中活泼泼的精神正代表了历代中国人对自由的向往。

奇怪的是，一方面，高教授极个人化地认为中国藏家不能欣赏梁楷那样的减笔画（或曰写意画），另一方面，在《写意——中国晚期绘画衰落的原因》一文中，对于中国减笔画或写意画在明清的发展，高教授又将之归为中国晚期绘画衰落的原因。其论据则主要是诞生于清代商业城市因商业发展而导致写意画的繁荣，虽然对于彼时画家所处经济环境分析较深入，然而对于徐渭、八大、金农等对近代中国绘画繁荣形成的巨大影响则并未涉及。一些基本的论据则因高教授对中文的理解而导致偏差。如文中举例："黄研旅通过一位中间人委托八大山人绘制山水册页……他在题跋中写道：八公固不以草草之作付我，如应西江盐商贾者矣。他的话清楚地表明，他认为那些简约式作品质量较低，而画家本人也可能会有同感。这与近期以简约为上的批判性见解形成了鲜明对照。"——这一段里，高居翰或混淆了两个概念——"草草应酬之作"与"简约之作"。

"八公固不以草草之作付我"所说的其实是一种草草应酬之作，而与真正的简笔写意之作是完全不同的。真正的简笔之作因是代表画家自由内在的精神，往往是可遇而不可求的。八大山人真正的精品代表作正是简笔之作，岂可将之视为"草草之作"？高先生将之混淆且得出"这与近期以简约为上的批判性见解形成了鲜明对照"的观点自然也就无甚说服力了。

问题是，高居翰先生在文章中并未看到中国画之所以崇尚简笔写意，其渊源其实与几千年来中国人心性中向往简约朴素有着莫大关系。老子所说的"朴素而天下莫能与之争美"，《庄子·外篇》所记的"解衣盘礴，裸袖握管"的"真画者"均与之关联，而简约写意的核心正在中国文人与民间几千年来所追求的一种自由而无拘的心境——当然，写意的泛滥导致效颦者众，而让写意走入了一个怪圈（包括当下亦是）则是另外一个话题。

同理，他评价赵衷静谧恬淡的《墨花图卷》，认为因只是水墨可轻视而画院画师赋色丰富的工笔作应重视也就不难理解了。

对于工笔与简笔的一路，高居翰说："但如果我们组织两项展览，一项是皇家画院以及宋明职业大师的作品展，另一项是董其昌以及追随他的文人业余画家的作品展，哪一个会吸引更多的观众？毫无疑问，董其昌及其朋友可能毫无机会可言。"——此言同样失之武断。

　　况且，清朝皇家画院所推崇的"四王"极受董其昌影响，写意的代表八大、石涛也同样受到董的启发与巨大影响。按照高居翰文中的观点，他所推崇的强调赋色精细的工笔院体画，即便如极受清朝皇室重视的郎世宁与其从者，也完全可以撑起所谓晚期绘画的大旗，而他在论述时居然对此视而不见？若从这些角度切入，或是可以得出相反结论的。

　　工笔与简约之作在同一个画家身上很多是兼而有之的，正如白石题画诗所言："善写意者专言其神，工写生者只重其形。要写生而后写意，写意而后复写生，自能神形俱见。"白石写意虾是其代表作，白石同样有工笔画虾之作，而其成就最大的显然并非工笔画。

　　从这一系列角度而言，高居翰认为写意"导致晚期中国绘画衰落"的观点其实是难以自圆其说的。

　　二〇一二年在"美国藏中国五代宋元书画珍品展"所撰文章中，高居翰教授曾对主办方在展出画作的同时展出部分书法作品表示了困惑，认为如果在美国，一个画展是不太可能同时展出书迹类文献的——从他这一观点看，他对中国"书画同源"的理解或许仍有不少未逮处。

　　写下这些文字，其实还是要向高居翰先生表达敬意——为一位西方人对中国古代艺术如此认真细致的搜寻与写作，为那种对中国绘画的真诚热爱而感动。

二〇一四年二月

『荒唐彦』

——记谢春彦

谢春彦曾在《东方早报·艺术评论》周刊开设专栏，他名之为"荒唐彦"，嬉笑怒骂，皆成文章，读之快意无比。

他有一闲章，四个字，字体浑厚爽利，一本正经，然而读内容，却让人忍俊不禁——"画——坛——流——寇"。

这当然是谢老的风格，好玩，有趣，热闹，调侃，人来疯，骨头乍看容易轻，骨子里却如那字一般，爽爽利利，正正经经，或如他自己化用曹霑之言："满纸荒唐言，一本正经心。"

已经记不清与谢老初次见面在哪里了，只记得真正深谈似乎在去西安的一次画展上。我们同一架飞机班次，从候机到下飞机去宾馆都挨在一起，一路胡侃闲扯，真是快意！到西安，会过一帮艺术圈的高流们，晚饭后谢老拉我到他房间，两个人，一杯茶，一支烟，品藻贤愚，臧否文

艺。现在当然记不清都扯了些什么，只记得谢老时而眯缝
着眼睛狡黠地笑，时而张开嘴哈哈哈得意地笑，因为第二
天一大早得参加画展开幕，似乎聊到差不到子夜一点方打
道回房。

与谢老天南海北地扯，确乎是可乐之事。这个老顽
童，有时似乎都搞不清到底他是多大，所以当他忽然有一
天叫我"顾老"的时候，仍然吓了一跳，竭力阻止，居然
无效，但想想他的"天真烂漫"，也就随他去了——毛尖
曾称谢家的风格是"乱来"：因为谢老叫毛尖是"毛家姑
姑"，谢家女公子却叫毛尖为姐姐，叫毛尖老公是"叔
叔"，叫毛尖儿子却是"弟弟"，错乱得实在离谱而可惊可
爱！记得好像是第三次到谢家，终于见到谢家女公子奕青
小姐，谢老命奕青道："叫叔叔！"一惊之下不由一乐，奕
青看我一眼，大概心想——"这哪门子叔叔嘛！"嘟囔了
一句什么，终于未能执行其父"没大没小"的家风，后来
如东北人一般"顾哥顾哥"地也就叫开了，谢老哈哈笑
着，也就算了。

香港城市大学郑公培凯先生对谢老有个比喻："打个
香港独有的比方，他就是个热腾腾的菠萝油，可又不是
普通的菠萝油。注意了，面包当中夹的，不是一大块奶
油，而是一团混入辣椒酱加芝麻酱的蒜蓉樱桃果酱，吃
起来是先辣后甜，还有浓得化不开的芝麻香与回味无穷
的樱桃清香。"这个比喻真是好玩，似乎准确，但又不太
准确，说不清，道不明，而正因为此，这意思也就在这
里了。

谢老的风格是什么？谢老是个什么样的人，这确实不

是一两句话所能说清的。我原想结识谢老十年后，或略有体会，可以像他那样，信手写些趣文，言简意深，好玩又好看，然谢老有令，限时陈文一篇，且有字数，这真不是好玩的事！推托无门，无可奈何，只得应命。再次捧出他赠送的几本大著，东翻西读，想起与他交往的点点滴滴，很芜杂，很好玩，很快活，很狂狷，也很诚恳，认真想起来，谢老的身影后面当然是有着迅翁之怒目、白石之天趣、子恺之简淡与叶翁之写意的。谢老其实也是有着他的寂寞、刚正与乡愁的，只不过，现实终究是无可奈何的，于是只得化作表面的一番疯言与调笑了。

所以，谢老必然是不安分的，至少表面上看，所谓"画坛流寇"倒也名正言顺。且不说画与文，这从他"搞"的几个展览就可见出一斑，完全是混搭，比如"春彦手痒"等几个展览的开幕式，比如刘海粟美术馆的迁址仪式。以"春彦手痒"而言，九旬高龄的贺公友直到场与其"表演"二人转，钱文忠参与主持算作"单口相声"，作曲家陈钢亲弹钢琴，昆曲闺门旦沈昳丽上演《牡丹亭》片断，谢老与主持人倪琳合唱《长亭送别》《玫瑰玫瑰我爱你》……真的是让人眼花缭乱，画展的开幕这样搞，着实罕见。

当然，混搭归混搭，印象深的除了谢老雄浑地高歌那让人醉意悠长的"长亭外，古道边，芳草碧连天"外，还是贺友直老不紧不慢的几句话："画展名为'春彦手痒'，我看他其实是心痒！老是心痒是会犯错误的！我是草根，没什么文化，但我出来的连环画是有文化的，谢春彦心痒痒画出来的东西同样很有文化！——马屁拍完！"

顿时满座哄然。

谢老与贺老几个展览活动都曾有幸参加，也目睹了二老的相知相惜与相闹之意，贺公后期的十多本书几乎都是谢老作序，而展览也差不多都有这位山东汉子在出力，从"历久弥新最上海——贺友直祖孙画展""率真贺友直——经典老上海展"到宁波的"贺友直自说自画——我自民间来"等，莫不如此，尤其让人感动的是在贺友直故乡的那次画展。

从上海出发的大巴抵宁波宾馆后，一身浅绿色对襟服装的九旬老翁贺友直与师母早早在大堂外迎接。甫下车，谢老张着嘴，拄杖以卓别林步作敬礼状，随后便与贺公搂在一起，左亲右摸。贺公微笑，佯打其首，受用之极。晚上在北仑新碶老街贺友直艺术馆楼上——那里是贺友直在宁波的家，贺公专门备了家宴，三桌，贺师母亲自主厨，贺家公子们均下厨端菜，挨挨挤挤坐在那里，确乎有一种回到故乡的家宴之感。晚宴时除了黄酒，谢老又拿出一瓶 XO 助兴，人来疯般且说且唱，末了正色云："虽然写了那么多序言，但看了现场的画还是止不住感动，贺老是自认为底层的人，笔下多是引车卖浆者之流，并引以为傲，是真正的民间草根大师。"

酒后宾客散去，谢老悄悄拉我到贺友直在三楼的画室，诗兴大发，一时手痒，遍寻宣纸而不得，遂找来几张薄薄的餐巾抽纸，以荤话喻纸之好坏，结论是"这餐巾抽纸好得很"。正待濡墨时，贺公之子过来告知在一抽屉里有不少宣纸，拉开果然，于是立时弃"好得很"的餐巾抽纸而不用，为贺公赋诗一首并书云："一枝画笔金

谢春彦画作:《溪头一歀迷:顾村言写生图》

刚笔，画到头顶不见丝。新碑迎回痴游子，白首莫笑宿缘迟。"

解读谢老，从他与"贺佬佬"的交往与言论或许是一个切入点。谢老在《率真贺友直》一文中除了以"率真"二字评之，且以"世故"论之，一唱三叹，读之让人击节：

率者直白爽利，真者诚恳不假，亦确如他笔下主要的形式白描，一根墨线儿到底，光明磊落，是绝无什么枝蔓的。然即如清清之泉，其亦必有艰难的出处，波折宛转起伏回还，在山泉水清，出山泉水浊，在这样一个史无前例的纷繁复杂的社会里，倘贺佬佬只是率真行事行艺，恐怕是弄不到今天这一步的吧。他是一个非凡的艺术家，他又是一个从黑暗中平民阶层走出来，以手中的技艺状写社会好恶社会人情，界定社会美丑的大家，故他既是一个画家，亦是一个不可多得的社会记录家评说家批评家也。于之，他数十年来做得那么完美完善，大约只凭真率就不够甚甚矣！其实，老头是世故的，有些带着些酸味的老同行就曾指他为世故，当然是含着贬义，老头儿自己却坦荡地承认自己世故，自云若不世故能活到今天吗！世故者，人情之干练也，通达也，圆转也，仿佛与率真二致。我以佬佬的率真正在此世故里得以升华，相为激发，互为表里，为炉火进纯青之境，故其率真是有率气的率真，有厚度的表皮，经得起摔打的天真烂漫；其世故为通透的干练圆转，与狡猾奸诈无涉矣。

——这段话同样是可以理解谢老的。不同的是，谢老春彦与贺公友直而言，多了一些文艺提纯后的神采飞扬，就像他喜爱的碑刻"二爨"一般，故意将笔画扭来扭去，多了一些表面的姿媚与飞动；或者可以这样说，二公都有"经得起捧打的天真烂漫，其世故为通透的干练圆转"，而精神深处，共有的则是朴素与率真，尤其可贵的是，他们都固执地守着护着一个家园，守着一份与朴素率真相关的一切。

没有这些内核的东西在，就没有二公的相知相契。

读贺公友直的画，尤其是那些"风从故乡来"之作，那些印刻着他童年记忆的画作，无论是"蹲粪桶""串马灯""端午"还是"跳加官""盂兰盆会"等无不让人低回不已；谢老的展览，除了读之让人快意的"满纸荒唐言"外，比如《老屋》与绘写迅翁、散翁、韩羽、黄裳的人物画作都是不能忽视的，或亦可视为解读谢老的关键所在。

《老屋》初见于香江，水墨淋漓，满纸涂抹，老树虬劲，芜草丛生，除了恣意生长的丛树，还有隐隐可见的屋基与似有若无的断垣以及远树巅飞起的群鸟，触目可见一种勃勃生机，画右长题云："此为吾家老屋，在山东广饶县大王刘集后街，谢家车门胡同内，三代人曾居之。抗战时期受到日寇破坏，余北西屋南屋亦倾废。余十龄随父母由南方返之赖母亲辛苦育持得存活，读书受教，未几返南方，栖外祖母家而诸弟妹皆苟活于此。今老屋久不居人，倾废甚矣。去岁仲秋返乡，忽念及，遂携联柳诸弟驱车至此，对景摹写，时方雨后，院中草木杂然，沉绿青蓝，荒芜中自有一股生机，今我浮想少时于此苦乐种种，听树巅鸟声啾啾，情何以堪耶。"

这幅画让我停留了很久，说来惭愧，年少时曾构思一散文体长篇小说，标题就曾定为《老屋的尘埃》，至今未果。然而读此画，却仿佛听得到故乡鸟声的啾啾，想起那间水边老屋与祖父母，想起儿时的种种，想起我所喜爱的归震川名作《项脊轩志》，想起《世说新语》中渡江而过的晋人感叹。

——这幅画其实见证了谢老的坚守与寂寞所在：不管遇到何样的艰难，故园仍在，理想仍在，生机仍在，此之谓"一本正经"也。

很多人动辄提及"国家"这样的名词，在我看来，与其提国家，不如提家园或家国，当然是从家到国。大而言之，《老屋》这幅画也见证了谢老对家园与文化的坚守与理想。

谢老对他的追求有这么一句话："若我为蝙蝠，当为生命的独特与自由而快活；洒家本属蛇，帽子算个鸟……"画喜爱的女人，画养眼的风景，画艺士，画趣人，对他而言当然都是快活，但并非全部，他真正追求的或许可简言之——生命的大自在，因为追求这种大自在，则必然有自己的定力、眼力与标准所在，则必然会对那些与率真相左的虚的、伪的、假的恨之入骨，并欲刺之灭之而后快，所以，谢老骨子里的那些"一本正经"或更值得玩味与敬重。

比如，他在《王谢画志》中讽刺世相的打油诗与画，那样的一种表面好玩，内里的自得与犀利。

比如，他被动的一本正经"撰文"批判旧友范曾并被范告上法庭；比如，莫言获诺奖后，他爽快应鄙约撰文评论莫言书法等。

也许谢老已经忘了，我与谢老的第一次通话就与范曾有关。此事缘于二〇一〇年底，范曾将撰文批评他的几个作者告上法庭，开口索赔五百多万元（对谢老索赔似乎是二十万元）。彼时自己在报社文化版，匪夷所思之余，联想起范曾年轻时对于恩师沈从文的态度以及其他种种，遂跟踪此事成数文，此事当然很快成为文化界的焦点。其后北京昌平法院公开审理此案时，专程赶去旁听，审理结束后，接到朋友转来的谢老电话，询问现场审理情况，记得谢老与自己在电话中都大笑不已。

谢老后来有图《范公告我》记此。画面上方一鹤衔纸飞鸣而过，纸上大书一"告"字，鹤下谢老蓬头散发坐于地面，双手持管，双眉低垂，似乎莫名其妙，又似漠然不屑，题云"养家糊口爬格子，不是文人亦可哀。文汇摘我文一段，范公倒将告上台。损失民币三个万，至今案件未重开"，又小字记"昔吾有论笔之文载《艺术世界》，《文汇报》转摘，至范曾告我，至今未了，今《世界》又约稿，哀哉"！见证此图的是谢老书房的一纸诉状，谢老一直贴在那里。

当然，范曾告他最后还是有了结果——莫名其妙地撤诉，但谢老因请律师应诉，依然费资三万大洋，此之谓"损失民币三个万"，让人不得不一叹他所评的"卖得火的范三官人"。

至于莫言获诺奖的书法评论，亦可一记。莫言获奖后，文学界若狂，莫言先生的不少书法作品也争相亮相。谢老偶然与我聊起对报章莫言获奖消息所配书法平仄不通的质疑。我说问题多了去了，还有书法中的错字别字，遂鼓动他写一文章。他说："你们敢不敢登？"我说当然，因为当天要签版传版，遂撤一文章，传去图片，空版以候。谢老读后，几小时后一篇亦庄亦谐的千字文即一挥而就，但问题是传真机坏了，无法传真，于是请谢老电话口授，请一编辑输入电脑，当晚签版传至印刷厂发排。有些可惜的是因为时间较紧，编辑将一个字音听错，不过却错得到位，让此文更加犀利入骨。谢老每念及，几乎笑岔了气。

此文后来影响极大，这是后话了。

谢老写此文时是二〇一二年十一月初，正是忙碌之时：从十月下旬的乃师叶浅予速写原作展，到十二月五日于刘海粟美术馆的"春彦手痒"，再到一周后又在香港城市大学的"江南江北——谢春彦诗书画展"，且又出了一大一小两本书，如果加上他付出不少心血的贺友直先生"风从故乡来"、刘海粟美术馆迁址等相关的大小展览，那就更扯不清了。以至于谢老忙得在题赠我的《叶浅予谈速写》中留下"忍急急急"的印记，云："此吾于七年前叶师百年大展，时仓促编就者，匆匆时光弃去，今岁又将于刘海粟美术馆举办吾师速写原作展，如火在掌，惟九泉亦必欣然大快。展前奉此。乞吾村言道兄教正。二〇一二年十月十日后二日，顾公枉驾寒斋，吾忍急急急于浅草斋，春彦。"

——即使这短短的题书留言，比如那个"十月十日后二日"，明明是"十月十二日"，但他偏偏就不这样写，总要研究如何塞些"私货"，有些寄托。谢老文图中的"私货"与寄托实在也不是一篇小文所能概括的。

　　　　　　　　　癸巳（二〇一四）寒食后二日于云间

作者画作《拟清湘山水》（局部）

作者画作《太行山水》（局部）

作者画作《拟宋人水月观音图》

作者画作《二人转》

与谢春彦谈刘海粟：文化史不能缺少这样的狂狷之士

画家谢春彦与晚年的刘海粟（一八九六—一九九四）颇多交往。在回忆刘海粟先生时，他说："我觉得他身上有一种英雄主义，这个用孔子的话说就是狂狷之气。如果中国文化史上，缺少这种狂狷之士的话，我们的文化史和美术教育史是不完整的。对他向来争议颇多，刘海粟这个题目，实际上也可以解说为两个字——'误解'或'误读'。因为他的光芒太大了，光芒也太乱了。"

顾村言：刘海粟老今年诞辰一百二十周年，您和他是多年的忘年交，结合这次上海刘海粟美术馆的"再写刘海粟"大展，我想请您就他的精神、求索之路，以及一些细节，回顾一下，尤其是如何立体地看他。

谢春彦：他是一个不应该被忘怀的近代文化史上的特例，如果中国文化史上缺少这种狂狷之士的话，我们的文化史和美术教育史是不完整的。对他向来争议颇多，刘海

刘海粟

粟这个题目，实际上也可以解说为两个字——"误解"或者"误读"。因为他这颗心，光芒太大，光芒也太乱了。

顾村言：而且他寿长，不像徐悲鸿五十多岁就走掉了。

谢春彦：他经历了清末、民国，几乎经历了整个民国、中华人民共和国，一直经历了各种风风雨雨，"五四"、打倒"四人帮"、改革开放。他的一生是波澜壮阔的，跟这一百二十年的历史是纠葛在一起的。我们常常在考量过去的时候，包括考量人，考量时间，常常怀有一种事后式的界定，其实历史上前进、步伐是没有被规定的，不是一个预谋性的动作。刘海粟正是这样的，没有预谋性的动作，却在历史上闪闪发光，他是个非常复杂的人。

我跟他谈了好几次，他对后辈是非常爱护的，我就觉得我们研究他应该用比较宏大、包容的眼光，所谓徐刘（徐悲鸿和刘海粟）之争，有一些是被后人放大的。现在不要流于小家子气，我们应该有比较澄澈的眼光和结论，徐刘都是一棵大树下的果子。

顾村言：其实从大的方面，他们可以说是殊途同归，虽然也有一些艺术理念的分歧。

谢春彦：古典主义、写实主义、现实主义也不是坏东西，现代主义、浪漫主义也不是水火不相容的东西。一个大国，既然要实现中国梦，就应该有更大的胸怀、眼光、包容性。我们怎么样看待分歧、历史，在可能的历史的基础上前进，研究刘海粟我觉得就是为了将来。

顾村言：对，其实他的求索之路，他的心态与矛盾乃至非议，他怎么走过来的，都在启示后来人。

谢春彦：二十世纪八十年代初的时候，有一次我陪他说话，他是喜欢滔滔不绝讲话的。我曾经跟他讲："你的种种行为，包括创办上海艺专，二十岁不到就做校长，这种大胆有点像开天辟地。"这其实可以纳入新文化运动的一部分。

顾村言：可以理解为当时仁人志士救国图存的一个方面。

谢春彦：对，因为救国图存有多方面的途径，他是做文化、做艺术的。

顾村言：艺术救国，其实徐悲鸿也一直是有这样的一个想法。

谢春彦：所以在这一点上，徐与刘在大的方面没有分歧。他在过一百岁生日的前一天，市里领导把刘海粟安排住在衡山饭店。那时我常常去陪他，他蛮好玩的。有一次他递了一个旧东西给我，我一看是上海美专的首届同学录。翻开看，第一期当中有徐悲鸿和朱屺瞻。我说很多人知道徐悲鸿夫人廖静文说你不好，怎么你从来没说过一句对徐悲鸿否定的话。他哈哈一笑说了这么一句话："哪有老师说学生坏话的呢？"

顾村言：好像徐是否他的学生也有争议的，不过徐曾经入过他的学校。

谢春彦：他不废旧学开新学。你看他的背景，他的外祖父是清末著名学者洪亮吉，他的父系和母系这里面都有很多新学、旧学成就很高的人，他就是在这样一个家庭出生的。同时他后来的老恩师康南海又是一代大家，蔡元培先生也非常看重刘海粟、帮助刘海粟。他一辈子做事情有一个特点，要么不做，要做就弄得大家万目关注，比如要搞西洋画，就破天荒地找个女模特公开地画。他那个时候二十岁多一点，跟军阀孙传芳笔战，真是不容易。

顾村言：他们那时候，我觉得像春秋时的一种原始的张力在身上。这种张力在现在的人身上，反而少了。

谢春彦：现在去考美术学院主要是因为文化课不行。他一辈子自视甚高，他跟我说，"人家说我是东方的毕加索，不对的"，他说"我是岳飞，我是文天祥，是民族的脊梁"。我那个时候心里想老头蛮会吹的，怪不得老一辈人有人叫他"刘海漂"，说他会吹牛。但我想在一个积弱多年的国家和民族里，咱们需要这种狂狷之气，而且，他是有胸怀，有责任感的。

顾村言：海老吹牛确实名气很大，不过在大的方向他和那些同时代的精英似乎都是在为整个民族、整个国家，要拔出泥淖。

谢春彦：是。所以我认为他是一个承前启后的人，他对旧学和新学都有一定的关注，由他这样一个特殊性的人，在特殊的时代又到欧洲去考察，你看他不是留学，他是"考察"，境界不一样。

顾村言：他是为我所用，"求学"是得做学生，要有很谦恭的态度。

谢春彦：因为这个性格，又处在这个时代，必然造成他会碰到许多困难，但是他的性格决定了他一辈子的追求。他讲他很喜欢"宠辱不惊，看庭前花开花落，去留无意，望天上云卷云舒"。我觉得他这个人有一种时代的精神。比如说有一次在"文革"中百乐门首次斗刘海粟，天很冷，我记得他披了一件黄色的军大衣，蛮时髦的。被押着，师母陪着他，被批斗，造反派后来把他押走了，我看他非常从容，师母陪着他。两个造反派押着他，他从第一排慢慢地走，我看他的眼睛，我佩服他——淡定。我觉得他这样一辈子走过来不容易。中国这个社会，中华民族需要这样的人，对这样的人，应该看大的方面。在与我的交往中感到一点，他对后辈十分提携、爱护。好像他早期的几个学生家庭是比较困难的，冬天的时候下大雪，看学生穿得那么单薄，他把自己的外国大衣递给学生说："大衣你穿走！"有点豪侠之气。他对晚辈，对未来一直充满着希望。

顾村言：因为他所处的就是整个民族国家的未来，在晚辈身上他看到心有所牵的一些地方。

谢春彦：我觉得他身上有一种英雄主义，这个用孔子的话说就是狂狷之气，刘海粟美术馆的新馆开馆也是很不容易的一件事。

顾村言：之前你也是刘海粟美术馆老馆的首席顾问。

谢春彦：是的，刘海粟美术馆成立十九年来也是风风雨雨，这次"再写刘海粟"展览不单是给刘海粟树立了一个纪念性的碑，也为后来的美术做了很多的贡献。这次能在新馆里首次举办这么大的刘海粟先生纪念展，我非常欣赏，我也希望这个展览能充分地被读者和观众接受和理解。前不久我到海牙去，那里有一个凡·高艺术博物馆做得非常到位，从凡·高文献、资料、研究到开发相应的各种文化、旅游产品都做得非常到位，那时有点累了我都坚持看了四个多小时，我女儿看了五个多小时。我就说了，刘海粟美术馆这一次，做这样一个正式开放，做这个内容，一对得起刘海粟先生，二也对得起国家拿出这么多资金造一个新馆。

鲁迅讲中国的知识分子往往两点，一个是峻急，二是随便。一碰到了困难就算了，就走消极的道路，刘海粟倒是一直有积极的人生，不管他细节上有哪些争议——一个人如果全是对的，没有缺点的话，是不真实的。他每个地方都表现出一种强烈的民族主义精神。我非常希望这一次刘海粟美术馆可以多开几次各种专家和读者的不同内容的研究座谈。因为好的史料、材料都是现成买不到的，我们怎么样去消化它，才能变成我们自己前进的动力。

顾村言：具体到你个人，第一次与刘海粟见面是什么时候？

谢春彦：是"文革"还没有结束的时候，那时我三十多岁吧，思想还是很幼稚的，受了一些"左"的影响，胆子也小，但看到他，有一点，似乎是长夜里忽然看到光明的感觉。他做了"右派"以后，重新临写《散氏盘》，临写十年《散氏盘》。他对中西文化的看法，我觉得很有启发。他很大气，不去否定传统，他是否定一种旧思想与旧做法。有人说他不严谨，他大的气度还是了不起的，他在给我写的信当中，认为我现在写字画画是为了国家为了民族，他就是这种大气。这种精神是现在缺失的。他到香港去办画展，卖了一百多万元吧。那个时候在很困难的情况下，他全部捐给南艺，救助那些穷苦的学生，其实他自己生活反而比较困难。

顾村言：他想得是比较通的。

刘海粟作品《元气淋漓障犹湿》

谢春彦：他想得比较大。你看他收藏并捐出的画，尽管有人说他捐的其中有赝品，但我认为在民国时期，他不但把自己的钱都买了画（师母是富商的女儿），师母的陪嫁钱也被他办学和买画用掉了，但他从来没卖过一张画，这就不容易，他不是买假画倒来倒去的。另外，我觉得在艺术上，刘海粟先生还是有相当惊人的成就的。这一点，不应该道听途说地看，应该到展览会上实地去看。不要耳视，要眼睛看，要通过思想去想，同时经过比较。比如说他晚年有十上黄山，他画的写生，包括白龙潭，那种用笔，那种对泉水的奔腾，那种漩涡，用笔，我认为是百年来很罕见的。这一点他跟我讲，他说我非常感谢康南海老师，你说这一百年来，在用笔上，你是内行专家你知道，像他这样的人屈指可数是不是。就说我们在评价一个历史人物的时候，我们要有大的眼光。

顾村言：其实就书法而言，我觉得康南海是有一种勇猛精进的精神在里面。徐悲鸿、刘海粟都有影响，而刘海粟先生的书法晚年倒真是大气真率的。

谢春彦：其实他的书法第一。

顾村言：对，我也挺喜欢他晚年书法的，感觉比画好，真率、真气。

谢春彦：他的画第二，诗次之，一个人不可能完美。所以我看了从前老的刘海粟美术馆建起来，后来拆掉，当时是我去主持。我们点着烛光，当时心里想，眼看它高楼起，眼看它削为平地，现在很快新的高楼又起了。所以我希望我作为老的艺术顾问，新的馆有新的建树，传给更多的人。我记得有一次我问他，你自己最喜欢的风格是什么？你的生命那样强烈，那样有张力，他讲了四个字："真气流溢！"在他去世之前三天，他还在上书中央。还有一个细节很有趣，他过一百岁生日的时候，当时的领导要我给他发言写草稿，我陪他吃晚饭时就给他戴"高帽子"，说："明天媒体太多，万一你一激动忘了词怎么办，我说你讲几点我记下来，写一个提纲，你明天做一个草稿。"结果他说："我一辈子讲话，从来不打草稿！"

正式仪式时，他讲得很好，也是"老江湖"了。他这人也喜欢吹牛的，他曾对我说："我说的每一句话，都是中国当代美术史上最珍贵的资料，小谢你要记下来！"总之，他有一种胸怀——他一生都有强烈的家国情怀，他晚年捐出所有的收藏也是这样的思想。

二〇一六年八月

启功先生在扬州

少年时曾有一段时间喜欢启功先生的字，淡淡的书卷气，清隽，安静，挺拔。现在虽然读先生的字不多，但偶然看到，仍是会多看几眼。

如他所写的一副对联："静坐得幽趣，清游快此生。"

以前听说过启老的打油诗，比如那首著名的六十六岁《自撰墓志铭》，极富意趣：

中学生，副教授。博不精，专不透。名虽扬，实不够。高不成，低不就。瘫趋左，派曾右。面虽圆，皮欠厚。妻已亡，并无后。丧犹新，病照旧。六十六，非不寿。八宝山，渐相凑。计平生，谥曰陋。身与名，一齐臭。

——觉得这真是个亲切而随和的老人，真是能让我发自内心喜爱的那种人。

但我从来却没想过能和这位老先生见上一面，更想不到斗胆请启老为自己写上哪怕一个字。

毕竟，老先生已经九十多岁了——老先生被戏称为比大熊猫还要珍贵的国宝。据说，老人托病不写字时，就在门上贴几个字："大熊猫病了。"想来真让人莞尔。

二〇〇二年三月，当时在江苏从事电视文化专题片制作，启功从北京"飞"到扬州参加当地的烟花三月文化节，得以随行，得以与先生有数日的缘分。

初见先生是在地处东关古街区的汪氏小苑，这里被称为保存最为完好的清代盐商园林住宅，刚刚整修好，对外开放那天邀请了启功前去揭碑，老先生颤巍巍地被家人扶着，从巷子口一步步地走来——站在汪氏小苑门前远远地看先生，手里拄着根拐杖，圆圆的脸，是笑着的，嘴有些噘，戴个绒线帽，裤子偏肥，让人几乎疑心要掉——当然不会掉，只是肥罢了，走几步，看见人多了，自己把帽子拿了，露出一头的银发，白得宁静极了，有如活佛一般。

一个安静平和的老头儿。

老人在北京就提出这次到扬州一定要去汪中墓——汪中是老人最为敬佩的清代学者之一。到城郊的城北乡三星村停车时，离汪中墓还有一段路，车无法开，老人执意下车要走，随行人员想想还是把轮椅拿出来，让老人坐上。离汪中墓一百米时，老人下了轮椅，拿了头上的帽子，站直了，抬头望汪中墓的牌坊，那神情如久旱遇甘霖一般，又似忽然吸进了一大口新鲜的空气，顿时天朗气清。

老人在墓前站定了，鞠躬，再鞠躬，三鞠躬——一切都是那么自然，这个九十多岁的老人。

老人说，青年求学时汪中便一直是自己的偶像，汪中，汪容甫，那是祖师爷，如今来了，想不到会保存这么好，想不到！

又叹口气："北京有好多墓都拆了，还有胡同里的一些，没办法，扬州能保存这样不错了。"

汪中墓两面环水，几棵青松立着，牌坊是二十世纪八十年代重新修缮的，墓碑为清代书法家伊秉授所书——是那种笔力扛鼎的伊体隶书："大清儒林汪君之墓"。老人摸着碑，口中轻轻地说："好，好。"有些尾音，随行的学者问他："启老，看得清字吗？"

老人说，看得清的。

摸摸碑，仍自说"这个——好——好——"忽然就顿住了，出人意料却又满心喜悦地说："小狗儿。"

顺着他的眼光看去，果然不知什么时候跑来了一只黄黄的小狗儿，老人的眼光全被吸引过去了，随行人员都被这个可爱的老人逗得笑起来。

说了些关于汪中的话，回去时，老人仍坐轮椅，几个人跟着他。阳光好得很，刚刚在墓前的那只小黄狗在前面滚来滚去的，像一只肉肉的球，小狗进了一家院子，老人乐滋滋地又自言自语："小狗儿，进院儿了。"

启功是清朝皇族的后裔，但到他这一辈时，家道已日渐衰败，年轻时受了不少磨难，提起这些时，老人总是略而不谈，他只说他是满人，祖上是爱新觉罗部落（这个部落的说法真是有趣），他说很多人写信给他时，总爱这样写："爱新觉罗·启功"。启功就在信上贴个条儿："查无此人"，然后退回去。他说自己的姓名就是启功，没有爱新觉罗这个姓。

老人专门开了《中国文化与扬州》的讲座，人来得太多，过道里都站满了，以至于后来组织者不得不把门锁起来。提到"扬州八怪"，老人说，那得叫"扬州八家"——郑板桥、金农，那多了不起！"八家"的创新那是真正的艺术创新，现在很多人搞书画，乱涂乱抹，还去蒙老外，那是什么创新！

老人不紧不慢地说着，不见棱角的圆脸，还是祥和地笑着，但平和从容中又有一种不怒而威的感觉。

一直想请老人在自己钟爱的《论书绝句》上题个字，但一直无勇气——那天和先生简单聊了一些后，试探着拿出《论书绝句》和《静谧的河流——启功》，说了自己喜爱先生的缘由，犹犹豫豫地问老人能不能题签一下。老人翻了翻书，微笑着，轻轻说了声"好"，拿过笔来，在两本书的扉页认认真真地写下了"启功求教，二零零二春"。求教何敢？但这真让我喜出望外。

老人的字，外若飞仙，飘逸洒脱，内里却似硬汉，钢筋铁骨，一笔一画写出先生的恒久的人格魅力。

这个表面安静的老人，在他的内心深处又是怎样的人生境界呢？人生的大喜大悲，他该是都看透了，参透了，到最后，一切归于"淡泊宁静，超然物我"。嬉笑间，老人却在人生境界的巅峰平和地看着这个人生。"先生之风，山高水长"，这么一个高远的老人，却又是那样的亲切，仿佛随时随地你都可以触摸得到——那其实是个居于寻常里巷的朴实老人——一条小狗儿都会让他那样惊喜：
"小狗儿，进院儿了！"

附：对话赵仁珪：当下教育无法"复制"启功

启功先生在遗嘱中曾专门提及他的一个学生，并呼之
为友。启功唯一的口述史《启功口述历史》，也正是这位
学生参与记录整理——这就是已入古稀之年的中央文史
馆馆员、北京师范大学教授赵仁珪。

赵仁珪是一九七八年恢复研究生学制后北师大中文
系古典文学专业的首届研究生，也是当时启功专门带的两
位门生之一。那一年，启功六十六岁，赵仁珪三十六岁。

在启功先生百年诞辰前，赵仁珪在北师大丽泽园家中
接受了笔者对话。赵仁珪认为，启功先生的文化成就能够
横跨学术与艺术两大领域，而且是"通才"式的学者和艺
术家——启功之所以成长为启功，也就给当下带来一个新
课题和反思，"比如，我们现在的教育体制能否再培养、
'复制'出像启功这样的人才？如果这样的教育体制不能
轻易地改变，我以为是无法再培育一个'启功'的"。

九十一岁才口述是不愿回忆

顾村言：二〇一二年七月二十六日是启功先生诞辰一
百周年。你前几天在启功纪念大会上发言认为他更是一个
博大、专深的学者，但就社会上而言，很多人提起启功还
是觉得他是一个书法家，甚至他的画名、鉴定名声都被书
法给掩盖了。我想分几个方面聊，先从你前几年整理的
《启功口述历史》开始吧，启老在生前相当长时间都不愿

意口述历史，最后为什么直到九十一岁高龄才请你来做这个，我看你在书的后记中也提到了一些，但是有些话不是太详细，他九十一岁之前有想法做口述历史吗？

赵仁珪：实际上，他当初是不愿意做口述历史的，主要是因为他不愿意重温痛苦、重温苦恼。因为启先生的一生坎坷非常多，不管是生活上的还是政治上的，一生非常坎坷，或者说是多灾多难。每当回忆这些往事时，他都非常伤心，所以就不太愿意想这段事，尽量埋在心中，不愿意触动它。生活上主要是小时候和青少年时期孤儿寡母，生活无依无靠，完全靠朋友的资助，靠祖父的学生帮助……

顾村言：是啊，他幼小时失去父亲，后来祖父辞世，靠祖父的两位学生募款两千元才生活下去。

赵仁珪：当时筹集的是两千元的公债，后面也有一些利息供他上学。但（生活）还是很困难，启先生后来为了解决这样的苦难，有时候还要去卖画，自己贴补点家用。启先生有一个世交，天津的周先生，很看重启先生的才华，说："答应（我）一定要好好学习，将来我供你上大学，出国留洋。"但是启先生一方面感激，一方面就心想："我一个人出国留洋了，我母亲怎么办呢？我姑姑怎么办呢？"所以很多人其实不了解启先生这种窘况，一家生活都得靠他，尤其到成年之后，他要担起家庭责任来，要养活母亲、姑姑，所以生活非常苦，从小是个孤儿——所以他一直敬重汪中。

顾村言：汪中也是幼小就失去父亲。我十年前陪启先生在扬州，启先生曾专程要去扬州郊区找汪中墓，老人说："青年求学时汪中便一直是自己的偶像，汪中，汪容甫，那是祖师爷！"后来到"大清儒林汪君之墓"前，认认真真鞠了三个躬，很让我感动。

赵仁珪：启先生用自己挣来的钱买来的第一本书，就是汪中的《述学》——他为什么特别对汪中具有亲切感呢？因为《述学》里面有一封信，信里意思是，每到寒夜，汪中只好与他母亲相拥取暖，流落街头，甚至不知道能不能活到第二天早晨。所以启先生每每读到这儿都要掉眼泪，不断地从汪中的事上引起自己的痛苦回忆。所以在生活上他不愿意过多地回忆。从政治上来说，不断受到冲击，因为启先生是清朝皇家后裔，"反右"中也不能幸免。

打成"右派"时，老伴儿整天哭哭啼啼的很痛苦，启先生就劝她，说我肯定是"右派"："我不是'右派'谁是'右派'啊？资产阶级都要革我的命，更甭说无产阶级了。"大有那种"我不下地狱谁下地狱"的感觉。虽然启先生很豁达能想开这些问题，但事实上，终究是对启先生造成一系列政治上的压抑。不光是工资减了，生活费少了，连上课讲课的权利都被剥夺了。一直在政治上受到压抑，一想起这些他就很痛苦，不愿意多回忆。有一次在我整理这个口述历史之前，有一位东北的女记者访问了启先生几回，死说活说地磨，要启先生回忆经历，启先生没办法就说了几次。后来启先生跟我说，每说一次夜里都难受得睡不着觉，所以就不太愿意再说了。后来这女记者出了一本书叫《启功杂忆》。

顾村言：那启老当时同意出这本书吗？

赵仁珪：没同意，她就是根据当时启先生说的那些内容，又增加了很多想当然的东西，连写带编，所以启先生也不太满意，就更不太愿意了。后来启先生年纪渐大，进入晚年，很多人都觉得启先生身上有很多值得写的东西，是历史的见证。

顾村言：对，从晚清、民国直到一九四九年以后的一些运动与文化大事，他都可以说是经历者与见证者。

赵仁珪：所以各方各界都呼吁启先生能够写，从政协，从中央文史馆，大家都有这个呼吁。所以后来启先生就接受了大家的呼吁，给后人一个交代。

顾村言：他当时为什么就选择你作为口述的记录与整理者呢？

赵仁珪：因为我在他身边，在这之前很多事都是我帮着做的，再说启先生眼睛已经不行了。

顾村言：所以很多事情你清楚一些。

赵仁珪：对。他说我记得还是比较忠实的，当然有些地方有加工这是毫无疑问的，但都是根据真实的谈话提供的。讲几次就整理出一部分来，有些他提到的事情我还得去查一查，包括他家族在晚期的一些经历。这样整理完了以后我再细细慢慢地读一遍，他同意了认可了，记录没有违背他的意思，这样一步一步记下来，就成书了。

顾村言：那整个口述历史用了多长时间？

赵仁珪：用了几个月吧，不到半年。但如果把整理的时间算上那就半年多吧。

顾村言：因为还要考据、考证。那他讲的时候有没有情绪激动？

赵仁珪：当然讲到很感慨的事他也很伤感。遇到他比较愿意讲的事，比如谈到他的老师陈垣先生怎么帮助他、提携他，他当时也挺兴奋的。所以他还是饱含感情来回忆的。

顾村言：对。有些回忆他还是真正直面的，比如我看他讲到第三次去辅仁大学之前很短的一段时间因生活所迫在伪机关当过小职员。

赵仁珪：只有两三个月吧。

顾村言：但对他触动很大，包括后来陈垣听说后对他说了一个字"脏"！当时我看到这一段心里"咯噔"一下。

赵仁珪：当然现在看来，如果启先生要是没有这段经历，就是完人了。

顾村言：我觉得或者未必，这样真实地说出来反而让人感觉启先生是个真实的人。

赵仁珪：对，因为他已经没饭吃了，只能做这个混口饭吃。他自己说很不愿意干这样的事，他亲戚因此还把他改姓金。

顾村言：对。他最不愿意姓金，包括什么"爱新觉罗"什么的。

赵仁珪：但是他没有办法，所以当时陈垣校长一聘他回辅仁，他高兴的。

顾村言：启先生在扬州也提过"爱新觉罗"，说是一个部落名，他觉得与他没什么关系，自己只姓"启"，名"功"，当"族人作书画，犹以姓氏相矜，征书同展"时，他却以诗相辞，现在好像还是有部分清朝后裔用"爱新觉罗"。你怎么理解他要与"爱新觉罗"划清界限呢？

赵仁珪：从姓名本身的起源来说，爱新觉罗本来就不是一种姓，觉罗是一种身份地位的称呼，表示在清代体系里面那一大支。再一个更主要的是政治上的原因。爱新觉罗吃香的时候，这些人自然是爱新觉罗，爱新觉罗不吃香的时候，自然不说自己是爱新觉罗，启先生不喜欢这样的做法。

顾村言：就是不喜欢见风使舵？

赵仁珪：对，有些人"文革"时唯恐说自己是"爱新觉罗"，甚至唯恐说自己是满人。"文革"之后吃香了，这些人又说自己是"爱新觉罗"，而启先生是要靠自己吃饭，不想沾祖宗一点儿光。

平民本色与精英意识

顾村言：我觉得启先生虽然是清朝皇家的后裔，他有很突出的特点就是平民性，不知道可不可以这样理解？

赵仁珪：可以。

顾村言：你怎么理解这种平民性的形成呢？

赵仁珪：启先生应该说在为人方面，平民性和知识分子的清高两者都有，互为表里。作为一个活生生的社会人，从生活角度或者从安身立命来说，包括人与人的交往来说，他从来把自己当作一个平民，他从来没觉得自己有多了不起。即使到后来，那么多的头衔荣誉，启先生从来没说过自己有多了不起，出门了得怎么样，大家得怎么敬着我，我得有什么待遇。启先生就认为自己是个普通人，他也不愿意跟那些达官贵人去过多地争，反而跟下层人都特别亲密。为什么亲密？因为他没有架子，他没认为我比工人高一等。修下水道的工人来家里，启先生都是以礼相待，从来没说你是工人，你是为我服务的。有一回有一个修下水道的在路上遇到启先生，启先生主动跟他握手。工人很慌，说："我手是脏的！"启先生说："不要紧的，只要你不是'黑手党'，咱们就是朋友！"

顾村言：启先生一直是很幽默的！

赵仁珪：这都说明了他的一个自我定位。关键是他青少年的时候就是从平民过来的，从小就过的是苦日子。祖父死了以后家境就衰落了，没钱了，为葬他祖父最后是卖了家藏的《二十四史》才有的钱。后来他的母亲死了、姑姑死了、老伴儿死了，他还是没钱。启先生就把写《红楼梦》注释的稿费用作丧葬费用。启先生他自己虽然是清朝的贵族血统，但他实际上过的是苦日子，在小乘巷里住破房子。

顾村言：小乘巷现在还在吗？有没有遗迹什么的保留下来？

赵仁珪：在，那个小房子还在，是启先生的一个亲戚住。那个房子现在比最初要好点，最初就一间小房，冬天透风，夏天漏雨，顶棚都是破的，夜里跑老鼠，地上半砖半土，墙都是歪的。

顾村言：那他在那里住了多长时间？

赵仁珪：具体我说不清。到了一九八一年学校给他分了房子，比我这个可能小一点儿。后来就搬到北师大小红楼，一直住在小红楼里。那个时候他就住在这么个小寒窑里，一下雨又担心房子塌了压死了，就是穷，就是过平民生活，所以他有平民本色。这是生活经历和家庭造成的，他得靠着自己教书、卖画才能吃饭，生计都成问题。所以他有这种思想是很自然的。后来，到了在一九七几年的时候，有个海军政委，实在是看不下去了（启先生可能给他写过字），他派了几个兵在那儿给翻修加固了一下，所以现在看到的是加固后的房子。这是一个状况。还有他是一个生活中的人，他不能脱离生活的状况；再有一个，他虽然作为一个社会中的人只能这样，但他从心里面、骨子里对学术对艺术都有很高的追求——他从小结识了这么多名家名人，有这么好的艺术修养，有这么高的起点，所以他在艺术上、学术上都有很高的追求。从这一角度上来说，他又不是一个甘心沦落（的人）。

顾村言：平民只是对自己在社会定位的认识，有一句话叫"平民本色，精英意识"，他本质上还是一种精英意识。

赵仁珪：对，精英意识。从思想境界来说，他起点就高，经历的事又多，读过的书又多，对中国的现状、历史都了如指掌。中国社会到底怎么回事，他一清二楚，看得明明白白。从这个角度来说，他绝对不屑于做一平民而已。他有自己的艺术追求、学术追求，也有政治追求、思想追求，只是他没有那么张扬。

顾村言：其实，我看他的一些文章，包括听他的几次谈话，话里面貌似很平和，但是骨子里面爱憎分明、一针见血，有时候很强烈的。

赵仁珪：所以像有的官向他求字，带着官架子，派一个秘书就来了，说：我们首长说，让你给写个什么什么。启先生听了都很不愿意、很不高兴，有时候都顶回去了。有一次一个有权势的派秘书要启先生写字，还限期，启先生说:"我要不写呢?"最后,不含糊地拒绝了。那秘书最后都傻了。

顾村言:他们怎么可以说限期呢?

赵仁珪:他就说"你得什么什么时候之前写好",这不就是限期吗?还有一次,也是一个官或者什么名人,要办一个展览,比如说今天是十八日,二十二日要办展览,来人就说:"启先生您写几个字,二十二日办展览,我二十日之前来取。"启先生听了就淡淡地说:"你二十三日来吧。"人家就说:"二十二日办展览啊。"启先生就坚持说:"你就二十三日来吧。"那人就听不懂。

顾村言:听不懂话里有话。

赵仁珪:所以,这些都说明他对权贵并不阿附。

顾村言:就是一直以来知识分子的风骨都在的。

赵仁珪:当然这种现象,就是直接顶回去的也不多见,他一般用幽默的语言顶回去,明白人一听就明白,说明他还是有自己的一定见解。北师大有三个教授,大家说某教授是亢而不卑,另外一个教授是卑而不亢,而启先生是不卑不亢。

顾村言:这就是"君子风格"。

赵仁珪:对,有君子风格,他有自己的原则,表面上是很谦和的,但你不能超越他的底线。

顾村言:所以他的居室叫坚净居,从这些事件是可以体味到启先生起这斋名的追求所在。

赵仁珪:这个号他自己也说过是康熙的题词,康熙给他们家一方砚台上刻的两句话。启先生非常喜欢"一泉之石取其坚,一勺之水取其净",坚净,就是启先生非常欣赏、心目中所追求的。

顾村言：赵老师能否谈谈你自己追随启先生的经过？

赵仁珪：说启先生非常欣赏我也是高抬我了，我也不敢说，但他对我是非常提拔和奖掖的，这是毫无疑问的。我想也没其他原因，主要是我这人比较笨，比较朴实，没什么功利的想法。所以启先生还是比较信任我。有时候启先生也说："你这人太迂了。"我也确实有时候比较迂，可能从启先生来说，他宁可喜欢迂一点儿的，而不喜欢滑一点的。启先生对我的这些奖励有点像陈垣校长对启先生的提携一样。启先生回忆陈垣校长就觉得，陈垣校长处处护着他，特别关照他。别人都反对启先生，说他这个不行那个不行，陈垣校长就三次将启先生请到辅仁去教书，所以启先生也特别感激陈垣校长。从这个角度来说，启先生应该也受这方面的影响，如果他看中以后，他就觉得即使这人笨点儿、迂点儿（也没关系）。

顾村言：其实这就是一个品质的问题，儒者总是敦厚的。

赵仁珪：所以他应该是比较信任我的。当然也还有别的原因吧，比如说在读研究生期间，我们当时第一届九个研究生，都是启先生的研究生。

顾村言：你们是哪一届？

赵仁珪：一九七八年考了他的研究生的。一开始是集体带的，到了第二年开始做论文，启先生就管带我和另外一位，所以我们就更"嫡系"一点儿，就是更正式的师生关系吧，就像现在的导师一样，一个是我正式分到他的手下做研究生，记录在案；再一个我觉得是我喜欢写点诗词。

顾村言：他对诗词特别重视？

赵仁珪：他对这个特别感兴趣，别人不作，我作点儿。我每次作诗词给启先生看，启先生都非常高兴，比收作业还高兴——他愿意给我讲诗词，有时候也给我批改一下。所以从这个角度来说，在这方面也有点儿偏爱我。可能还有另外一个更深层的原因，启先生他自己是没有学历的。

顾村言：对，他的《自撰墓志铭》开篇就说："中学生，副教授……"

赵仁珪：对，自学成才。而从中文角度来说，我也没学历。我的大学是外语系的，大学毕业以后教了十年语文，当时没有外语所以只能教语文了——可以说，我在中文方面是自学成才的。所以应该也有这个原因。

顾村言：自学有个好处，是有的方面就比较通。

赵仁珪：对，有的方面比如作点诗词，可能比中文系的本科生更好点儿，或者更有兴趣点。他们可能没这兴趣。这个可能也算一方面吧。毕业之后我就留校了，留在了中文系。留在中文系的有两个老师，还有一个是搞明清文学的聂先生。搞传统文学留校的就是我，这样一来我跟启先生的关系就更为密切了，启先生家里有什么事都是我张罗。每月发工资的时候，那时候发工资不是打卡，我每月给他送工资。时不时地我也经常过去跟启先生聊聊天。

顾村言：住得也很近？

赵仁珪：对，我们就聊聊天、谈谈学问，谈谈学习上的一些感受，有什么问题就问问启先生，作了什么诗词就给他看一看。这样一来二去就接触得更多了，他也就对我更了解了。

顾村言：就是说启先生很多事情也都是托付你？

赵仁珪：可以托付。启先生身体也不好，经常住院，当然我就义不容辞，该怎么招呼怎么招呼，住院陪着等。所以这样一来从业务上来说他也很欣赏我，从生活上来说关系也很密切，所以启先生最后的遗嘱里（其实我从来不提这事儿，也不该提这事儿），他称我为朋友，说："什么是朋友呢，朋友非它，我之伴也。"

顾村言：这我真没听说过，你自己当时可能也想不到。

赵仁珪：是，我也非常感动。我后来给自己也起了个斋号，叫"土水斋"。启先生的叫"坚净斋"，"坚"取一半是"土"，"净"取一半是"水"。这也就表示我对启先生的一种感激。所以出于这种种原因，启先生就找我做口述历史这事儿。

顾村言：启功先生有一本《论书绝句》，好像也是你做的校注。

赵仁珪：对。《论书绝句百首》，启先生写了一百首诗，后面每首自己都有一个古文的解释，但是很多人还是看不太懂，所以要把注释做得更加详细一点，那么我就做了《论书绝句百首》的注释。后来启先生还有诗集《韵语集》，这里面也有很多典故，或者词语或者本释，和生平相关的一些本释，可能一般人也不太了解，所以我又做了一个注释。启先生也还算满意吧，所以后来《口述历史》也就找我了。另外住得也比较近，比较方便。

顾村言：您当时做《口述历史》是不是有些事也不太清楚？

赵仁珪：那当然。

顾村言：做了之后有没有什么对他更新的看法？

赵仁珪：一方面是对启先生更加了解了，再一个更重要的是觉得他更可亲可爱，更真实，更了解了。在我心目中，启先生确实是个难得的人才，或者说是天才。你看启先生的记忆力这么好。

顾村言：对，书中有很多细节读来如在昨日，启先生回忆时已经九十多岁了。

赵仁珪：不光是回忆自己的事，在与平常人的交往中，以及诗词歌赋，信口即来，肚子里有数以千计的诗词歌赋，甚至《史记》的很多篇目他都背得出来。《史记》中的《高祖本纪》他都能背。有一本辞书叫《尔雅》，他也能背出来。

顾村言：九十多岁还能背那么多，这个是真的厉害。

赵仁珪：接触很多之后，觉得启先生有着超凡的记忆力，确实非一般人能企及的。包括他的一些见解，都是让人觉得很佩服，对启先生就更加尊重了。所以我愿意追随启先生，我就是很服他。

书名超过画名原因在"反右"

顾村言：启先生在《口述历史》中说他以书法名世其实是阴差阳错，说最早喜欢画画。

赵仁珪：当然启先生从小来说不是要立志成为书画家，但启先生能成为书画家也不是偶然。他从小想学画画,《口述历史》里有讲到,他也常提一件事,就是他有一个亲戚让他画一幅画,说你别在画上题字。

顾村言:这件事似乎对他触动很大。

赵仁珪:对,那亲戚嫌他字不好,对他触动很大。当然,这仅仅是一个例子,是一个外因。在各方面的激励下,学习书法。但他也有悟性,"书画同源"嘛,都是笔墨的艺术,是相通的,他也有这个天分。年轻的时候当然以绘画为主。

顾村言:他那时好像仿"四王"、董其昌、倪云林都有。

赵仁珪:他是以临摹出身的,这是中国画的传统手法。临摹是基本功,中国画表达的是文人内心的情绪。但造成他最后书名超过画名,根本原因还是"反右",因为他是在画院被打成"右派",所以他对绘画有点寒心了,因为是毫无原因的。他协同叶恭绰筹建北京的第一个画院。

顾村言:当时有个人认为启先生是叶老的死党,要打倒叶就必须先打掉启功。

赵仁珪:那个人后来还当过中国书协的理事,一下子说不上来了。所以后来启先生当时就决定封笔不再画了。当时书名已经很高,声名鹊起,渐渐转到书画。

顾村言:你做研究生的时候,启先生还画画吗?

赵仁珪:那个时候很少画,被打成"右派"之后他就不画。一直到(一九)七几年,在中华书局参与点校《二十四史》的时候心情稍微舒畅一点,点校没事儿的时候,就随便画几笔。拿出小纸头,随便画,谁爱拿谁拿。那时候画了很多小幅的随笔,都不是正式的。他那时候画了很多红竹子（朱竹），因为点校使用红笔点的。

顾村言：哦，原来这就是朱竹的缘起。反而后来启老的朱竹名气特别大。

赵仁珪：后来就成了启先生绘画的一个特色，一个品种。"文革"之后偶尔也画点儿，总而言之是搁了好几十年了。到香港义卖时画了一些画，（一些画）也被学校当作礼品——启先生自称是"礼品公司"的，这样也画点儿。总的来说画得不多。

顾村言：所以启先生在绘画上还是有些想法的，后来为时代所误。

赵仁珪：对，没有那段经历的话，启先生的绘画应该也是很了不起的。

顾村言：可能又是另外一种面貌了。

赵仁珪：因为那个时候他三十多岁，二十世纪五十年代，是创作的高峰期，当时他的画还是很有名的，全国画展上他一次就展出四幅大作。

顾村言：是山水画吧，那时候他是天生禀赋，感受力和悟性都很高。

当下教育无法"复制"启功

顾村言：你之前曾提到当时中文系的分科有些问题，您觉得结合启先生的成才例子和你求学的历程，对当下教育有什么想法？

赵仁珪：启先生可以说是一名"通才"式的教师。众所周知，启先生精通各种学问，包括文学、文献学、文物学、小学、史学、民俗学、红学、佛学等，而且又是书法、绘画大师。堪称他谦称的"庞杂寡要，无家可成焉"的"东抓一把，西抓一把"的"大杂家"。一九四九年以后苏联式的学科分类，完全不适用于启先生。我甚至想，当初辅仁大学并入师范大学之后，当时的领导一定很犯难：究竟把启先生分到哪个系？中文系、历史系，还是美术系？分到中文系又该分到哪个教研室？古代文学？古代汉语？民间文学？那时还没有什么书法系，如果有，也许就分到那里去了。最后分到古代文学，又让他教哪一段？先秦、唐宋，还是明清？众所周知，启先生分到古代文学教研室之后，最反对的就是机械死板的分段教学。曾把古代文学分成三段或四段比喻为吃鱼，吃鱼可要"中段"，但鱼的中段能硬性规定从第几片鳞起，到第几片鳞止吗？文学的发展难道都是随一代帝王的兴起而兴起，又随一代帝王的灭亡而灭亡，从而可以硬切成几段吗？正因为启先生反对死板的分段，提倡通学，提倡要打下广博的基础知识，提倡对自己非本专业的知识也要有所涉猎，并巧妙地比喻为："没吃过猪肉，还没见过猪跑吗？"因此他特别强调要把文献学、小学的知识有机地融合到文学的教学中，并戏称这样的学问为"猪跑学"。所以他的教学才能那样游刃有余、深入浅出、点面结合、举一反三，有如高明的全科医生，而不是头痛医头，脚痛医脚。

从启先生学习、成才的过程，可以说给教育界提出了一个很严肃的问题，就是启先生能不能复制？现在的教育体制能不能复制启先生这样一个全面的、通才的人——可以说是不可能的。因为我们现在分科都分得很专业、很细，所有的学生从小学到大学都得按部就班地按这个体系走，不可能是偏门。当然启先生也不能说是偏门，启先生为什么中学没有毕业，因为他当时英语不及格。他从小受的是家庭教育，后来才插班读的西洋教育，汇文中学。汇文中学英语要求很严，启先生没有这个教育背景，所以中学毕不了业，中学肄业。后来到辅仁中学、辅仁大学教书都受人打击，说你中学没毕业，怎么教大学。所以启先生当时那种教育环境不适于现在这种分科模式。当时如果没有陈垣校长护着他，他早就被淘汰下去了。比如说现在有学生文科特别好，数学跟不上，当然考不上好的大学。

顾村言：中国文化的特点就是"通才"式，或许根本的问题还在于对中国文化的重新认识。具体到现在的高考，要考英语、数学这些还好理解，毕竟英语还是一个有用的工具，但好像考书法、国画也要考英语，职称考试更少不了英语……

赵仁珪：当然现当代这种分科也不是说不对，我觉得基本的趋势应该是成体系的分科系统，但毕竟这种分科模式还是会埋没一些人才。现在的教育制度决定我们只能是工厂化流水化程序化中"成才"，不可能是有个人的充分发展。

顾村言：好的教育应当是让人能够真正充分发挥个性与特长，这也是社会真正发展与健康的动力。

赵仁珪：对，就是当下教育导致很多人的个性被掩埋了，这是原因之一。原因之二，启先生受的教育起点是高的，他都是最高的精英式的：齐白石、吴镜汀、贾羲民、戴姜福、溥雪斋等，全是最知名的。所以他的起点高，境界高。现在也有人提倡，甚至有人办私人教育，办私塾，比如从小入国学班。

顾村言：有的地方曾经办过"孟母堂"，私人办学，提倡经典教育，后来被取消了。

赵仁珪：有人在尝试这么办，即使说完全不是私人的，他们也改变了课程设置，读《经》，读《诗》，根本的问题在于老师都不行。你说如果这么走下去能不能培养出一个启先生来？培养不出来，没有这种起点。当然还在于启先生的悟性，个人的天分。所以这些加在一起，我觉得现在的教育模式是不可能的。

顾村言：如果说可能产生奇迹，那我们是不是对教育进行一些合乎人性的改革呢？

赵仁珪：虽说现在教育大的格局不能变，但要想培养出像启先生这样的人我觉得应该考虑如何改革这个教育体系，如何更好地注重个体的能动性，注重个性的教育。现在也有一些尝试，一些破格录取，但是很少。现在破格录取的，也看不出来将来能不能成才。但总的来说还是应该有一种更符合人性的、更能发挥个人主观能动性的一种教育模式。西方人就特别注重个性模式，个性的能动力被发挥出来，整个社会前进就有力量，个人的创造是推动社会前进最大的动力。我们现在的教育压抑着个性，都按着模子走，所以对教育制度应该多考虑。所以有时候我也想和专门搞教育的人一块儿研究研究"启功现象"，看看现在的教育模式中应该有些什么改变。当然这个课题、项目也不是我一个人能够完成的。

顾村言：但真正研究这一点，意义是非常大的。

赵仁珪：毫无疑问是个值得研究的课题。

不赞成书法硕士、博士

顾村言：你曾说过学中文的本科或博士毕业之后都不能写诗词，这也是个问题。说起书法专业，其实过去根本也都没有书法专业——书法应当是中国文人必备的基本功。

赵仁珪：对。现在分科分得非常非常细，书法都成为一个专业了。过去哪有把书画当作专业的。北京一所大学成立了一个书法系（是首师大），欧阳中石当时没有足够的自信办这个，他想拉启先生一起来办。

顾村言：启先生当时怎么说？

赵仁珪：他拒绝了——原因很简单，启先生说："写成什么样就叫书法博士了？写成什么样就叫书法硕士了？没有标准，无法判断。"启先生也从来不说书法能够成为一个专业。

顾村言：包括启先生对"书法大师"这一称呼似乎也是抵触的。

赵仁珪：对。后来欧阳中石在首师大办了书法专业，他们在书法后面加了"教育"二字，书法教育硕士、书法教育博士，搞点书法理论研究。当然这方面我也不评价。总的来说启先生是不太同意的。

顾村言：你印象里，启先生对于书法教育当时有没有说法？

赵仁珪：也没什么。一开始就是不太同意书法系这种做法，不过他也不会当着欧阳中石说他不同意。他是说，"什么叫书法硕士？什么叫书法博士？标准拿不出来"。等于就推了这事儿。

顾村言：启先生专门收过书法方面的学生吗？

赵仁珪：没有，自称是启功书法学生的其实都不是。

顾村言：启先生的诗词也很有成就，他的一些自嘲诗，我觉得与聂绀弩的诗有相通之处，是典型的中国文人面对人生劫难时的表现，洞悉社会、洞悉历史，对人生的荣辱穷达早已看透，表面自嘲，但内里骨头却是硬的，这与东坡也有相类处。

赵仁珪：启先生很佩服聂绀弩，其实聂绀弩写古典诗词起步是比较晚的，他以前不写。但是他往这方面写，有才气，写得非常好，很有个性，一看就是聂绀弩的，启先生也是。

启先生在《启功韵语自序》中曾称自己的诗"绝大部分是论诗、题画、失眠、害病之作，而且常常'杂以嘲戏'"。"嘲"者，嘲笑也，讥讽也；"戏"者，游戏也，玩笑也。正如他在《心脏病突发》诗中嘲讽自己大难不死所云："游戏人间又一回。"启先生的嘲戏主要是自嘲，而自嘲是要建立在敢于自我否定基础上的，这需要有大勇气；且内敛于自我的嘲讽，也必然折射出社会因素，因而这样的诗绝不仅仅是自我调侃，而必然带有一定的社会意义。

他中年所写《卓锥》（寄居小乘巷，寓舍两间，各方一丈。南临煤铺，时病头眩，每见摇煤，有晃动乾坤之感）："卓锥有地自逍遥，室比维摩已倍饶。片瓦遮天裁薜荔，方床容膝卧僬侥。蝇头榜字危梯写，棘刺猴题阔斧雕。只怕筛煤邻店客，眼花撮起一齐摇。"

写自己在立锥之地艰难而达观的生活状况，最后写一见摇煤球就觉得自己跟着头晕眼眩，风趣之极，但这种乐观的生活态度不是令人想起颜渊"一箪食，一瓢饮，在陋巷，人不堪其忧，回也不改其乐"的高风亮节吗？

顾村言：流传最广的大概还是启先生的《自撰墓志铭》，"中学生，副教授。博不精，专不透。名虽扬，实不够。高不成，低不就。瘫趋左，派曾右。面微圆，皮欠厚。妻已亡，并无后。丧犹新，病照旧。六十六，非不寿。八宝山，渐相凑。计平生，谥曰陋。身与名，一齐臭。"不足百字，字里行间表面看诙谐幽默，实则隽永深沉，满是悲悯。

赵仁珪：晚年所作的《自撰墓志铭》则可视为幽默风格之代表作，可以毫不夸张地说，此诗是诗歌史上最优秀的三言诗之一。在自我嘲讽中又包含了多少辛酸坎坷。启先生在诗词的继承与创新、雅与俗相结合方面都取得了卓越的成就。他的高雅之作格律严谨，语汇典雅，对仗工整，用典考究，尤其是那些借助双关象征手法的咏物寄托之作，可谓臻于极致，也为当代如何以传统手法来表现时事提供了很好的借鉴。

顾村言：启先生晚年鉴定与书名播扬极远，当时也已进入市场经济社会，就你了解而言，启先生面对商品化的冲击时如何对待书画、鉴定？

赵仁珪：启先生当年与几位鉴定大师一起经眼过数以万计的古代书画。众所周知，启先生对做他的假画、假字有时只能抱一种无奈的态度，但对盗用他的名义在书画鉴定上作假作伪则不能容忍。现在有些"鉴定家"公开地一手交钱，一手交货，付钱才鉴，付钱即真，这种现象绝不会发生在启先生身上。写字也如此。他为教育、文化、公益部门题字一贯分文不取，对企业部门所付的润笔也都交学校处理，并把其中很大部分都拿出来济困助学。他淡泊名利，更淡泊钱财，（身体好时）他的字几乎有求必应，故流散在社会的数量当居当代书法家之首。这也是他深受各界人士普遍喜爱的原因之一。这也提示我们，学习、研究启先生，除了他的艺术和学术成就，还要深入学习他的人品，这才是真正的纪念启功先生。

二〇〇二年二月

与林风眠外孙杰拉德·马科维茨谈其外祖父

　　仅有四分之一中国血统的 Gerald Markowitz（杰拉德·马科维茨）看起来非常消瘦。他的身上穿着一件比他自己身形肥大很多的外套。面对众人疑惑的目光，他不厌其烦地解释说："这是我外祖父林风眠生前穿过的大衣，我回到了外祖父的祖国，所以我穿外祖父的衣服。""穿上这件大衣，是不是很像我的外祖父？"

　　杰拉德·马科维茨用握毛笔的姿势握圆珠笔写字。他说母亲从小教他，"写中国的毛笔字是要这么握笔的"，现在他还是保持这种姿势拿笔。

　　杰拉德·马科维茨一九五九年五月生于巴西里约热内卢，是林风眠女儿林蒂娜与奥地利籍犹太裔女婿卡尔曼的独生子。二〇一四年十二月七日，来自巴西的杰拉德·马科维茨向外界宣布了自己作为林风眠唯一直系后代的身份，他的到来，或可澄清外界对于"林风眠无后人"的误解。

　　在接受笔者对话时，杰拉德·马科维茨回忆了外祖父

林风眠外孙杰拉德·马科维茨

林风眠到巴西看望他们时的情景，讲述了多年来外祖母爱丽丝与母亲林蒂娜在巴西的生活经历。他表示此次来中国最主要的目的，"希望将外祖父的骨灰从香港那个无人知晓的道观移出来，挪到杭州"。

曾四次赴巴西探望

顾村言：你第一次到访中国，之前似乎很少有人知道您是林风眠唯一的外孙。

杰拉德·马科维茨：有些人知道。在我的母亲蒂娜还在世时，有人尝试过跟我们家联系。但是大部分人可能并不知情，他们只知道外祖父育有一个女儿即我的母亲蒂娜，并不知道有我。

顾村言：很想知道你此次来中国的主要目的？

杰拉德·马科维茨：我这次来主要有四个目的：第一，想把外祖父的骨灰从香港某道观移出来，挪到杭州。第二，参观外祖父生前工作单位上海中国画院及相关遗作；参观外祖父位于南昌路 53 号的故居。第三，希望追忆更多有关外祖父在上海的往事，为正在撰写的著作《我与外公林风眠》收集更多的材料。第四，同时希望将外祖母的骨灰移过来，与外祖父合葬。外祖母一生都很辛苦，与外祖父聚少离多，现在她的骨灰在巴西。

顾村言：为什么这么久了才第一次想来到中国？

杰拉德·马科维茨：之前很多主客观因素都不允许。之前我对这件事也没有倾注很大的注意力，而且家庭状况一直不好，贫困、外祖母多病、母亲去世等一系列打击甚至令我崩溃，之后得了重病。随着年龄增大和母亲离世，我觉得帮助外祖父完成生前遗愿的重担落在我的身上了。

顾村言：林风眠生前去巴西看望你们多少次？能谈谈你们见面的情节和你对外祖父林风眠的印象么？

杰拉德·马科维茨：外祖父于一九七八年、一九七九年、一九八一年、一九八三年到巴西与我们度过了很长的时间，最长的一次他在巴西住了半年。他第一次来巴西时我已经十八岁了，他送了一只 CYMA 手表给我。他看我脸上长满了青春痘，还给香港的一位医生写信，问起年轻人的青春痘怎么治。

外祖父每次来都会给家里带来欢乐。我小时候学过建筑，外祖父经常会跟我探讨建筑方面的问题，我对他的一句话印象非常深，他说："如果一条线是用尺子画出来的，那是没有生命的，要用活的线条来画。"外祖父知道我喜欢音乐，经常跟我一起交流音乐。

外祖父于一九八三年第四次来巴西时，外祖母已经去世了（爱丽丝于一九八二年六月十三日去世），他又在那里待了六个多月，是最长的一次。他这次来带了纸和笔、颜料还有四枚印章，在巴西画了很多画。

顾村言：你的外祖母和母亲有没有告诉你早年为何移居到巴西？

杰拉德·马科维茨：一九五六年移居去巴西的。我的父亲是犹太人，当时联合国对犹太人有特殊政策，只要有去处，可以提供（移民）方便。外祖母本来就是法国人，他们就先走。外祖父在中国属于当时很有影响力的高级知识分子，国家不允许，他也没有去想移民这个事情。而且当时他们在国内生活比较拮据，外祖父觉得让家人出国也是一条出路。

他们是坐船去巴西的，临行前，外祖父将一箱的画作和早年收藏的古董都交给了外祖母他们带走。他们从上海到香港，然后途经印度、毛里求斯、南非再到里约热内卢，走了整整三个月。对他们而言，中国已经完全属于另一个世界。

顾村言：你们在巴西那么多年的生活状况能介绍吗？

杰拉德·马科维茨：在巴西，我们一直都住在租来的房子里。记忆中我们总是从一个地方搬到另一个地方。一九五九年，一九六二年到一九六五年，一九六五年到一九七五年，一九七五年到一九九五年搬了四五次家，直到一九九五年在外祖父的资助下，我们才买了属于自己的房子。

外祖父来看我们的时候也住在我们租来的房子里。他总说，什么时候等他的画卖得好了，就给我们买自己的房子。直到外公去世后，妈妈收到了外公托别人寄来的五万美元。拿到钱后，妈妈首先想到的就是去买房子，这算是外公的遗愿。但这些钱还不足以买整栋房，母亲没有工作，银行不愿意贷款给我们。后来由邻居出面担保，银行才同意贷款，一九九五年八月份，母亲终于买下属于我们自己的房子。

顾村言：你外祖母是什么时候去世的？能描述一下你外祖母爱丽丝是怎么样的人么？

杰拉德·马科维茨：外祖母平时教别人法语，以此为生，她也教我法语。她是虔诚的天主教徒，从小教我要做一个好人。外祖母是一个与世无争的人，虽然不富裕，但是过得很平和。

林风眠与女儿（左）、外孙（右）合影

顾村言：母亲是什么时候去世的？她的离去对你打击很大？

杰拉德·马科维茨：外祖母、父亲都去世后，就剩下我和母亲相依为命。二〇〇八年二月十八日，连母亲也去世了。我永远也忘不了那一天，她突发心脏病晕倒了，我叫了出租车送她去医院，还没到医院，她就死在了我的怀里。我抱着她来到医院，抢救了很久都无济于事。当医生宣布说我母亲蒂娜已经去世时，我仍然不能相信。

在母亲去世后，我想把她跟外祖母、父亲葬在同一坟场。但是我们将唯一的钱都用来买房子了，巴西的坟地很贵，没有钱去买坟地。我在那里租了一块坟地，把母亲葬在跟外祖母、父亲的同一坟场。

那个坟场三年一租。到期了我还是筹不到钱将其买下。我违背母亲的遗愿卖了一张（外祖父的）画，但还是不够。按照合同约定，母亲的尸骨被重新挖了出来，他们把她的尸体挖开，取一点骨头出来，缩到一个小盒子里，不让葬在那块坟地，移到了另一个天主教的集体墓室。经过这件事情后，我几近崩溃。

现在我和几个朋友合伙开了一家庆典策划公司，我负责音乐这一块。另外我正在撰写著作《我与外祖父林风眠》。

临终前绝笔"想回家"

顾村言：你知道你外祖父临终前的任何情形吗？

杰拉德·马科维茨：只知道他那时非常想见我们，可他身边一个人都没有。母亲说到此就泣不成声。之后曾听

Aso（苏天赐）他们告知：外祖父曾在不能说话的情况下，用笔写下过："我想回家，回杭州。"我知道，就在那里的玉泉路边，有过一个我外祖父一家欢乐无比的家。可为什么外祖父直至死后一直都回不了那个家呢？他竟被孤零零地弃放在香港那无人知晓的道观里。

顾村言：你们是怎么获知外祖父逝世的消息？你和你母亲作为他的直系亲属，怎么没有出席外祖父的追悼会？

杰拉德·马科维茨：我记得很清楚，是一位香港友人打电话告诉妈妈外祖父去世的消息的。我们尝试过联系那边，一直联系不上，这里边的原因很复杂。另外，当时我们家的状况很糟糕，妈妈坐不来飞机，没办法长途旅行，当初移民巴西，他们也是坐船出去的，到了巴西之后她再也没有出过国门。

顾村言：对外祖父有过抱怨吗？

杰拉德·马科维茨：有过，尤其是外祖母去世时。但后来我更多的是理解和怜惜。因为亲眼见过他的无奈和无助，那样子真的很可怜的。命运对他的不公，迫使他做出了可能让自己都后悔的选择。而且我和母亲一样坚信他的最后几年一定过得很凄苦和悲哀。他和我们一样都是受害者。但无论怎样，我相信他现在已和外祖母、母亲在天堂团聚了，那是一个对他们来说再安全不过的地方。再也不用担心，再也不受侵犯，更不用再去看任何装腔作势的小人演戏了。

顾村言：这些年，中国艺术界有人替你外祖父建造纪念馆和纪念园，也有人想替他建碑造墓，甚至拍电影，你有兴趣参与吗？

杰拉德·马科维茨：当然，如果我能将外祖父的骨灰盒从那跟他毫不相干的道观里迁移出来，我真想亲手替他建造这个墓，到时我还要将外婆也迁来和他并葬。这也是外婆生前的愿望。过去的七十余年，战争、饥荒和中国的大小"运动"，之后又因小人的阴谋、贪婪和作践，我的外祖母没跟外祖父过过好日子，但我亲眼见证了外祖母对外祖父坚贞的感情和真正的关心与体贴。中国二十世纪六十年代初的灾难时，外祖母自己省吃俭用，不停地给外祖父往上海寄食物，又不停叮嘱他的学生一定要替她照顾好外祖父。外祖父在监狱时，外祖母心急如焚，不停写信给中国的要人，请求释放外祖父。好不容易盼到了与外祖父团聚的那一天，我又亲眼见到了她眼里从未有过的光。可是不知何时，外祖父身边却跟着一个人，无时无刻地威胁着外祖母等待已久的梦……所以我一定要让外祖母死后圆梦，让她永远跟外祖父在一起，永不分离。

顾村言：你是目前林风眠先生留在世上唯一的骨血，请问你是如何看待外祖父传奇的一生和他留下的物质与精神财富？

杰拉德·马科维茨：外祖父果真是个传说中的奇妙人物。我从小就因看不懂他的画而感到奇妙。我常问外祖母："为什么外祖父画的女人老不穿衣服呢？"外祖母的回答总是那么简单易懂"她一定是太热了"；"那为什么外祖父画的天不是蓝的呀？""因为那是晚上啊"；"那小鸟为什么都是黑的呀？""因为它们和你一样不喜欢洗澡"……长大后我越来越被他的画所吸引，时不时还会用相机去对着拍，再做成幻灯片看。眼下外祖父的画价日益疯涨，我觉得太有趣了。当然也替那些以此发财的人们高兴，尽管这跟我没什么关系，除非这发生在三十年前，那我们一家人的日子会好过得多。但不管怎么，我们一家人这辈子都活得非常快乐、非常光彩和问心无愧，我外祖母和母亲如天堂有知，一定会和我一样为外祖父而骄傲。

二〇一二年十二月

（陈若茜亦参与对话）

与关汉兴谈其父亲关良

关良（一九〇〇——一九八六）是中国近现代画坛风格独特的艺术大家与艺术教育家，他是最早将西方现代派的绘画理念引入传统水墨画的画家，其水墨戏剧人物画独树一帜，用笔简拙，质朴平易，极富笔趣，影响也最大。

二〇一五年适逢关良诞辰一百一十五周年，北京、上海两地前不久先后举办关良画作展览，尤以北京画院美术馆的展览引起巨大反响。关良唯一的儿子，已经八十三岁高龄的关汉兴在上海家中接受《东方早报·艺术评论》专访，回忆其父的生平及艺术创作。

关汉兴话不多，总是微笑着，面容清癯、身形高瘦，与晚年的关良颇有几分相似之处。回忆起父亲，他不无遗憾地说，他在年轻时并未遵照父亲的期望从艺，而是选择了土木工程专业，走上了与其父截然不同的人生道路。然而，艺术的基因显然是顽强的——前几年从美国回沪定居后，八旬之龄的关汉兴也画起了油画。

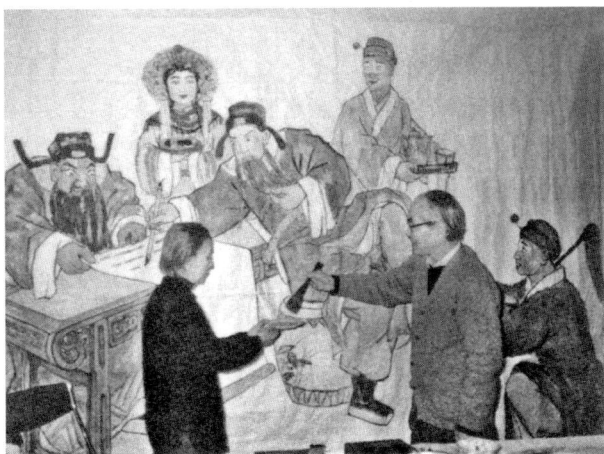

关良在创作中

在上海的家中，悬挂的几幅油画静物都是他的近作，其中有着鲜明的印象派以及凡·高等大家的影子。

关汉兴说，父亲原本是教授西画的，受"野兽派"影响较深，后来转而创作戏曲人物画，并一路坚持下来，算是最早画戏曲人物画的艺术家，也影响了不少后来者。他的画在当时一直是受争议的，能理解的人不多。李苦禅曾形容他的画是"得意忘形"，二十世纪八十年代，香港画家方召麐曾言，"关良的画要三十年后才会受到认可——她说这话的时候是二十世纪八十年代，而今正好三十年。现在，世人对我父亲的画那么重视，我也很高兴，这是认可了我父亲的艺术成就。"关汉兴说。

"父亲晚年一直坚持画水墨人物画"

顾村言：关老师你好！我知道晚年关良先生的很多活动都是你陪侍在侧，包括到中国香港、美国展览。今年是你父亲诞辰一百一十五周年，中华艺术宫之前设有你父亲专门的展厅，北京、上海两地近期都有关良先生的画展展出，北京画院的展览更成为艺术界热议的话题，反响很大。我想先请你回忆一下你父亲晚年的生活状态。

关汉兴：我父亲八十岁时候身体还可以。一九八四年到美国展览，去了大概八九个月回来，身体不好，检查出来是肺癌，刚开始有一点咳嗽，都没有查出来。有一次外面回来后发烧了，带到中山医院住院，后来就没回来过。

顾村言：他在晚年一直坚持作画么？大致的生活状态是怎样的？

关汉兴：我父亲晚年生活其实很简朴，话也不多。我母亲身体不好，因为抗战时，我父亲去了内地，我和我姐姐都由我母亲一个人带着，蛮辛苦的。我爸爸回来之后知道我妈妈身体不好，很照顾我母亲，不愿意因为一些生活琐事打扰我母亲。他每天早上一大早起来就到书房写字、画画，我们也不去打扰他。下午稍微休息。一天可以画上一两幅的水墨画，他画画很快的，油画倒是不怎么画了。

顾村言：你们当时住在哪里？

关汉兴：当时我们住在上海市区建国西路一栋三层楼的新式里弄房，房子现在还留在那里，有两百多平方米，现在空关着。

顾村言：故居其实也可以辟为关良纪念馆，作为关良生平展示、研究基地。你们有这样的想法吗？

关汉兴：我们本来也想做故居纪念馆，但是年纪大了，没精力，做成纪念馆的话，还是要有人力去维护。广东东莞以前祖上有个祠堂，在番禺那边，就在做关良作品的展示。

顾村言：关良先生在一九八一年前后在香港办过油画、水墨画展，当时你一直陪同，能给我们介绍一下吗？

关汉兴：我都去的，我母亲也在。一九八一年前后，是香港中文大学邀请父亲去香港举办油画、水墨画展览。不过他们租的楼分两个地方，前一个星期在一个地方，后一个星期在另外一个地方。父亲在香港中文大学讲学，碰到老朋友林风眠，还有摄影家简庆福，他们都来参加我父亲画展的开幕式，父亲与林风眠关系很好，聊得很开心。

我们到美国去时，还住在简庆福在旧金山的家中。

顾村言：你父亲作画、办展览，你一直跟随在侧，有没有对他的创作印象特别深刻的？

关汉兴：印象深的是二十世纪八十年代我父亲在上海华侨饭店画的《太白醉酒》，这是他所有绘画作品中最大的一张，一个墙面全都是，画了一个多月，这幅画现在应该还在华侨饭店吧。他在上海大厦也画过一幅画——《贵妃醉酒》，是他八十岁过生日时在那边作画，后来从上海大厦撤下来，在拍卖市场上我曾看到过。

"独树一帜画戏曲，三十年后受认可"

顾村言：关良先生在美专一直教授油画，也画过很多油画，但他最爱的还是水墨戏曲人物画吧？

关汉兴：对。他本来是西画教授，在杭州国立艺专、上海美专都上过课。他喜欢戏曲嘛，凡是有朋友送戏票来他一定会去的，有时候我陪他去，每次去看戏都要带一本速写本，边看边写。在杭州时他自己也演过《捉放曹》，在里边演一个角色，扮相也很好，自己也唱。他喜欢拉二胡，跟很多戏曲家都很熟悉，盖叫天、梅兰芳都认识，还有其他的地方戏也都要去听，比如昆曲、越剧等，他都喜欢的。

顾村言：他看完戏回来会对表演做一番评价么？

关汉兴：没有，他就管自己画画，平时话也不多，他性格很安静，是个纯粹的艺术家。

顾村言：这与他画中的简静风格也相似。他跟你们家人会不会话多一点？

关汉兴：话也不多。我上学后不跟他学画，他对我有点意见。我后来自己选择了土木工程专业。其实之前在父亲的影响下我也画一些油画，但水墨画我画不像。我们一家人都不学艺术，我姐姐也不学艺术，她在圣约翰大学读的书。

顾村言：你对你父亲的艺术追求有没有发生过认识上的变化？比如年轻时理解他的艺术吗？

关汉兴：我今年八十三岁了，一开始不懂他，不理解他，觉得他是画西画的，怎么老画水墨画，画戏曲人物？后来李苦禅对我父亲讲过，"你是得意忘形"，说我父亲的画是得其意忘其形，他们一起到民主德国的，展览在民主德国反响热烈，出版的画册一下子就被抢光了。

顾村言：早在二十世纪三四十年代你父亲就开始画戏曲人物画了。

关汉兴：是的，他一直喜欢戏曲。我小时候记得上海大新公司（现在的上海第一百货商店）辟过一个区域专门展出我父亲的画，那时我才十几岁，不过那个时候还是油画比较多，受野兽派影响比较大。

顾村言：你什么时候真正认识到你父亲的艺术价值？

关汉兴：小时候墙上挂着西画多，后来画水墨戏曲，他画水墨戏曲开始得也挺早的，后来郭老郭沫若鼓励他，人家不理解，郭沫若理解他，写文章支持，所以他坚持下来。他以前跟年轻一辈也说，"人要走自己的道路，不要跟别人学，要自己有独创的精神"，他一直跟那些年轻的来访的学生讲的。

他是第一个画戏曲人物的艺术家，其他人没这样画，后来高马得、韩羽都受到我父亲的影响，包括现在画戏曲人物的更多了，比如还有专门的中国戏曲画人物学会，每年都有展览。

他在杭州同黄宾虹住在一起，他最佩服的还是黄宾虹。

顾村言：他的回忆录好像记载了第一次见到黄宾虹展览，那种对质朴内美的追求对他触动很大。

关汉兴：父亲的画室里唯独挂了黄宾虹的画，那个时候黄宾虹的画其实也得不到人们认可，父亲的画也一直有争议，黄宾虹预言世人对他的画要"五十年后才会认识"，父亲的想法与黄宾虹是一样的。香港画家方召麟在香港看我父亲画展时，曾经说过，"关良的画都要三十年以后才受认可"，现在真的三十年了。

顾村言：其实之前就有很多大家认可，唐云先生就曾说："关良先生是黄宾虹、齐白石之后最有独创力的大画家之一。"不过这几年，关良先生确实受到较多关注。

关汉兴：是的。

顾村言：他晚年也画油画么？

关汉兴：他晚年油画画得很少。他吸收了野兽派技法，受马蒂斯影响。他不收徒弟，他跟别人说你不要学我，学得一样不好的，要自己创造，所以他的油画同水墨画都是不大有人学。跟他朋友关系有，真正师徒关系没有，就是有些艺术方面可以讲，我父亲平时不怎么讲话，讲到艺术就滔滔不绝。

影响最大的是低调、简朴、严格

顾村言：新中国成立以后有很多政治风波，比如"文革"等，关良先生也受到过不少冲击，听说当时你父亲也毁过一些画？

关汉兴：当然是有的。有很多画好的作品都毁掉了，京剧都是帝王将相，是"四旧"，都不能留的。有一次杭州来人，让他去杭州国立艺专参加学习，待了半年。"文革"期间，是我帮我父亲把画面中间的人挖掉，或者泡在水里，毁掉了起码几百张人物画。后来也画一些样板戏人物，像《红灯记》。

顾村言："文革"结束的一九七六年，他一时兴起画了一幅《孙悟空三打白骨精》，表达内心的喜悦。

关汉兴："四人帮"粉碎之后，又可以进行艺术创作了，父亲很高兴，是一个晚上创作的《孙悟空三打白骨精》，叶圣陶先生后来还题了诗。

顾村言：你刚才讲到你父亲晚年生活简朴，为人也低调，除了这些，他对你影响最大的还有什么？

关汉兴：他很简朴，对我们要求很严格，话不多，对我母亲很尊重、很照顾，他自己有不舒服也不大去惊动我母亲，自己非常吃得起苦。这对我影响都很大。

顾村言：你父亲有留下一些纪念物给你们么，比如画作、手稿、书信等？

关汉兴：有一些，我姐姐和我分了一下，以前有七八十幅，现在留下没多少了，齐白石送给我父亲的那幅蟹图还留着。父亲去世三十年了，很多东西都没有了。二十世纪九十年代的时候，大陆对艺术市场还没有概念，当时台湾的一家画廊就托朋友找上门来过，拿走了不少画。他们过来上海把名家后代一个个找过来，有人介绍到我这里来。当时给他们的价格很便宜，现在看，近似于送给他们。

顾村言：你对你父亲的研究纪念有什么想法或建议么？

关汉兴：社会上的纪念活动我都挺支持。北京画院此次举办关良的纪念展览，也派人来到过我家里，带了底稿过来让我帮忙看，问画作有没有问题，我看了基本都没什么问题。大家对我父亲的画那么重视，我也很高兴，这是认可了我父亲的艺术成就。

二〇一五年六月

与傅敏谈其父亲

傅雷的收藏

　　傅雷（一九〇八——一九六六）有两个儿子，然而相比有着音乐大师风范的钢琴家傅聪，如果不是多次重编《傅雷家书》，傅敏似乎算得上一个隐者。

　　走进傅敏的家，就像到了黄宾虹（一八六五——一九五五）山水画小型展览室，两面墙上，依次是黄宾虹的山水画《青城山写生图》《西山秋爽》等，此外，还有难得一见的陈师曾山水画《溪山帆影》。品读这些清润的笔墨，室外的暑气似乎也少了许多。

　　这些书画都是傅雷的藏品，也是在"文革"查抄后他陆续从有关方面取回来的。"少了有一半。"傅敏说，言语之间有些无奈，然而他能怎么样呢？

　　傅雷以翻译家、文艺评论家而名世，事实上，他更是一位艺术鉴赏家——他与国画大家黄宾虹识于一九三五年，在其后二十年的交往中，两位忘年交的交谊仅被视作艺坛佳话而广为传颂。论及傅雷的艺术收藏，有一大部分都是黄宾虹的精品。傅敏前不久在北京和上海先后接受了笔者的专访，就其父亲傅雷的艺术交往、艺术收藏、艺术理念、教育等畅谈自己的体会，"父亲的艺术教育思想最重要的是真，一切都是以真为本。人本身要真，做事也要真，画画也要真，不能弄虚作假，不能投机取巧"。

收藏黄宾虹画作最多

顾村言：傅敏先生好！我们还是从新版《傅雷家书》与你父亲的艺术教育说起。你父亲对你们从小在艺术教育方面一直重视，你哥哥傅聪是钢琴家，你父亲那时候对你在艺术方面是怎么培养的？

傅敏：小时候我拉过小提琴。

顾村言：书画方面有没有花功夫练习？

傅敏：没有，父亲不强迫我们练，但是对这方面的熏陶还是有的。

顾村言：就是提高你们的书画鉴赏力？

傅敏：对。他在家里看画看书法。

顾村言：就让你们跟着看？

傅敏：我们就跟着看，他就希望我们跟着看，跟着聊天。这种熏陶很重要。

顾村言：那时候你们家里的书画收藏也很丰富吧？

傅敏：也不是很丰富，很精的。比如我厅里的这幅是陈师曾的山水画，就是我父亲的收藏（顾村言：这种技法有点像黄公望的笔调）。

顾村言：比如说，小时候跟着你父亲一起看的印象深的艺术收藏还有哪些？

傅敏：那就多了，黄宾虹的画作是最多的，外面人说黄宾虹精品都在傅雷那儿。黄宾虹那时是每几天来一封信。

顾村言：据说信里常常夹一幅画？就送给你父亲了？

傅敏：对，他就觉得这种（交流）也好，他觉得我父亲懂他的画，他们俩相差四十五岁。我父亲第一次看到黄宾虹的画是在他表妹顾墨飞家，就拍案叫好，那是一九四三年，就开始与黄宾虹通信。

顾村言：后期是每个星期都通，同时夹一幅画？

傅敏：不光是每个星期，你看那个日期就知道，往往是几天一封信。厅里挂的这几幅小画是黄宾虹最后的作品，那是抄家退还的，退来时只是叠着的四张，这是前年上海博物馆替我裱的，隐隐约约还可看到背面有抄家打印的编号。这一张是黄宾虹早期的作品，画的是平原，很不多见！

顾村言：黄宾虹用墨很恣意的。

傅敏：很自然。这幅画是原装，画框都是父亲当年配的，我都没动过。是抄家退还的。你看这幅是黄宾虹送给我父亲的，上面有题款。

顾村言：题款是"西山秋爽图，怒庵先生一笑"。

傅敏：这个我一直不敢挂，因为当年的画框已很旧，画钩已有点脱落，所以就立在这书柜上。

顾村言：那时候他与你们谈黄宾虹吗？

傅敏：当然谈。就讲他的画，黄宾虹这个人，也是挺好的，他书法也好，画也好，他刻图章也好。

顾村言：黄宾虹论画强调"内美"，最早并不以画知

名，他是学者，在上海也做过编辑，他的第一次展览就是
你父亲张罗的。

傅敏：是的。我爸说，那时他四处云游啊，写生稿子
不得了啊。二十世纪八十年代有一次我到浙江博物馆去，
看黄宾虹写生的作品，真是太丰富了。他真是才气横溢。

顾村言：文人型的。

傅敏：黄宾虹完全不在意金钱。所以黄宾虹去世以
后，黄夫人还在，生活就有些困难。然后，我爸就给当时
浙江的文化局长写信讲到这些——因为黄宾虹去世时候
所有作品全捐给了博物馆，但是始终没办手续，直到黄宾
虹的女婿赵志钧打成"右派"后才去接收，这里面就有猫
腻了。因为黄宾虹女婿最了解黄宾虹，对他的绘画颇有研
究，对他的绘画以及收藏最熟悉。

顾村言：那你父亲那时候推崇黄宾虹还有别的原
因吗？

傅敏：父亲就是觉得他东西好啊。一看他这作品那么
有品位，在世界上也站得住脚的，尽管那时候他的名气没
那么响。我爸当年就说：黄宾虹的绘画要在半个世纪或者
一个世纪以后才会为人们认识。可是，就是到现在，黄宾
虹还没到他应该的地位，这从市场的价格来看。那天我看
到那个李可染的画，开价一亿多元。

顾村言：今年李可染最高的还不是这件，另一件《万
山红遍》据说拍出了两点九亿多元。

傅敏：那个瞎拍！你喜欢吗？反正我是不喜欢。

顾村言：当时社会的审美水平还没达到傅雷先生达到
的境界。

傅敏：讲到现在的金钱社会呢，更是资本在推动。

傅雷的字从飘逸到敦厚

顾村言：反观傅雷先生，就完全不同了，而且他不仅是艺术，对音乐、对文学都有极高的鉴赏力，古今中外，在诸多领域达到如此高度，不能说没有，但可以说很罕见了。

傅敏：我爸爸这个人，他是非常纯的，他没有任何杂质，他说这个东西好就是好。就从艺术角度来讲。

顾村言：因为很多人推崇一个艺术家是有个人的一些私心的。

傅敏：比如说他对刘海粟的评价——刘海粟在法国的时候，是离不开我爸爸的，因为刘海粟法文不行。我父亲去了半年以后法文就没问题了，在法国艺术沙龙对各种艺术家是应对自如。

顾村言：那他对刘海粟的艺术有什么说法吗？

傅敏：刘海粟是有才，但他不用功。比如说，"文革"以后，他也是经常到北京来，我爸爸的朋友么，当然我常常去拜访他，他对朋友说这就是傅雷的儿子："傅雷啊真了不起，他真懂我的画。"

顾村言：你怎么说呢？

傅敏：真有眼光的人心里有数的。而且刘海粟的画越到后来越不行。别的不讲，你就看他的颜色，俗，俗不可耐，我爸早就说他俗。《家书》也有一段说刘的画俗。

顾村言：刘海粟知道你父亲这样评价他吗？

傅敏：知道。

顾村言：有段时间两人掰了。

傅敏：断交二十年嘛。艺术界的老人都知道这故事！二十世纪三十年代就为张弦的事。我爸是留法时认识张弦的，回国后同在上海美专教书，我爸觉得张弦很有才艺，但很穷，刘海粟给他的工资很低，对张太刻薄。张弦是病死的，就是因为他穷、病，所以在纪念张弦而举办遗作展览的筹委会上，我爸与刘海粟公开闹翻了。我父亲的一个朋友，就是当年也在上海美专任教的留法画家刘抗，他抗战开始就去了新加坡，二十世纪九十年代他到北京来，我就这个问题问过他，他说是这么回事。因为我爸自传里都写过这些，我就借此核对一下。他说你爸爸脾气是很暴躁，容不得一点沙子，性格非常耿直。所以从此以后与刘海粟绝交二十年，一直到新中国成立后在政协碰见了才和好，那都是已经过去的事了。

顾村言：相逢一笑泯恩仇。不和的原因与张弦有关系，那能否再具体些？

傅敏：因为父亲认为刘海粟办校（上海美专）太商业气。所以这是我父亲后来不愿意在那儿教书的主要原因吧。父亲这个人太纯了，他看不惯这些。

顾村言：他在上海美专待了多久？

傅敏：前后一年半。我爸对刘海粟的看法我听他讲过，新中国成立之后他们又来往了，我爸有时就上刘海粟家去看他的藏画。说一看刘海粟的藏画，就知道他没有艺术眼光，他藏的东西不行。

顾村言：刘海粟藏的什么画？

傅敏：那我就不清楚了。

顾村言：刘收藏的是西画还是中国画？

傅敏：中国画。

顾村言：傅雷先生的书法成就其实也很高，比如与黄宾虹通信时期的书法——很成熟了，他有很长时间用钢笔书写就没有用毛笔了，然后他说我一定要练练书法。之前有人说傅雷先生被打成"右派"以后开始要练书法，但其实不是。

傅敏：我父亲年轻时的书法的确很好，很灿烂，充满了朝气，非常潇洒，而且你只要看当年三十五岁时给黄宾虹写的信，就一目了然了！

顾村言：写经他都写过。他后来的字跟早年的字不一样，早年的字瘦而飘逸，后来的字乍看有些肥了，敦厚，有隋人写经的感觉。后一种字体是在二十世纪六十年代以后？

傅敏：对。跟他的经历有关，"反右"后那个时期他就开始练魏碑，那是他的好友周煦良怕他郁闷想不开，就拿来许多碑帖，其中就有魏碑。所以二十世纪六十年代以后他的字就显得含蓄敦厚，这与他的心情有关。

顾村言：早期还是有一种往外的锋芒感，就像他写张爱玲的文学评论都是锋芒毕露的。

傅敏：这反映了时代的特点吧。毕竟二十世纪四十年代的时候不像后来控制那么严。

顾村言：那他字体的变化主要跟他练的哪些字体有关？

傅敏：魏碑。

顾村言：《傅雷家书》里所收的大多是给你哥哥的信，那他那时给你写的信多不多？

　　傅敏：不多，长信也就是四五封信。有一封很长的信，我翻译了《英语语言史》两篇文章给他看，他改了，写了一封十一页的信，帮我分析，什么是你心理上的问题，什么是你语言上的问题。这封信我舍不得烧掉，别的都烧掉了。

　　顾村言：为什么烧掉呢？

　　傅敏：那是在"文革"初期，"五一六"通知一出笼，我就觉得情况不妙，就把父母给我的信都烧了！果然等到学校"文革"一起来，学生就找我要那些信！但那封长信没烧，舍不得，当时我女朋友的哥哥在北大图书馆，交给他保存，"文革"以后托人问过他，也没有下文了。

　　顾村言：现在找不到了？

　　傅敏：对。

　　顾村言：太可惜了！

　　傅敏：如果没有毁掉，说不定作为文物不知哪一天会出来的。

　　顾村言：还是回到您父亲的藏画，除了黄宾虹以外，还有哪些，有古画吗？哪些是代表性的？

　　傅敏：有，不是很多。他一般觉得东西好就可以，不一定名头大。有一张新罗山人的花鸟，他也特别喜欢石涛。

　　顾村言：那他喜欢的跟扬州都有点关系啊。石涛后来定居在扬州的。宋元的画他没什么收藏？

　　傅敏：这个很少。

　　顾村言：书法你印象深的有哪些？

　　傅敏：有郑板桥的，有刘墉的。他收藏的一些手札有的并没什么名气，但书法气息很好。

顾村言：就是说收藏只问是否对自己的脾气，不论名头大小？

傅敏：对对，所以从他收藏的东西就看得出他的眼光品位。

顾村言：他有没有跟你们讲过他的收藏理念？

傅敏：没来得及，他就走了。当我进入这个领域知道欣赏时，找不到他人了。究竟他收藏什么，我哥哥傅聪比我清楚，他比我大三岁就不一样了，而且他早熟。

顾村言：所以后来傅先生的收藏在你这儿多一些是吧？诗书画之类的。

傅敏：我也不多，主要在我哥哥那里，退回来好多东西那个时候是他拿走的。

顾村言：听说你父亲还收藏过庞薰琹的画，他对庞评价是怎样的？

傅敏：庞薰琹本来在震旦大学学医，同时又爱画画，当年举棋不定，究竟学医还是学画。有一天碰到一个比利时神父，说了他的想法，那个神父就说，你们中国人永远不要想成为艺术家，这句话让他下了决心。后来他到法国学绘画，与我爸相识。抗战胜利后，他从内地到了上海，我爸看到他在苗族地区彝族地区画的很多人物风情画，非常精彩。就自告奋勇地在震旦大学大礼堂举办了庞薰琹画展——我爸就说看看中国人能不能成为艺术家！

顾村言：庞薰琹也创新，尤其在人物画上。

傅敏：那时候他在苗族地区画了第一幅画，我也看到过，真好。而且庞薰琹的素描功底很好。他画的飞天，一看就是有功夫的。但这个人后来可惜了，搞了工业美术。我爸是觉得他受了他家人的影响。在家人的驱使下他开始趋于从政，当个学院院长之类的。

顾村言：他收藏了庞薰琹的油画素描之类？

傅敏：他有庞薰琹的画。在我哥那儿。

顾村言：那傅先生收藏这么多东西对你的人生之路、后来鉴赏有什么影响？

傅敏：当然有影响，所以我的眼光也太高了。比如说像李可染的一些作品我就是不喜欢。

顾村言：就是为政治服务的那部分作品？

傅敏：这都是受我父亲影响。现在的国画没有几张看得上眼的，就没底子、没功夫。

顾村言：又要有文人士大夫气，又要有传统的功力，又要从传统里出来，这太难了。就你的眼光说，中国国画界有哪些还可以的？

傅敏：我觉得越来越不行了，很多是没有好好下过功夫的。黄宾虹下了几十年的功夫，我爸说如果黄宾虹七十以前去世就没有黄宾虹了。

顾村言：黄宾虹画作名声的转折点就是傅雷在他八十寿辰的时候给搞的一个展览，当时还专门出了一个画册。

傅敏：对，我这里还收藏有一本当年展览的画册，是一九四三年印的。

傅家藏品的散失与返还

顾村言：能不能谈谈傅先生收藏最初散失的细节？

傅敏：当时都是上海音乐学院抄走的。

顾村言：就是一九六六年八月底，把你家里面收藏全部抄走了？

傅敏：当时没抄走，全封存了。当时还早，抄完了以后我父母都死了，九月三日他们自杀了，自杀了之后法院就封存了，查点得非常详细，所以目录很详细。到了"文化大革命"以后，二十世纪七十年代开始退还东西。

顾村言：就是"文革"以后，一九七六年以后？

傅敏：对的。

顾村言：有没有丢失不少？

傅敏：后来退还了一些，估计丢失了父亲藏画的五分之三，法院封存的单子上有画名，但没东西。有三本黄宾虹的册页是从某博物馆要回来的！这里面有一段故事。

顾村言：那册页上有没有题款，比如写关于傅雷先生什么的吗？

傅敏：有的，这是送给我父亲的，所以有题款的。大概在六七年前，有一次我哥哥来国内讲学和演出，给了我一堆资料，说他的一个朋友给了他这些资料，说明某博物馆有爸爸当年收藏的黄宾虹三本册页，而且是黄宾虹当年送给我爸的，所以都有题款。他说这事你去办吧！我跟那家博物馆交涉了三年，来来去去，开始时说没有，后来我说有，肯定有。最后我把册页上的抄家的编号和相对应的馆藏编号给了他们。最后到什么程度呢？我把附有黄宾虹题款的那一页照片复印件都给了他们。这才最后说有。

顾村言：后来这三部册页退给你们了？

傅敏：退给我了。还办了退还手续。

顾村言：这是哪一年的事？

傅敏：大概是二〇〇九年吧。

顾村言：那他退给你们还不错了。

傅敏：非常精彩。其中一个册页就是黄宾虹的《青城山写生册》，真是黄宾虹绘画的精品！

顾村言：这个是皆大欢喜的。

傅敏：你看，现在挂着的这些画，后来都是那家博物馆的那位副馆长帮我们裱的。而且，我们后来也成了朋友。

顾村言：有些好奇，当时博物馆怎么拿到这三个黄宾虹册页的？

傅敏：（父亲被）抄家之后，（收藏品）后来全部到了文物管理所。在进入文物商店前，先由博物馆去挑选，这样这些册页到了博物馆！后来我还给了博物馆一个单子，说还有什么东西你们那里有没有，就没消息了。

顾村言：因为你没有证据了？你那个单子里还有哪些东西？

傅敏：我记不得了。我得查。

顾村言：除了黄宾虹的书画还有哪些？

傅敏：还有黄宾虹别的东西，别的画。

顾村言：怎么散失了那么多？我听过一种说法，说是"文革"以后封存的都退给你们家了。

傅敏：没有全部退还，退还了大概是我父亲收藏的五分之二。

一九七九年我去了英国，所有当时退还的一些东西我都留在上海的亲戚家里。后来退还的事就由他们处理，由他们去音乐学院取东西签字等。

一九八〇年九月我回国后，因为在北京工作，这些事仍然委托他们处理。

有一年，我哥哥告诉我，在香港有个朋友跟他讲：有人拿着爸爸收藏的黄宾虹画来，估计要出手。

我哥哥后来看到那些画了，一看就知道是怎么回事了！

顾村言：是你们的亲戚把你父亲的部分收藏品弄到香港的？

傅敏：我想就是这么回事！我记得不光是画，好多瓷器，宋代的瓷器什么的。

顾村言：就是说当时国家返还的一部分收藏品给你们了。

傅敏：对，当时出国前，我去上海音乐学院领取并签字的，因为我要去英国，然后我把这些返还的东西存在他们家，等我英国回来这些东西都没了。

后来我哥哥从香港过来，告诉了我有关爸爸的藏画在香港要出手的事。我们就决定赶紧把还存在亲戚家的东西统统由我拿回北京。先由我哥哥写封信，然后由我去接收那部分东西。

你看这四张黄宾虹的小画，这张陈师曾的画，林风眠的那张仕女画，还有刚刚说的那张新罗山人花鸟，都是那批东西里的。

顾村言：那是什么时候的事？

傅敏：二十世纪九十年代了。

顾村言：书法你们家多不多？像对联之类的。

傅敏：书法不是很多，但是有。

顾村言：但我看信里提到的有挺多，像每次给傅雷写对联，他回信都表示感谢啊。那还是散失了很多。那你们弟兄俩加起来收藏的书法五六十件有吗？

傅敏：我得查一查，我做过一个统计，至少丢了五分之三。

以人为本和独立思考

顾村言：你觉得傅雷先生的艺术教育思想对你影响大吗？

傅敏：谈不上大不大，就是一种熏陶。

顾村言：就是潜移默化。你觉得他的艺术教育思想最重要的是什么？

傅敏：真。一切都是以真为本。人本身要真，你做事也要真，你画画也要真，不能弄虚作假，不能投机取巧。

顾村言：就包括为人处世也是要真。就包括你欣赏的艺术也是这样？就是有真意，有真趣。有了真，才会有意境或境界，否则，都是虚的。反观当下的画坛、文坛，虚的、伪的太多了。

傅敏："真"是最根本的。你刚才谈到意境，都是虚假的，哪来意境？

顾村言：但有个问题："真"是一个理想的东西，但社会中是一个很虚设的东西，它会使真正的真人不断碰到很多挫折，就像你父亲最后选择了那样的路……

傅敏：所以我父亲是一个理想主义者。

顾村言：所以"真"是和理想主义者结合在一起的，无论搞艺术、搞媒体，还是搞文化事业都是相通的。

傅敏：我父亲不能到社会上去做事，一做事就碰壁，哪里看得惯！

实际上，我对父亲的认识，是一步步深入的。在中学时代甚至大学，我认为父亲只不过是个翻译家而已。随着时间推移，尤其在我整理出版父亲的著译后，我对父亲的认识才开始深入。

父亲一辈子给人的印象是躲在书房不问世事，做了大量卓越的翻译工作。但是在我看来，父亲除了在翻译领域的耕耘和贡献，更值得我怀念的是他那高贵的品格。他把人的尊严看得高于一切……

我的祖父很早就含冤入狱，染上了痨病，二十四岁去世，当时父亲只有四岁。奶奶不认字，但非常有见识。孤儿寡母，从偏僻的乡村来到当时人称"小上海"的周浦。父亲对我讲过，在他小时候，奶奶对他管教极严，几乎整天把他关在书房里读书，看到窗外绿树成荫、蝴蝶纷飞，父亲非常渴望外面的世界。

父亲和文艺界不少名人都有很深的交情，这一方面是因为父亲对文艺有很高的鉴赏水平，另一方面则是因为他有一颗坦荡的赤子之心。我记得一九四三年，父亲在上海筹备黄宾虹画展，父亲比山水画大师黄宾虹小五十多岁，两人却成了忘年交。当时黄宾虹人在北平，日本人要给他开画展，他是很有骨气的人，拒绝了。黄宾虹从北平把画作寄到上海，父亲在上海编画册，跑印刷厂，事无巨细，亲力亲为。他还写了一篇文章《观画答客问》，这是第一篇研究黄宾虹画作非常重要的论文。

为了调养身体，父亲开始学着种花，他做什么事情都有模有样，一丝不苟。他种了五十多种玫瑰花和月季花，那些花开得漂亮极了。花开时节，里弄很多邻居都来观看。那时父亲的朋友为了帮助他摆脱苦闷，送他碑帖让他练书法，结果他的毛笔字也练得非常好，他年轻时的字很漂亮。到了二十世纪六十年代以后，父亲的书法开始敦厚含蓄，既体现当时的处境，也可以看出他内心的苦闷。

父亲喜欢独立思考，而他独立思考的基础在融会贯通，他不像有些人弄书法就在书法，弄翻译就在翻译，弄绘画就懂绘画，那不行。

顾村言：傅雷先生最后确实是打通了，这也是中国文化的特质之一。

傅敏：对，所以他是站得高、看得广，所以问题就看得比较清楚，他的悟性就是在这样一个基础上的悟性。他的独立思考不是一般的独立思考，因为他的基础好，面广，所以独立思考就是跟别人的独立思考不一样，他独特的眼光就出来了。所以我觉得确实好多人说我父亲这样的大家，这样的人大概很少很少。

顾村言：还有天分高。他对你们从小怎么教育？

傅敏：从小对我们的教育就是：以人为本和独立思考。这一点非常重要。所以他对我们考试什么的不在乎。

顾村言：考得差一点也不要紧？

傅敏：你爱考多少考多少。

顾村言：你小时候有一次考得不是太好是吧？

傅敏：小学里成绩一塌糊涂。

顾村言：那他后来怎么对你这个成绩的？

傅敏：小学我差点蹲班嘛，后来到了一九四八年，因为家里到昆明去，到昆明去考学校没考上，算了，我爸自己教我。然后回来以后，凭自己同等学力，考了当时的光华附中，后来考上了复旦。从此以后还是自己知道念书了。

顾村言：那时候悟了。

傅敏：考上了，自己知道什么原因，知道念书了，从此以后他就不管我了。

顾村言：就是你自由发展，也不看你作业？

傅敏：没有。没有像现在的家长，要看孩子的作业，还要签字等！

二〇一二年六月

与白谦慎谈书法与「自娱」

研究最传统的中国书法，却在大洋彼岸的美国；在国外生活了二三十年，骨子里却依然是中国传统的文人——这样的矛盾在白谦慎身上看起来却并不矛盾。

大多时候，白谦慎是微笑的，但当谈起书法界的问题时，他的嗓音却提高了不少，言语间自有一种爱憎，而彼时以人们习见的"气质儒雅"是绝不可以概括他的。事实上，因为书法专著《傅山的世界：十七世纪中国书法的嬗变》《傅山的交往和应酬——艺术社会史的一项个案研究》《与古为徒和娟娟发屋》等著作，身为波士顿大学艺术史系教授的白谦慎书法研究在海内外颇有影响。而他对于生长于斯的上海更有着很深的感情。在前不久接受对话时，白谦慎对当下的书法创作与教育、书协、展览等的关系直抒己见。

书法大展大多看得很累

顾村言：我们还是先从书法展览说起。这些年的书法展览不少，论近年来在上海有影响的，可能还要算是去年在上海的全国书法篆刻展，你在上海专门去看过。我当时乍看似乎有一些回归帖学的意思，但还是觉得可回味的东西少，你是什么样的感觉？

白谦慎：十九年前看过一次书法国展，十九年后又看了去年那次国展。就像你说的，乍看起来，回归帖学的风格比较明显一点。

顾村言：回归帖学是个大话题，这种现象你觉得与帖学的代表人物如白蕉先生、沈尹默先生在上海有没有关系？

白谦慎：也没有必然关系。整个看下来感觉是，现在全国书法篆刻展上写得好的还是挺多的。地域上面也非常广泛。河南、山东、北京、上海、甘肃……都有。甘肃、陕西两地写得好的也挺多的。

顾村言：你觉得与十九年前的书法展最大的区别是什么呢？有没有什么特别突出的问题？

白谦慎：区别主要在于外在的形式越来越丰富。问题是形式看起来很多样，可是感觉味道却特别趋同。比如小楷，写法大概就那几种，稍微变点形，行书也是一样的，好像就几种书风，几种流行的东西一直在那里，相似的方面太多。

顾村言：十九年前看全国书法展时，是什么感觉？

白谦慎：那时的技法不如现在成熟，但是面貌反而不见得比现在少。

顾村言：我也感觉现在的书法展更注重外在的形式，多注重视觉效果，如做旧、镶拼、嫁接等，一些小楷也裱成大幅的，看得反而吃力。

白谦慎：是啊，小楷挂那么高，根本也看不了。为什么现在的书法展小楷这么多，我搞不懂。从展出情况看，普遍水平不差，特别出色的很少。说实话，现在看不少国内的书法大展，经常看得累（我主要是从网上来看一些展览），量太大了，铺天盖地。

顾村言：你觉得这反映了什么问题呢？比如说，如果你期待的心目中的这样一个展览，会呈现一个什么样的面貌呢？

白谦慎：现在的不少书法展是玩耍趣味的多，偶尔玩玩趣味也蛮好的，但是小楷写得这么大，又把它变成了一个展示的行为，装饰性太强了。这很像现在的一些商品包装，一小盒茶叶，三五个粽子，用那么大的豪华的盒子。比例失调。

顾村言：其实中国书法尤其是帖学一脉，很多就是文人之间的手札，但现在的书法基本归于厅堂化的展览，这确实带来不少问题。你觉得这对于书法的发展是有好的影响还是不好的影响？

白谦慎：很难说好或不好。关于展览的效果，我们可以换位思考一下，看作品能不能搬到家里去展出，有的东西是可以搬家里的，有些好像不太能够搬到家里展示。

顾村言：比如，那些挂得很高的小楷，其实小楷适合放在书房里。

白谦慎：嗯，一张斗方，一个扇面，一本册页，一个手卷，在书房里恰到好处。虽然办过手卷展和册页展，但从展示的角度来讲，这种形式太占空间了。把它们放进展览，一件接着一件，就是让你目不暇接，并不能触动自己，不像看一些古代的书帖，你静静地看，有能触动你的东西，而现在的展览给人的感觉大多就是技法。看作者怎样翻跟头，表演杂技。

顾村言：现在不少院校所教的也大多是技术，人文性的东西并不多。比如全国书法展上有很多作品的风格就是比较雷同的。

白谦慎：是的，现在的书法作品技术性的东西太多了，而且如果一件作品，你偶然看到或许会觉得不错，然而当十件作品全这个样子的话，你会觉得很烦的。这几年，拍卖市场上晚清民国的一些小手札很受欢迎。你看那些老文人的手札，一人一个样，每个手札好像都代表了一个有个性的人，你好像能看到书写者的性情。我们现在整天讲追求个性，追求了半天，和那些前辈比，反而显得没有个性。

顾村言：这也是缺少真正的创作。

"自娱"与"娱人"的区别

顾村言：有意思的是，去年全国书法展上，上海的两位获奖者均为"新上海人"，或者也可以说是"海漂"。

白谦慎：他们以前读过什么书吗？

顾村言：我知道有一位以前是高中毕业，经商，闲时喜欢练字，没事就写着玩，看到这个展览的消息，他就投稿了，结果谁知参加就获奖了。还有一位似乎是中学教师。

白谦慎：这里我想提出两个问题。第一，我为什么要问教育背景，因为这些年来高校的书法教育越来越成为一种主流模式。如果不进高校就能写得比接受过高校书法教育的写得好，高校书法的教育意义何在？第二个问题是，书法家协会的意义到底何在？也就是说，人家不读书法的学位，不参加你书法家协会，其实也可以写得很好。

顾村言：对书法家协会这样的组织，你能公开说一些话吗？

白谦慎：公开地说话，就是大家必须要认识到，书协的局限性——必须认识到它是个群众组织。

顾村言：让群众组织回归群众组织。

白谦慎：定位群众组织不就行了嘛。

顾村言：但书协组织是有行政级别的，在官本位的背景下，真正有修养者不会把书协当回事，但作为大众，很多人可能还是在意书协的。

白谦慎：其实对书协的态度是，参加也好，不参加也好。不要把它当作唯一的选项。

我觉得书法发展到今天，第一，不要被书法教育体系限制；第二，不要被书法家协会限制；第三，不要被展览会限制。

顾村言：《东方早报·艺术评论》去年以来针对书法教育与书协做过一些探讨与思考，比如书协，当然里面也有写得好的，但也有不少写得好的书法家不屑于参加书协，也不会参加各类书法展览与比赛的。

白谦慎：这一点我赞成，其实重要的不是他参加什么协会或展览，而是书法艺术对他而言是不是出于内心的一种纯粹的喜爱，这样反而更容易出成果。

顾村言：发自内心的一种喜爱——这一点尤其重要。中国书画中有一个很关键的词是"自娱"，倪云林所言的"仆之所画，不过逸笔草草，聊以自娱耳"所说是画，也可以理解为说书法，中国书画本来就应当从心灵的境界来体会与理解，而决不仅仅是一种技术。

白谦慎：所以我觉得中国文人过去所说的"自娱而已"的传统，是对的，从大的方面讲，我们原来讲做学问、学习也应当是这样。

顾村言：对，"自娱"也就是自得其乐，少功利之心，这种传统正是中国书画的真正传统。

白谦慎：现在大量的展出，都是"娱人"，而且最后观展，看的是累啊，看到最后，容易忽略真正有水平的。在古代，写字又被认为是修身养性的一个重要手段，很多人把写字的过程当作自娱、当作修身养性的过程，因此相当重视其精神的一面。你如果与现在的书法家说修身养性，有多少真正能做到呢？

顾村言：这与当下的社会风气应当是有关系的。

白谦慎：真的有点，比如吉尼斯文化在中国的影响太大，我到美国从来没看过什么吉尼斯比赛——我们老喜欢讲世界之最，所以这个书法好像也搞得要做什么世界之最。

书法讲究的是境界，与尺幅的大小并没有必然的关系，小字也可以写得很有气势。

顾村言：对，就像章汝奭先生，他的小楷那么小，但是气势还是非常大的，境界大，很开张。但相比来说，有的书法家用扫帚那样的毛笔写，却掩饰不住内在的小。

精神内涵具体在"气息"

顾村言：还有，现在一些组织喜欢把书法作为一种轰轰烈烈的群众运动，张海先生引以为自豪的就是他在河南主持书协时把书法的群众运动搞得比较好，你怎么看？

白谦慎：这是这个时代的特点，有它的作用和意义，至少对普及书法还是有意义的。

顾村言：现在的书法批评其实也比较混乱，你怎么看待这个问题？

白谦慎：书法批评在技法方面还容易些，最难的是境界方面——真正评论起来，很容易伤人，书法品评常和人联系一起的。过去有句话叫"书如其人"。打个比方，如果说"他的字很俗"，那完了，这等于是直接对人的一个评价。但是看不出俗的人不认同。

顾村言：这个文艺批评，其实大家心里还是有杆秤是吧？

白谦慎：是有杆秤，但是现在直接批评是很难的。

顾村言：你认为是什么导致了这样的情况？

白谦慎：如果直接批评，无形当中，你要得罪很多人。

顾村言：但真正的批评还是有的，也有一些媒体是想尽量讲些真话的，另外还有一种就是网络的发展，大家都可以畅所欲言。

白谦慎：对，有些人办展览，网上被骂死了。书法家特别怕批评。远远比作家怕批评。你批评王安忆、批评莫言、批评铁凝，都没有关系的。人家的作品靠的是读者的自觉选择，不喜欢就不买你的书。批评张艺谋、冯小刚的还少吗？可是一到书法界就成了问题。为什么呢？很多书法家和一些所谓的"书法家"是靠名气来卖字的，由于现在写毛笔字的人少了，在没有实践经验的情况下，很多买字的人自己是没有能力判断好坏的，这就给那些书法家和混混炒作自己和忽悠买家留下了巨大的空间。很多人一听批评就很着急，因为怕影响财路。不但那被批评的书法家自己着急，他的弟子也着急。很多人是供着老师，一起谋小集团的利益。

顾村言：直白地说，你觉得当下的中国书法最主要的问题在哪些方面？

白谦慎：问题很大。很多人越来越讲技法。对有才华的人来讲，越来越讲技法，会忽略本身的精神内涵。那么到最后，再过几代以后，什么是精神，都不知道了——也不知道有精神这回事了。

顾村言：那你觉得精神内涵具体是哪方面呢？

白谦慎：气息。

顾村言：但是面对一个对传统文化知之有限的人，你讲"气息"，他是很难理解的。

白谦慎：这两字看起来很抽象，但其实又挺具体。就好像人所穿的服装，大家都很熟悉，稍有些品位的人，一看就知道谁会穿，谁不会穿，谁高雅，谁低俗，大家心里都明白。

顾村言：这个比喻形象，是这样的。

白谦慎：还有就是说，不能说人们完全不懂这个东西，因为他们在其他的领域，还是知道这个东西的。技法与方法发展到最后，一定要上升到一个精神的层面。

顾村言：这也是中国文艺的一个特点，技与道的关系，超乎技而入于道。

白谦慎：对，我觉得西方文化里也会有的。比如西方也会讲什么"趣味"。

顾村言：对，"趣味"——民国时期的小品文经常用这两个字，但"气息"二字更好，现在的书法有好气息的真的不多了。还一个之前所说的"自娱"传统，你觉得怎么才能把"自娱"传统继承好，发挥好呢？

白谦慎：主要是得少一些功利性的思想。

顾村言：但当下这个社会显然是个浮躁的社会，文化消费主义盛行，大的背景还是一个功利的时代，要在整个社会提倡一个"自娱"的传统估计是很难的，也与中国本体文化是否真正回归有很大关系。

小楷受章汝奭与张充和影响

顾村言：你之前也说到你生命中有两个老师比较重要，一个是章汝奭先生，一个是张充和先生，能否具体谈谈你的书艺之路？

白谦慎：我的第一位书法老师是萧铁先生，他是我的启蒙老师，去世得比较早，当时是经过我的语文老师任珂先生介绍认识的。后来便开始比较系统地学习书法。那时楷书写得比较多，主要是临习颜真卿的《多宝塔感应碑》。在上海财贸学校读二年级时，换了语文老师，新老师是王弘之先生。王老师对我的影响最大。他是孙中山先生的外孙，由于家庭的关系，王老师少年时和曾农髯、符铸等在上海活动的湖南籍书法家都有密切的交往，他的见识很广。他家离我家很近，骑自行车也就不到十分钟，我常去他家，听他讲民国的掌故。他教书法，基本不在技法上作具体指导，而是在聊天时，对各种书法作趣味上的品评。后来经王老师介绍，我又认识了他的邻居金元章先生（杭州人）。金先生的父亲是西泠印社早期会员金承诰先生。金先生退休很早，所以"文化大革命"中没吃什么苦，每天以写字、画画、刻印自娱。他和上海一些书画前辈（如张大壮、来楚生、钱君匋、黄幻吾等）交往甚多，家里也有些收藏，去他那不但常能见到他的书画新作，有时也能见到一些海上名家的小品。

顾村言：那后来怎么认识章汝奭先生的？

白谦慎：一九七四年，我从上海财贸学校毕业，分配到中国人民银行上海市静安区办事处工作，从那时起，我经常向在同一银行工作的邓显威先生请教。二十世纪七十年代后期，经友人介绍，又成为章汝奭先生的学生。章老师是苏州人，但在北京长大，父亲章佩乙曾任《申报》主笔，是民国时期的重要收藏家。章老师退休前是上海外贸学院的教授，少年时曾有过扎实的旧学训练，中英文都很好，如今海上的收藏家还常请他在古书画上题跋。我这几位老师为人低调，基本不参加书法界的活动，但他们的修养都很好，而且都擅长小楷，特别是章汝奭老师的蝇头小楷，可谓一绝。他抄《金刚经》，五千多字，不用影格，目测行距，字字生动，小字中很有大字的风骨和气势，陆俨少等前辈予以极高的评价。受老师们的影响，我也喜欢写小楷。一九七七年恢复高考，我考入北京大学国际政治系。这是我人生的一个重要转折，我不但从此走上学术研究的道路，北大对我的艺术追求也有很大的影响。在学校时，我和中文系的曹宝麟、图书馆系的华人德交往最多，如今他们是中国书法学术研究和创作的重要人物。这两位学兄的传统学问很好，我向他们学到了很多东西。

顾村言：章汝奭先生对你的影响主要体现在哪些方面？

白谦慎：从书法上来讲，章汝奭老师对我影响比较大的就是小楷。我所有的老师都会写小楷，但是我受章老师小楷影响最大，受他写小楷的方法影响比较大，直到今天在结构方面还是受他影响。

在做人方面，章老师特立独行的品格对我也有影响，简单地说，就是靠自己的努力来立足社会，不做吹牛拍马的事。

顾村言：你和张充和是怎么认识的？

白谦慎：我在美国读研究生时，于一九八八年去华盛顿拜访佛利尔美术馆（美国国立亚洲艺术博物馆）东方部主任傅申先生。我当时拿了一幅自己觉得还可以的作品给傅先生看，他看完以后很客气地说，也要给我看一个人的作品。那时耶鲁大学有一个梅花画展，我就在展览图录上第一次见到了张充和的字，清雅的气息给我留下了很深刻的印象。一九八九年在一次学术会议上，我见到了张充和，同年五月我又去她家里拜访她，那年秋天她推荐我去耶鲁大学读艺术史，因为有了她的大力推荐，我成功进入耶鲁读书。从那时起，我们的交往就多了起来。

顾村言：很想知道张充和在耶鲁时是怎么教书法的？她的学生怎么学？

白谦慎：学生主要是白人。就是好玩，练练字。就像你学中文，你不一定要当作家，不见得当学者。美国学生通过学习书法而对中国文化有个了解，产生兴趣，这样就很不错了。

欧美的中国书法研究在衰落

顾村言：欧美对中国书法的研究现状是怎么样？

白谦慎：现在衰落了。

顾村言：衰落了？

白谦慎：对，人很少。美国的中国书法研究，在普林斯顿大学的方闻先生（上海人）退休后，失去了最重要的基地。目前，研究中国书法的学者有哥伦比亚大学的韩文斌教授（Robert Harrist, Jr.），堪萨斯大学的 Amy McNair 教授，加州大学的石慢教授（Peter Sturman），还有几位，包括我。在欧洲，德国的雷德侯先生与他的学生劳悟达（Uta Lauer），也是研究书法很优秀的学者，劳悟达目前在瑞典工作。过去方闻先生非常有意识地培养书法方面的人才。目前，以书法为博士论文题目的很少，这有两个原因：一是难度大，二是很难找工作。

顾村言：说到中国大陆的书法研究，具体到苏、浙、沪三地，你怎么看？

白谦慎：现在大陆书法研究最好的，是江苏——以苏州和南京为中心。上海不行的地方有不少，但自我感觉好而已，你感觉呢？

顾村言：我觉得现在的上海与以前那些大家辈出的时代没法比。

白谦慎：就是啊！

顾村言：回到你自己的研究。《傅山的世界：十七世纪中国书法的嬗变》影响颇大，目前已经六次印刷，印数接近三万了。你最初为什么确定以傅山作为研究对象？

白谦慎：选傅山做研究对象与我的书法背景有关。从事书法史研究的人都知道，书法史上最大的变革就是碑学的崛起，重要性相当于西方美术史上印象派的崛起。一九九〇年，我从罗格斯大学比较政治学专业转到耶鲁大学读艺术史，当时我的导师和八大山人专家王方宇先生在美国合办了八大山人书画展，导师建议我写一篇关于八大山人书法的文章，那是我写的第一篇长文章，讨论了八大山人晚年的书法如何向碑学转化。在写作过程中涉及金石学的问题，这就跟清代的学术风气有关了。后来我发现在这个问题上，傅山比八大山人更典型，于是我就很早确定了以傅山为研究对象。

顾村言：后来怎么转到吴大澂，研究吴大澂已经多少年了？

白谦慎：关注吴大澂已经十多年了，比较认真地研究至今也有六七年了。吴大澂与傅山不见得有什么联系，但有一个共同点——他们都处于一个变革时期。

顾村言：你是怎样来重新研究吴大澂的呢？与你研究傅山有何不同？

白谦慎：吴大澂是一个政治人物，也是艺术家和收藏家。我关心的是他除了办公以外的业余生活，他刚好处在一个历史转折点，研究他也会牵扯出一批人，这和研究傅山是相似的。吴大澂代表了那个年代的精英，他们的文化生活和爱好是我感兴趣的。他是俞樾、冯桂芬、李鸿章的弟子。潘祖荫、翁同龢与他既是同乡又是师友。友人中多有晚清著名学者。他和张之洞、袁世凯又是儿女亲家。在甲午战争爆发前，他在仕途上也一帆风顺，曾任广东、湖南巡抚。吴大澂在许多艺术和学术门类都有很深的造诣，他是中国在受到西方冲击后的第一二代士大夫，也是最后那一二代士大夫。进入二十世纪以后，这个阶层也就消失了，成为一种历史现象。选择吴大澂，研究他的爱好与文化生活，实际上也是就这一现象进行观察。

顾村言：那还要多少年才能完成这本书？

白谦慎：我希望三年左右完成英文著作，中文版的吴大澂研究将不会是简单的翻译，很大部分要重写，大概要五到六年才能写出中文版，现在的读者比较挑剔，仔细点好。

二〇一二年七月

策　划
──────
宁孜勤

主　编
──────
董宁文

图书在版编目(CIP)数据

三柳书屋谭往/顾村言著.—上海:文汇出版社,
2018.8

(开卷书坊/董宁文主编.第七辑)

ISBN 978 - 7 - 5496 - 2661 - 8

Ⅰ.①三… Ⅱ.①顾… Ⅲ.①随笔—作品集—中国—
当代 Ⅳ.①I267.1

中国版本图书馆 CIP 数据核字(2018)第 138817 号

三柳书屋谭往

策 划	/	宁孜勤
主 编	/	董宁文
书名题签	/	刘 涛
篆 刻	/	韩大星

作 者	/	顾村言
特约审读	/	卢润祥
责任编辑	/	鲍广丽
封面装帧	/	观止堂_未泯

出版发行 / **文汇**出版社

上海市威海路 755 号

(邮政编码 200041)

经 销	/	全国新华书店
排 版	/	南京展望文化发展有限公司
印刷装订	/	苏州市越洋印刷有限公司
版 次	/	2018 年 8 月第 1 版
印 次	/	2019 年 3 月第 2 次印刷
开 本	/	889×1194 1/32
字 数	/	200 千字
印 张	/	9.75

ISBN 978 - 7 - 5496 - 2661 - 8

定 价 / 45.00 元